D

Margarita Kinstner

DIE SCHMETTERLINGS-FÄNGERIN

Roman

Deuticke

Manche in diesem Buch dargestellte Ereignisse sind tatsächlich so passiert wie geschildert. Alle handelnden Personen, ihre Motive und ihre Charaktereigenschaften, sind jedoch frei erfunden.

1 2 3 4 5 19 18 17 16 15

ISBN 978-3-552-06294-8

Satz: Eva Kaltenbrunner-Dorfinger, Wien
Druck und Bindung: CPI books GmbH, Leck
Printed in Germany

FSC
www.fsc.org
MIX
Papier aus verantwortungsvollen Quellen
FSC® C083411

DIE SCHMETTERLINGS-FÄNGERIN

1

Sie geht, den Arm voller Blumen, die Treppen hoch. Er hinter ihr, die Schachtel mit Pralinen in seinen Händen, auch hier obendrauf drei Blumensträuße. Sie lachen. Es ist Freitagnachmittag, Anfang Juli, Ferienbeginn.

»Mozartkugeln«, sagt er, als er hinter ihr stehen bleibt und ihr beim Aufsperren zusieht. »Wie kann man diese Dinger nur fressen?«

Sie stößt die Tür auf. Ruft nach dem Kater.

»Ach komm, Isidor wird sich irgendwo eingerollt haben und schlafen.« Er stellt den Karton ab, schüttelt sich die Regentropfen aus dem schulterlangen Haar. Sein Hemd ist nass, die Krawatte hängt schief.

Sie läuft durch die Wohnung. Ins Schlafzimmer, ins Bad. Dann fällt ihr ein, dass sie am Morgen frische Unterwäsche vom Wäscheständer geholt hat, Isidor muss …

Sie geht los, auf die Balkontür zu. Dort sieht sie ihn hängen, den Kopf im gekippten Fenster zwischen Balkon und Küche, der Körper reglos.

Sie schreit.

Er kommt ins Zimmer gerannt. Sieht auf den Kater, stöhnt, dann öffnet er die Balkontür. Hebt den weißgrauen Tiger aus dem Fenster.

»Wo ist der nächste Tierarzt?«

Er rennt mit dem Körper im Arm an der schockstarren Schwester vorbei, öffnet die Tür, läuft die Treppen hinunter.

Im Auto legt er ihr das Tier in den Schoß. Sie wimmert und

streicht über sein Fell. (*Bitte, bitte, lieber Gott, nicht …*) Haare bleiben an ihren verschwitzten Handinnenflächen kleben.

Eine Dreiviertelstunde später stehen sie im Purkersdorfer Wald, die Kleider patschnass und die Schuhe voll Matsch. Er steht quer, um nicht abzurutschen, stützt sich mit dem linken, durchgestreckten Bein ab, das rechte hat er angewinkelt. Das Loch vor ihm will nicht größer werden, nur eine Pfütze bildet sich darin. Der Waldboden ist hart, das Gelände abschüssig. Immer wieder stößt er mit der Schaufel auf Wurzeln. Seine bunte Krawatte schwingt mit, jedes Mal, wenn er mit der Schaufel ein Stück Erde aushebt.

Sie steht mit der toten Katze im Arm und sieht ihn an. Dass das kein anderer tun würde, denkt sie. Als es beim Tierarzt geheißen hat, man müsse die Tierkörperverwertung anrufen, ist er an den Tisch getreten, hat den Kater hochgehoben (so vorsichtig, so sanft), hat ihn ihr in den Arm gedrückt, sie am Ellbogen genommen. Und sie ist ihm gefolgt, zum Auto, mit dem sie nochmals zu ihrer Wohnung fuhren (um die Blumen zu holen) und dann aus der Stadt hinaus.

In Purkersdorf ist er ausgestiegen. Hat bei einem ehemaligen Schulfreund an die Tür geklopft. Die Eltern um eine Schaufel und einen Müllsack gebeten.

Jetzt stehen sie hier. Geschwister, die einander kaum kennen. Die sich erst wieder annähern, das letzte halbe Jahr.

Er, acht Jahre jünger als sie, aufgewachsen beim Vater und drei Frauen. Sie, aufgewachsen bei der Großmutter und einer Frau, die sich nicht Mutter nennen lässt.

Er, aufgewachsen in einer Kommune zwischen Ölfarben, Leinwänden und Terpentin.

Sie, aufgewachsen an einem Ort der Sauberkeit, der Ordnung und des Wissens. Blankgeputzte Fliesenböden und Regale mit Grammatikbüchern, Sachbüchern und fremdsprachiger Literatur.

»Das schau ich mir an, wie da einer ein Loch für einen ganzen Menschen ausbuddeln soll. Scheißhollywood!«

Sie muss lachen. Mitten im Regen mit den Tränen auf den Wangen und der toten Katze im Arm bricht sie in einen Lachkrampf aus.

Sie beschließen, dass das Loch jetzt tief genug ist. Der Bruder reißt den Müllsack auf, sie wickelt den Kater darin ein. Streicht ihm über das Fell, ein letztes Mal. Dann werfen sie die Erde darauf, er mit der Schaufel, sie mit den bloßen Händen. Sie trampeln auf dem Grab herum.

»Das muss ganz fest sein, wegen der Füchse«, sagt er.

Sie holen die Blumen aus dem Kofferraum. Der Regen spritzt braune Tropfen vom Boden hoch. Am Abend werden die Blumen welk sein. Wenn der Fuchs kommt, wird er Isidor trotzdem finden.

Die Schwester bin ich. Katja Köhler. Tochter, Schwester, Verlobte. Damals auch noch: Enkeltochter. Das ist jetzt sechs Jahre her.

Manchmal, wenn ich an Sarajevo denke, fällt mir jener Tag ein.

Nachdem wir Isidor begraben hatten, fuhren wir zu einem Heurigen. Ich langweilte meinen Bruder Curd mit meinen Isidor-Erinnerungen, und er hörte geduldig zu. Über unsere krebskranke Großmutter sprachen wir nicht. Anders als ich, hatte Curd kaum Kontakt zu ihr gehabt, er hatte sie nur drei oder vier Mal gesehen. Unsere Leben sind zu verschieden, um die Leben von Geschwistern zu sein.

»Kommst du klar?«, fragte Curd, als er mich nach Hause brachte, und ich sagte: »Ja.«

Ich kam nicht klar. Ich dachte an Oma, die im Sterben lag, und ich dachte an Isidor, der in seinem Todeskampf den Fensterrahmen zerkratzt hatte. Ich dachte an Danijel, der in Sarajevo auf mich wartete, und an meinen gepackten Rucksack im Flur. Ich saß auf dem Fußboden vor der Balkontür und bohrte mir die Fingernägel in die Haut. Am nächsten Morgen hatte ich dicke rote Striemen auf den Oberarmen.

»Dein Isidor ist gestorben? Aber wann denn, wie …?«, fragte meine Nachbarin, als ich bei ihr klopfte.

Ich sagte: »Bitte nicht.«

Sie nahm den Kratzbaum (meiner war nagelneu) und den Plastiktransporter (sie hatte nur einen aus Korbware). Ich trug die drei Säcke Katzenstreu und die Kartons mit dem Katzenfutter in ihre Wohnung. Die Haarbürsten, das Katzenklo und die Spielbälle warf ich in den Müllcontainer. Ich saugte die Sofafläche, bis kaum noch ein Haar zu sehen war. Nachdem ich mit dem Wischen der Böden fertig war, rief ich Sana an. Sie kam sofort. Ich zeigte ihr die Kratzspuren im Fensterrahmen und begann zu weinen.

Gemeinsam blätterten wir durch das Album. Isidor als Kätzchen, an dem Tag, an dem ich ihn geholt hatte. Isidor auf der Heizung, am Ende seines ersten Sommers. Isidor nass auf der Sofadecke, nachdem ich ihn gewaschen hatte, weil er die Parfümflasche vom Regal gefegt hatte und mitten hineingesprungen war. Isidor, der auf der Klobrille stand und aus der Schüssel trank …

»Sieh mal!«

Es war das Foto, dessen Abzug ich meiner Großmutter zwei Monate zuvor nach Graz geschickt hatte. Isidor stand auf dem neuen Kratzbaum und streckte die Nase zum Schmusen vor.

Sana ging mit mir auf den Balkon und lehnte das Foto ans Fenster – unter die Stelle, an der Isidor gestorben war. Dann ging sie in die Küche und nahm ein paar Teelichter aus dem Schrank.

Danijels Cousine kennt sich aus in meiner Wohnung, sie ist drei Monate meine Mitbewohnerin gewesen, nach ihrer Scheidung von Miodrag, der ihr einen Haufen Schulden hinterließ. Anderthalb Jahre hat sie zusätzlich zu ihrer Tätigkeit im Museum für Völkerkunde jeden Abend in einem Callcenter gearbeitet, bis ihr Vater den Rest der Schulden übernahm und sagte: »Nie wieder holst du mir einen Serben ins Haus, verstanden?« Sana schluckte die Antwort hinunter. Besser in der richtigen Sekunde den Mund halten als drei weitere Jahre Callcenter.

Sana stellte die Teelichter neben das Foto und zündete sie an.

»Das wird dir helfen.«

Wir blieben eine Weile am Balkon sitzen, starrten auf die flackernden Kerzen und rauchten ein paar Zigaretten. Danach gingen wir ins Lokal am Eck, wo ich mich zuerst mit Whisky-Cola und danach mit Whisky pur betrank.

Als ich nach Hause kam, rief ich Danijel an und erzählte ihm alles. Er hörte mir beim Weinen zu und fragte nicht, warum ich nicht gleich angerufen hatte. Weil mein Schluchzen nicht nachlassen wollte, summte er eine leise Melodie ins

Telefon, und als ich mich endlich beruhigt hatte, schickte er mir Küsse und sagte, wie sehr er sich schon auf mich freuen würde.

Am nächsten Nachmittag stieg ich in den Zug nach Graz. Als ich ankam, schlief meine Großmutter.

»Sie schläft fast nur noch«, sagte meine Tante.

Sie wärmte mir das Geschnetzelte von mittags und kochte Reis. Ich schlief im Gästezimmer. Unter den Stofftieren entdeckte ich mein altes Plüschpferd Hilda. Ich stand auf und nahm es ins Bett. Drückte es an mich und weinte in sein weiches Fell. Ich weinte um Isidor, ich weinte, weil Danijel in Sarajevo war und eine zehnstündige Busfahrt zwischen uns lag, und ich weinte, weil ich nicht um Oma weinen konnte, die im Haus nebenan lag und aufs Sterben wartete.

Bevor ich zum Busbahnhof fuhr, drückte mich meine Großmutter an sich. »Mach viele Fotos. Ich möchte alle Moscheen sehen. Und die Kirchen fotografier auch, damit ich sehen kann, ob sie wirklich kleiner sind, denn wenn nicht, dann hat uns unser Vati ganz schön angeschwindelt.«

Ich versprach ihr, genau auf die Höhe der Minarette und der Kirchtürme zu achten.

»Wie lange fährst du?«, fragte sie.

»Zehn Stunden.«

»Hoffentlich setzt sich keiner neben dich, dann kannst du ein wenig schlafen.«

Ich konnte nicht schlafen. Ich kam todmüde in Sarajevo an und fiel augenblicklich ins Bett.

Seitdem habe ich manchmal Angst, dass die Stadt für mich unter einem schlechten Zeichen steht. Ich sage: Das erste Mal, als ich nach Sarajevo fuhr, lag meine Großmutter im Sterben und meine Katze erhängte sich im Fenster. Ich sage es zu Sana, die mich nicht an Danijel verrät, obwohl sie seine Cousine ist. Danijel soll von meinem Aberglauben nichts wissen. Meine privaten Tode haben nichts mit dem zu tun, was seinem Land und seiner Stadt passiert ist. Damit hat Danijel zu kämpfen, das geht mich nichts an. Darf mich nichts angehen. Der Krieg ist seine Erfahrung, nicht meine.

2

»Kein Mensch zieht von Österreich nach Bosnien«, sagt Magda.

Seit einem halben Jahr versucht sie, mir diese Tatsache vor Augen zu führen.

»Schau sie dir an, die Leute dort, alle wollen sie nach Österreich. Dort kann man nicht leben, Katja, dort ist alles kaputt.«

»Sarajevo ist wiederaufgebaut, und es ist eine schöne Stadt.«

»Ja, als Touristin, aber doch nicht, um dort zu leben.«

Das Schlimme ist: Ich weiß, dass sie recht hat. Trotzdem werde ich nach Sarajevo ziehen. Ich habe mich entschieden. Ich will dort sein, wo Danijel ist. Wenn ich einmal auf dem Sterbebett liege, möchte ich sagen können: Ich war mutig genug, meiner Liebe zu folgen. Auf keinen Fall möchte ich wie Oma sagen müssen: Das Einzige, was ich bereue ist, damals so feig gewesen zu sein.

Hätte sich meine Großmutter für Urs Keller und die

Schweiz entschieden, gäbe es mich heute nicht. Aus der Distanz der Gegenwart ist es nur eine kleine Abzweigung. Meine Großmutter stand vor einer Gabelung, links oder rechts. Sie packte ihre Koffer, kam nach Solburg zurück und fragte sich ihr ganzes Leben, wie dieses wohl verlaufen wäre, wenn sie geblieben wäre.

Magda und ich sitzen in der Küche und warten darauf, dass die Pizza fertig ist. Immer schon sind wir an diesem Tisch gesessen, wenn wir zu zweit waren. Den Tisch im Wohnzimmer benutzten wir nur, wenn Gäste da waren. An Feiertagen waren es meine Wiener Großeltern, wenn wir ausnahmsweise nicht in ihrem Haus aßen, sondern hier, weil Magda es sich so gewünscht hatte.

Manchmal waren die Gäste Männer. Magda kochte und stellte eine Flasche Rotwein auf den Tisch. Beim Essen kicherte sie wie ein Teenager. Ich habe mich geschämt für die gackernde Mutter. Für ihre tiefausgeschnittenen T-Shirts und die zerrissenen Jeans, die nicht zu ihr passten. Magda hatte Angst, alt zu wirken. Mit einer Tochter im Teenageralter fühlt man sich immer alt, auch wenn man erst Mitte dreißig ist.

»Wie früher, findest du nicht?«, fragt Magda, als sie die Pizza aus dem Rohr hebt und in zwei Hälften teilt.

Die Samstagnachmittage sind immer unsere besten gewesen. An den Samstagvormittagen, während ich in der Schule war, erledigte Magda den Haushalt, und wenn ich nach Hause kam, war sie gutgelaunt. Wir aßen Pizza, gingen spazieren, und danach drehten wir den Fernseher auf. Knabberten Kekse und versteckten unsere kalten Füße unter Plüschdecken. Am Sonntag wussten wir nichts mehr miteinander anzufangen. Wir vermieden jedes Wort, um nicht aneinanderzugeraten.

»Hast du das Buch schon?«, fragt Magda.

»Ich habe dir doch gesagt, dass es erst Ende August erscheint«, kaue ich.

»Warum dauert das denn so lange? Das verstehe ich nicht.«

Natürlich weiß Magda, wann das Buch in den Handel kommt. Und natürlich weiß sie, dass es ein Verlagsprogramm gibt, dass man auch ein Bilderbuch nicht einfach auf den Markt wirft, dass es einen Veröffentlichungstermin gibt, dass es auf der Kinderbuchmesse vorgestellt werden soll. Aber das Buch ist ein gutes Gesprächsthema. Es verhindert, dass wir über Sarajevo sprechen. Wenn es wenigstens Mailand wäre. Oder Paris. Von mir aus auch Rom oder Avignon, sagen Magdas Augen.

Meine Mutter ist Dolmetscherin für Französisch und Italienisch. Sie hat hart für ihren Beruf gekämpft, damals, nach der Matura, als ich bei meiner Oma im Lusniztal war und mein Vater den ganzen Tag auf einer fleckigen Matratze lag, Gras rauchte und seine leere Leinwand anstarrte, weil er bereit sein wollte, wenn ihn die Inspiration ansprang.

»Woher soll sie denn kommen, die Inspiration, du Idiot? Du hast ja nicht einmal das Fenster offen!«, rief Magda und riss die Fensterflügel auf, um den fauligen Geruch zu vertreiben. Das war dann schon am Ende ihrer Beziehung.

»Damals ist mir ein Licht aufgegangen«, sagt Magda, wenn sie heute davon erzählt. »An dem Tag, an dem ich deinen Vater verließ, bin ich erwachsen geworden.«

Der Tag, an dem meine Mutter ihre Sachen packte, um wieder bei ihren Eltern einzuziehen, war der Tag vor ihrem zweiundzwanzigsten Geburtstag. An ihrem Geburtstag selbst fuhr sie mit dem Zug über den Berg (*Let's Iltendorf, Baby!*) und von dort weiter ins Lusniztal, wo sie ihre kleine Tochter besuchte.

Ich saß auf dem orangefarbenen Hüpfball, den ich Flora nannte.

»Wer ist Flora?«, fragte Magda.

Die Mutter meines Vaters holte das Buch mit dem dicken Nilpferd, und als sie damit in den Garten zurückkam, setzte ich mich auf ihren Schoß, lehnte meinen verschwitzten Kopf an ihre Brust und zeigte auf das Bild. Als Magda sich vorbeugte, um mir einen Kuss zu geben, habe ich sie weggeschubst. Mit der Handfläche habe ich gegen ihren Kopf geschlagen, sie störte mich und Oma beim Lesen. Zum Weinen ging Magda aufs Klo. Dort setzte sie sich auf den Klodeckel, danach klatschte sie sich kaltes Wasser auf die geschwollenen Augen, damit ihre Schwiegermutter nicht sah, dass sie geweint hatte.

In den Wochen nach Magdas Wiederkehr schraubte mein Wiener Großvater ein Brett an den Kleiderschrank im Kabinett. Ein zwei Meter vierunddreißig langes, mit Birkenfurnier überzogenes Sperrholzbrett, das bis zum Bücherregal reichte. Die ausziehbare Couch wurde ins andere Eck geschoben, das Tischchen mit dem Spitzendeckchen und der Kristallvase verschwand in der Garage, in der schon lange kein Auto mehr stand, weil mein Großvater es lieber auf der Gasse stehen ließ.

Die Bildbände meines Großvaters landeten in der Wohnzimmerbank im oberen Stock, deren Sitzfläche man hochklappen konnte. Magda brauchte Platz für die Vokabeln, die sie auf kleine Karteikärtchen schrieb und von Fach zu Fach wandern ließ. Nach einem halben Jahr wurden alle Vokabeln aus dem obersten Fach noch einmal durchgenommen. Die meisten von ihnen landeten im Müll, nur jene, die Magda in den letzten sechs Monaten aus dem Gedächtnis gerutscht waren, kamen wieder in die Karteikästen ganz unten.

Während Magda lernte, tapezierte mein Großvater Magdas ehemaliges Kinderzimmer, das nun mein Zimmer werden sollte. Auf der Tapete tanzten Nilpferde. Die Tapete war teurer gewesen als alle anderen, und meine Wiener Großmutter hatte mit Magda geschimpft: »Warum müssen es denn ausgerechnet Nilpferde sein, die mit den Enten ist doch auch hübsch«, aber Magda hatte nicht mit sich reden lassen. Nilpferde mussten es sein und basta.

Magda erzählt mir von ihrem Chef und den Kolleginnen. Dass sie sich wohlfühle in dem kleinen Büro. Dass sie sich heute nicht mehr vorstellen könne, so zu arbeiten wie früher, ständig auf dem Sprung für den Chef, mit dem ewig gepackten Koffer.

»Ich brauche Sie, Frau Köhler, können Sie nicht Ihre Mutter bitten, einzuspringen?«

Manchmal entschied Magdas Chef am Vorabend seiner Abreise, dass Magda mitkommen musste, dann rief sie Oma an, und Oma kam, und wenn sie in der Tür stand, seufzte sie: »So kann das doch nicht weitergehen, ich werde schließlich auch älter.«

Meine Mutter reiste ab, meine Großmutter übernahm das Abendbrot, und am nächsten Tag gab es statt Ovomaltine echten Kakao. Meine Großmutter verrührte zwei Löffel des dunkelbraunen Pulvers und einen Löffel Zucker mit etwas Milch zu einem sämigen Brei, den sie mit dem Schneebesen in die warme Milch rührte. Dann ließ sie das Ganze aufkochen und wieder abkühlen und leerte den Kakao durch ein Sieb in eine

Tasse. Omas Kakao schmeckte tausendmal besser als Magdas Ovomaltine. Vor allem gab es keine Hautfetzen, die ich mit dem Finger herausfischen musste. Meine Oma bestrich Semmeln mit Butter und Marmelade, und während ich aß, schnitt sie eine weitere Semmel auf und belegte sie mit Wiener Wurst, Emmentaler und Essiggurken, klappte die beiden Semmelhälften wieder zusammen, umwickelte sie mit Stanniol und legte sie mitsamt einer Packung *Manner Schnitten* und einer Birne in meine Schultasche. Die Birnen aus Omas Garten waren saftig und weich, und die neuen Schulbücher hatten bereits im Oktober braune Ecken.

»Kannst du nicht aufpassen?«, schimpfte Magda, wenn sie zurückkam. »Schau dir an, wie das jetzt ausschaut!«

Ich frage mich, was sie tun wird, wenn ich nicht mehr da bin. Wenn ich nicht mehr alle zwei Wochen zu ihr kommen werde, um mit ihr am Küchentisch zu sitzen. Magda ist zu oft allein. Allein mit sich, den fremdsprachigen Romanen und den Wörterbüchern. Jetzt hat sie angefangen, Portugiesisch zu lernen. »Man weiß ja nie«, sagt sie, »mit Italienisch und Französisch kommst du heute nicht mehr weit, mit Portugiesisch auch nicht, aber besser, du beherrschst drei Sprachen, die jeder kann, als nur zwei.«

Magda hat Angst, ersetzbar zu sein. Mit vierundfünfzig ist sie froh, in einer kleinen Firma einen Platz als Übersetzerin gefunden zu haben.

Wir tun uns schwer, seit wir nicht mehr offen reden können. So schwer, wie wir uns früher miteinander getan haben. Dazwischen hat es eine Zeit gegeben, da ging es leichter, da sind wir einander so etwas wie Freundinnen gewesen, aber über Sarajevo will Magda nicht reden, nicht so, als wäre sie bloß meine Freundin, die mir Glück wünscht. Das war schon immer so. Wenn ich mir eine Freundin gewünscht habe, ist Magda Mutter gewesen, und wenn ich eine Mutter gebraucht hätte, hat Magda eine Freundin in mir gesucht.

Wir sitzen auf dem Sofa. Magda hat ein Fläschchen Kinderschaumwein für mich und ein Fläschchen Prosecco für sich geöffnet und erzählt vom zehnjährigen Kind ihrer Kollegin. Die Flüssigkeit in meinem Glas ist rosa, prickelnd, sämig und süß und schmeckt mir besser als der Prosecco, den ich sonst immer mit Magda trinke.

»Ein verzogenes Balg«, sagt Magda. »Heute sind sie alle so, ich weiß nicht, die haben keinen Respekt mehr vor den Eltern. Die Mütter lassen ihnen alles durchgehen, und dann sind sie überfordert, weil die Kinder nicht folgen.«

Durch ihre erwachsene Tochter hinkt Magda der eigenen Generation hinterdrein. Sie selbst hat mir nichts durchgehen lassen, sie hat sich Respekt verschafft, indem sie sich umgedreht und geschwiegen hat. Das Schweigen war Magdas härteste Waffe, und sie setzte sie gezielt ein, ebenso wie ihre Worte und ihr Lachen. Wenn Magda einen Raum betrat, nahm man sie sofort wahr. Wenn sie nicht gerade schwieg (was sie nur bei Oma und mir tat), hatte Magda immer etwas zu sagen – auf Deutsch, auf Französisch, auf Italienisch. Magda ging durch einen Raum und nahm ihn auf der Stelle für sich ein, und manchmal, wenn sie mich mitnahm (als ich schon älter war), beobachtete ich sie aus meiner stillen Ecke heraus und stellte mir vor, einmal genauso zu sein wie sie.

»Blödsinn«, lacht sie mich heute aus, »ich war genauso unsicher wie du. Das ist eine Erbkrankheit, dagegen sind wir machtlos. Du hast es von mir, und ich habe es von deiner Oma. Wenn du Bluter bist, bist du es dein Leben lang. Du kannst Medikamente schlucken, aber du bleibst doch einer. Mit der Unsicherheit ist es genauso. Du kannst viel reden und so tun, als wärst du selbstsicher, aber wenn du nach Hause kommst, wirst du trotzdem jedes Wort, das du gesagt hast, zu deinen Ungunsten auf die Waagschale legen.«

Dass meine Mutter nicht die selbstsichere Frau ist, für die ich sie immer hielt, habe ich erst spät erkannt. Wir halten unsere Mütter für allmächtig. Vielleicht ist das der Grund, warum wir so mit ihnen kämpfen.

Magda hat sich von klein auf gewehrt. Zuerst gegen ihre Eltern, dann gegen meinen Vater, der das genaue Gegenteil ihrer Eltern war, und schließlich gegen mich. Magda war nicht gerne Mutter. Sie hat studiert, hart gearbeitet und Karriere gemacht. Später ist sie mit ihrem Koffer nach Italien und Frankreich geflogen, immer und immer wieder, weil der Chef sie gebraucht hat. Dass ihre Tochter sie ebenfalls gebraucht hätte, hat sie nicht wahrgenommen. Vielleicht gab es auch nichts wahrzunehmen. Ich habe mich gefreut, wenn meine Mutter mit ihrem Koffer aus der Wohnung ging und meine Wiener Großmutter mit ihrer Tasche hereinkam. Großmütter sind eine tolle Erfindung, sie kochen Powidltascherl und Marillenknödel und beten mit dir zum Schutzengerl über dem Bett. Danach musst du dich unter der Decke verstecken (*Zieh sie schön bis zum Kinn!*), damit die Großmutter das Fenster öffnen kann (*durchs Fenster kommt der Sandmann*). Die kalte Luft setzt sich hart auf deine Wangen und tut dir in den Augen weh. Zehn Minuten später kommt die Großmutter wieder herein und schließt das Fenster. Haucht dir ihren warmen Atem auf die kalte Wange und knipst das Licht aus. Im Gegensatz zur Mutter lässt die Großmutter die Kinderzimmertür immer einen Spaltbreit offen, weil sie weiß, dass du so weniger Angst vor der Dunkelheit hast.

Großmütter wissen alles über Kinder. Sie haben aus den Fehlern gelernt, die sie als Mütter gemacht haben.

Wenn ich mit meinem Kind auf Besuch kommen werde, wird Magda mit ihm auf dem Boden herumrobben und es auf ihren Knien schaukeln. Sie wird ihm das Bilderbuch, das im Herbst erscheinen soll, vorlesen (immer und immer wieder) und sagen: »Das hat deine Mutti gezeichnet.«

Dass ich ausgerechnet jetzt, da ich schwanger bin, ins Ausland gehe, schmerzt sie. Magda würde es nie zugeben, aber sie freut sich auf das Kind. Sie freut sich so sehr, dass sie sich heimlich die Tränen aus den Augenwinkeln wischt, wenn ich nicht hinsehe.

Jetzt geht sie zum Plattenspieler, den sie sich vor einem halben Jahr über einen Versandkatalog bestellt hat, und legt die alte Led-Zeppelin-Platte auf.

»Es hat Vorteile, allein zu leben«, sagt sie, »Josef kann Led Zeppelin nicht ausstehen.«

Josef mag nichts, was meine Mutter mag. Josef hört Tschaikowsky, Bach und Wagner-Opern. Manchmal schleppt er sie in ein Konzert, dann sitzt meine Mutter im Konzertsaal und langweilt sich. Lieber wäre ihr, er würde mit ihr zu einem Rockkonzert gehen. Josef kann mit *The Who* und *Jefferson Airplane* nichts anfangen, er kennt die Bands nicht einmal dem Namen nach.

»Der muss auf dem Mond gelebt haben, als er jung war«, sagt Magda.

Magda kennt Josef seit zwölf Jahren. Die ersten Jahre hat sie darauf gewartet, dass er seine Frau verlässt. Irgendwann hat sie angefangen, sich einzureden, dass ihre Beziehung ohnehin besser funktioniert, wenn sie einander nicht täglich sehen. Manchmal glaube ich, dass sie tatsächlich glücklich ist mit Josef.

»Ich kann mein Leben leben und bin doch nicht allein«, sagt sie.

Eifersucht empfindet sie schon lange keine mehr. Josefs Frau mag dasselbe wie Josef. Sie begleitet ihn ins Konzerthaus, in den Musikverein und zu Ausstellungseröffnungen. Zu Hause unterhält sie sich mit ihm über die österreichische Kulturlandschaft.

Magda sind die österreichischen Künstler egal. »Alles Idioten«, sagt sie. »Brauchst nur deinen Vater anschauen.«

Ich weiß nicht, was Magda und Josef verbindet. Vielleicht gar nichts. Josef kommt zu ihr, sie essen, sie trinken Wein, manchmal sehen sie sich einen Film an oder unterhalten sich über ein Buch, das beide gelesen haben (oder das nur Magda gelesen hat). Sie gehen schlafen, manchmal schlafen sie miteinander, manchmal schlafen sie ein, bevor es dazu kommt (sagt Magda). Am nächsten Morgen sitzen sie gemeinsam am Frühstückstisch und lösen das Kreuzworträtsel im *Standard*.

Josefs Frau weiß von Magda. Im Gegensatz zu Magda weiß sie jedoch nicht, wie Magda aussieht, denn als Magda den beiden am Burgring zufällig über den Weg lief, ist sie an Josef und seiner Frau vorübergegangen, ohne sich zu erkennen zu geben.

Josef sagt, dass er seine Frau liebt. Er sagt: »Meine Frau und ich sind Seelenverwandte.« Trotzdem braucht er Magda.

Magda sagt: »Josef braucht die Reibung. Den Kick. So etwas kann ihm eine Seelenverwandte nicht bieten.«

Wir umarmen einander zum Abschied. Wie immer kommt mir ihr Körper klein und zerbrechlich vor. Meine kleine Mutter, denke ich.

»Mach's gut«, sage ich. Dann laufe ich die Treppen hinunter und bin froh, wieder draußen zu sein.

3

Ich habe Danijel vor sieben Jahren auf einer meiner unzähligen Fluchten nach Graz wiedergetroffen.

Damals war ich noch mit Norbert zusammen. Norbert verstand nicht, dass ich ständig nach Graz fuhr. Alle zwei Wochen zog es mich zu meiner Großmutter, zu ihrem Haus, zu dem Garten, in dem wir auf bunten Stoffbetten lagen, sie mit einem Kreuzworträtsel in der Hand oder einer Stickerei, ich mit einem Buch.

Dass das nicht normal sei, beschwerte sich Norbert. Dass ich endlich erwachsen werden solle. Trotzdem verließ er mich nicht.

Ich sah Norbert immer an den Wochenenden. Am Freitag zog ich zu ihm, am Montagmorgen zog ich wieder aus. Einen Rucksack musste ich nicht packen, in Norberts Kommode wartete frisch gewaschene Unterwäsche auf mich, in seinem Kasten hingen meine Jeans und Röcke. Während ich in meiner Wohnung immer weniger T-Shirts zur Verfügung hatte, wuchs der Stoß bei ihm beständig an.

Am Freitagabend gingen wir essen, manchmal ins Kino,

selten ins Theater. Am Samstag fuhren wir in ein Einkaufszentrum, um Computerzubehör oder Kleidung zu kaufen, oder wir fuhren in den nahe gelegenen Wald, wo wir zwei bis drei Stunden spazieren gingen. Norbert konnte nie länger als zwei Stunden stillsitzen, und auch das nur vor dem Fernseher. Unsere Wochenendaktivitäten waren ähnlich wie die meiner Kolleginnen, und wenn ich mich bei einer von ihnen beschwerte, sagte sie: »Ich weiß gar nicht, was du hast, sei doch froh, so einen Mann zu haben.«

Meine Kolleginnen hatten Kinder, und wenn sie keine Kinder hatten, dann hatten sie zumindest Ehemänner. Sie beneideten mich um den Mann, den ich nur am Wochenende sah und der meine Wäsche wusch, damit ich sie am Samstagmorgen frisch vorfand.

Trotzdem flüchtete ich nach Graz. Anfangs nur alle zwei Monate, am Schluss jedes zweite Wochenende. Ich flüchtete vor den Einkaufszentren, den Spaziergängen, den Fernsehabenden und den gemeinsamen Restaurantbesuchen, bei denen wir einander gegenübersaßen und nichts zu erzählen wussten. Norbert war Teamleiter bei einer Beschwerde-Hotline und erzählte mir von Frauen, die die Schulden ihrer Exmänner abarbeiteten. »Wenn der Nächste daherkommt, werden sie wieder in die Falle tappen. Solche Frauen werden nicht klüger, glaub mir«, sagte er.

Ich hielt seine Erzählungen für ein Klischee und wusste doch, dass er nicht log. Norbert log nie, er wäre nicht kreativ genug gewesen, um sich etwas auszudenken. Er brachte seine Berichte mit trockener Stimme vor und erzählte so langsam, dass ich meist viel schneller mit dem Essen fertig war als er.

Als ich Sana zwei Wochen nach meiner Trennung von Norbert kennenlernte und sie mir erzählte, dass sie in einem Callcenter die Schulden ihres Exmannes abarbeitete, brach ich in einen Lachkrampf aus.

Was habe ich bloß an Norbert gefunden, dass ich ihm viereinhalb Jahre meines Lebens (an die zweihundert Wochenenden insgesamt) geschenkt habe?

Im Sommer 2007 ging unsere Beziehung bereits dem Ende zu. Im Grunde genommen war sie von Anfang an ihrem Ende entgegengegangen. Ich war nach meiner Trennung von Raul in die Beziehung mit Norbert geschlittert, und anfangs hatte ich es genossen, dass er lieb und zuverlässig war und nie am Tag unseres Treffens absagte, weil er zu müde war oder keine Lust hatte. Dass er mir nie vorwarf, die Dinge nicht locker genug zu sehen und ihn mit meiner Unsicherheit unter Druck zu setzen.

Norbert war das exakte Gegenteil von Raul. Aufmerksam, liebevoll, langweilig. Norbert gab mir die Sicherheit, die Raul mir vorenthalten hatte. Genau das wurde schließlich zu unserem Problem: Norbert ging nicht, und ich hatte nie gelernt, zu gehen.

»Es wird schon noch der richtige Zeitpunkt kommen«, sagte meine Großmutter, die selbst nicht wusste, wie man einen Mann verlässt.

Und dann traf ich Danijel. Er saß mir schräg gegenüber in einem jener neumodischen Großraumwagen, die heute eine Selbstverständlichkeit sind. Zu diesem Zeitpunkt hatten wir einander seit elf Jahren nicht mehr gesehen. Ich war nach der Matura für zwei Jahre nach Frankreich gegangen, und als ich zurückkam, hatte ich nur mehr zu Betty Kontakt. Zu den Klassentreffen gingen weder Betty noch ich – Danijel auch nicht, wie er mir kurz nach Wiener Neustadt gestand.

Er hatte Medizin studiert und arbeitete seit zwei Jahren an der Abteilung für pädiatrische Hämato-Onkologie in Graz. Das war in unserer Klasse immer wichtig gewesen. Woher du kommst, wer deine Eltern sind, schließlich das eigene Studium. Danijel haben sie großzügig verziehen, dass er aus Bosnien kam, denn sein Deutsch war gut und sein Englisch sogar besser als das unsere. Außerdem war Danijels Vater nicht nur Arzt, sondern ein Held gewesen.

Ich hatte ebenfalls Glück, meine Mutter verdiente als Dolmetscherin gut, und mein Vater war als Künstler exotisch genug, um mit ihm angeben zu können. Dass ich meine Mutter Magda nannte, verschwieg ich, als ich aufs Gymnasium kam. Ich begann mich zu kleiden wie die anderen, mich zu bewegen wie die anderen, zu sprechen wie die anderen. Das hieß vor allem, das letzte Stück Lusniztal, das letzte Stück Heimat, das ich mir in meiner Sprache bewahrt hatte, abzulegen.

Als Danijel in unsere Klasse kam, waren wir einundzwanzig Fünfzehnjährige und eine eingeschworene Klassengemeinschaft. Danijel war nach seiner Ankunft in Wien in eine Hauptschule gekommen, ein halbes Jahr später wechselte er ins Gymnasium – zu uns. Keinen anderen Hauptschüler hätten wir akzeptiert. Hauptschüler waren dumm und minderwertig. Hauptschüler trugen weiße Sportschuhe und waren Proleten.

Die Nase hoch tragen oder untergehen. So ist das, wenn man im Villenviertel zur Schule geht. Wenn du selbst nicht in einer der Villen oder in einer renovierten Altbauwohnung in der Gegend wohnst, sondern, wie ich damals, in einem Fünfziger-Jahre-Bau in Hernals, musst du dich erst recht anpassen. Mein Auge erfasste jedes Detail, das anders war. Magda ermöglichte mir meine Angepasstheit, indem sie mir Markenkleidung kaufte. Anfang der Neunziger hatte sie die frühen Achtziger vergessen. Hatte verdrängt, dass sie sich neben Punks an die Tür hatte ketten lassen, als man das Haus, in dem sie mit meinem Vater wohnte, abreißen wollte. Nachdem Magda meinen Vater verlassen hatte, zählte für sie nur noch der soziale Aufstieg. Zuerst lernte sie mehr, und danach arbeitete sie härter und länger als andere.

Je älter ich wurde, desto mehr wurde ich von meinen Klassenkameradinnen um meine junge Mutter beneidet. Die Hausfrau hatte ausgedient. Die Mädchen meiner Klasse sahen in Magda ein Vorbild, anders als in ihren eigenen Müttern, die ihr Studium abgebrochen hatten, um ihren Männern die Hemden zu bügeln und die Kinder zu umsorgen. Sosehr ich in der Unterstufe darum hatte kämpfen müssen, so zu sein wie die anderen, ihre Sprache zu sprechen und ihre Moral zu leben, so sehr wurde ich in der Oberstufe um mein Anderssein beneidet. Sie hatten keine Ahnung, wie sehr ich mich nach einer zehn Jahre älteren Hausfrau als Mutter gesehnt hätte.

Wir waren sechzehn Mädchen und sechs Buben. Die hatten nicht viel mitzureden, sie bildeten eine eigene Gruppe. Der einzige, der von uns Mädchen beachtet wurde, war Danijel. Vielleicht lag es daran, dass er ein Jahr älter war. Vielleicht auch daran, dass er etwas erlebt hatte, von dem wir keine Ahnung hatten. Während wir im bunten Dirndl für *Nachbar in Not* gesungen und uns wichtig gefühlt hatten, war Danijel dort gewesen. Mitten in einem Geschehen, das für uns weit weg war.

Das erste Mal sahen wir Danijels Heimat im Keller unseres Schulgebäudes. Wir starrten auf den Fernseher, aßen Gummibärchen und Schokoriegel und waren stolz auf unsere Tränen.

Über Danijels Fehlen in dieser Stunde tuschelten wir noch wochenlang hinter vorgehaltener Hand.

Und plötzlich saß er da, schräg gegenüber, hinter einem hochgeklappten Laptop, an einem der Tische im Großraumwagen. Ich schielte am Rand meines Buches vorbei und fragte mich, ob ich auf ihn zugehen sollte (Aber worüber reden? Wie anfangen?), oder ob ich mich ins Nebenabteil setzen sollte, um eine Begegnung zu vermeiden. Noch während ich überlegte, sah er vom Bildschirm auf. Sein Blick schien durch mich hindurchzugehen, dann jedoch weiteten sich seine Augen, und er lächelte mich an. Er klappte den Laptop zu und forderte mich mit einer winkenden Geste auf, mich zu ihm zu setzen.

Als die Bahn den Semmering auf der anderen Seite wieder herunterkroch, wussten wir die wichtigsten Dinge voneinander. Ich wusste um die Leukämieerkrankung seiner Mutter, um ihren Kampf, den sie schließlich verloren hatte und der für ihn der Auslöser gewesen war, sich nicht, wie ursprünglich geplant, für die Pädiatrie, sondern für die Onkologie zu entscheiden.

Als ich endlich auf dem Gartenbett neben meiner Großmutter lag und alles bis ins kleinste Detail wiedergab, grinste sie und sagte: »Das klingt ja fast so, als hättest du dich verliebt.«

Ich stritt es heftig ab und blieb noch ein halbes Jahr bei Norbert.

4

Wenn ich meine Finger ausstrecke, bilden sich an den Fingerknöcheln dicke Querfalten. Wie bei der alten Ziehharmonika, mit der ich als Kind gespielt habe. Das *Fffft*, wenn mein Wiener Großvater mir half, sie wieder zu schließen. Wenn er sich danach hinsetzte und mir mit dem Instrument, das einmal Magda gehört hatte (er selbst hatte eine Bajan), etwas vorspielte.

Meine Finger sind aufgedunsen und rot. Unter den Nägeln haftet grauer Schmutz. »Das kommt vom Kratzen«, sagt Magda. »Kannst du nicht einmal deine Hände ruhig halten?«

Ich kratze mich am Kopf, kratze mich am Hals, kratze mich unter den Achseln, wenn ich zu Hause bin und den weiten Jogginganzug anhabe.

Ich sehe mich um. Neben mir steht keiner. Ich fahre mit dem Zeigefingernagel der rechten Hand unter die Fingernägel der linken. Pule den Schmutz hervor. Die Straßenbahn ruckelt gemütlich vor sich hin und bleibt an einer Kreuzung stehen. Ein Autofahrer stützt seinen Ellbogen im geöffneten Fenster auf und bohrt in der Nase.

Magda bohrte auch gerne in der Nase, vor allem, wenn wir im Stau steckten. Mit dem Finger ganz weit hinauf (*bis ins Hirn*, sagte meine Wiener Oma), von dort mit dem Schleim am Finger wieder hinunter, in den Mund hinein.

Wenn Magda ihren Finger in den Mund steckte, stellte ich mir den salzigen Geschmack vor.

Zu Hause werde ich unter heißem Wasser mit der Nagelschere unter die Ränder meiner Fingernägel fahren, dann mit Seife und Bürste weiter schrubben.

Bauernfinger. Arbeiterhände. Je älter ich werde, desto

schlimmer sehen meine Hände aus. »An den Händen einer Frau erkennt man ihr Alter«, sagt Magda.

Ich spreize meine Finger und führe sie wieder zusammen.

»So ein zarter Ring. Hat er keinen ordentlichen bekommen?«, fragte Magda.

Ich habe mir immer einen schlichten, ganz schmalen Silberring gewünscht. Er sollte aussehen wie der Ring, den ich als Teenager trug und dessen Stein ich immer nach unten drehte, sodass nur noch der dünne Reif zu sehen war.

»Der schaut aus wie der Ehering armer Leute.«

Magda wird nie ein nettes Wort finden, wenn ihr etwas nicht gefällt. »Ich bin eine ehrliche Haut«, sagt sie mit Stolz in der Stimme.

»Wenn du am Ring drehst, bist du bei mir«, habe ich Danijel zugeflüstert. »Du musst ihn nur dreimal drehen und dabei ganz fest an mich denken.«

Seit Danijel in Sarajevo ist, drehe ich oft am Ring. Nachts, wenn ich im Bett liege. Wenn ich von Magda komme. *Komisch schauen die aus, deine Illustrationen. Gefallen die den Kindern überhaupt?*, höre ich ihre Stimme in meinem Kopf. *Früher waren die Bilderbücher schöner. Kannst du dich an das Nilpferd erinnern?*

Was weiß Magda schon von Flora?

Das Buch gehörte meinem Vater. Vorgelesen bekam ich es von meiner Großmutter. Wo ist es heute? Ich glaube nicht, dass Oma das Buch mit nach Graz genommen hat. Flora ging verloren oder wurde ausgemustert. Meine Großmutter warf so viele Dinge weg, als sie das Haus in Haizendorf verkaufte. So viele Erinnerungen, einfach fort. Nur das Familienalbum nahm sie mit. Und Hilda, das Stoffpferd, weil es mein Lieblingstier war.

Was werde ich mitnehmen, wenn Danijels Onkel mich mit dem Lieferwagen seiner Firma abholt? Von den Möbeln behalten wir nur den großen Schreibtisch. Wir haben ihn vor zwei Jahren gekauft, als ich die ersten Aufträge über die Agentur bekam und begann, regelmäßig für Zeitschriften zu illustrieren. Schon damals habe ich ausgemistet, um Platz zu schaffen. Kippte die alten Schulbücher und Ordner in den Müll.

Ich habe Umzüge immer gehasst. Das wochenlange Schlichten in Kartons, die hektischen Tage, das Schleppen und dann das tagelange Einordnen. Magda und ich mussten zweimal die Wohnung wechseln, bevor wir endlich die Genossenschaftswohnung in Hernals bezogen. Mit neunzehn entschied ich mich für die erstbeste Wohnung, in der ich bis heute geblieben bin. »Nie gebe ich meine Wohnung auf«, habe ich immer gesagt, »wenn jemand mit mir leben will, muss er zu mir ziehen.«

Und jetzt ziehe ich nicht nur in Danijels Wohnung, sondern in sein Land. Alles, was nicht in den Firmenwagen seines Onkels passt, muss hierbleiben. Wir wollen Mihajlo nicht zweimal fahren lassen.

»Wer ein neues Leben anfängt, sollte kein altes Gerümpel mitnehmen«, sagte meine Großmutter immer.

Ich drehe den Ring und stelle mir vor, meinen Kopf an Danijels Schulter zu legen.

»Hast du Angst?«, fragt er mich.

»Schon«, sage ich. »Du nicht?«

»Doch, ein bisschen. Dass es dir hier nicht gefallen könnte.«

»Und was, wenn es tatsächlich so ist?«

»Dann sehen wir weiter. Immer ein Schritt nach dem anderen.«

5

Zwei Wochen bevor meine Großmutter nach Graz zog, erschien ihr mein toter Großvater im Traum.

Dass das nicht möglich sei, sagte sie, dass er doch nicht einfach so zurückkommen könne, so mir nichts, dir nichts, nach so vielen Jahren, wie ein von der Gefangenschaft Heimgekehrter. Und überhaupt, jetzt, wo sie doch gerade alles verkauft habe, das Haus und die Pferde.

Die Großmutter schüttelte den Kopf, immer wieder, nein-nein-nein, von links nach rechts und wieder zurück, nein-nein-nein, sie biss mit dem Unterkiefer fest auf den Oberkiefer, nein-nein-nein und nochmals nein, er solle wieder dorthin zurück, wo er hergekommen sei, sie könne ihn hier nicht mehr brauchen. Außerdem ziehe sie bald nach Graz, das Haus sei bereits verkauft, die Papiere unterschrieben, der Kaufvertrag und auch der Auftrag für die Umzugsfirma, morgen käme der Schwiegersohn die Kartons abholen, viel seien es ohnehin nicht.

»Wozu das alte Gerümpel mitnehmen?«

Da habe mein Großvater mit der Faust auf den Tisch geschlagen.

So erzählte sie es mir einen Monat vor ihrem Tod.

»So schnell kann es gehen«, sagte sie und zeigte auf ihren abgemagerten Körper, als sei ihr Sterben nur ein Spiel, oder ein Traum, so wie der Großvater, der damals so plötzlich im

Türrahmen gestanden war, als wolle er wieder einziehen bei ihr, als seien keine zehn Jahre vergangen. Mit den schmutzigen Arbeitsstiefeln sei er in die Stube gepoltert und habe gefragt, was es zu essen gebe.

»Als dein Großvater auf den Tisch geschlagen hat«, sagte sie, »da habe ich mich dann schon ein wenig gefürchtet.«

In der Küche sei sie gestanden, am Herd. Davor habe sie den ganzen Tag alles, was sie behalten wollte, in Kisten verstaut, und der Nachbar habe ihr geholfen, das Gerümpel wegzuführen, damit sie das Haus ordentlich übergeben konnte. Und dann, gerade als sie sich eine Kartoffelsuppe habe kochen wollen, sei die Tür aufgesprungen, und der Großvater sei im Zimmer gestanden, als sei nichts geschehen, als hätte er sich nicht zehn Jahre zuvor das Genick gebrochen bei seiner Arbeit im Kohlenbergwerk.

Dass der Großvater nicht immer so gewesen sei, erinnerte sich meine Großmutter. Dass er ein sanfter Mann gewesen sei, nur dann, in der Ehe, sei er ihr fremd geworden.

Dass es nicht leicht gewesen sei, nach Graz zu ziehen, nachdem ihr der Großvater im Traum erschienen war. Als hätte sie ihm die Heimat genommen, als müsse sein Geist jetzt im Haus fremder Leute wohnen.

»Glaubst du, er spukt dort herum?«, fragte sie mich und zog sich die Decke über den Oberkörper.

Ich schüttelte den Kopf. »Ist dir kalt?«

»Aber nein, die Sonne scheint doch herein.«

An der Wand meiner Großmutter hingen Teller aus der ganzen Welt: Wien, Bad Ischl, Salzburg, Rom, Zürich und Nizza. Den Keramikteller aus Frankreich hatte ich ihr mitgebracht, nachdem ich das erste Mal in den Sommerferien nicht zu ihr, sondern auf Sprachreise nach Nizza gefahren war. Auch Kanada war auf den Tellern zu sehen. Ein Teller aus Toronto und einer aus Wawa mit der Gans darauf. Land der Bäume und Holzfäller, wie es in unserer Familie immer hieß, weil sowohl der Bruder meiner Großmutter als auch der Mann ihrer Schwester als Holzfäller Arbeit fanden, nachdem sie in Kanada angekommen waren.

»Sucht euch etwas aus«, befahl meine Großmutter, als sie wusste, dass sie bald sterben würde. Dass sie mehr davon habe, wenn sie unsere Freude sehen könne, sagte sie.

Ich hätte gerne Hilda mit nach Wien genommen – das Plüschpferd, dessen Beine schon so zur Seite standen, dass der verfilzte Bauch am Boden schleifte –, aber meine Cousine wollte das Pferd ebenfalls. Karo ist jünger, sie hat zuletzt damit gespielt.

»Was wollt ihr denn mit dem alten Pferd, nehmt doch die Silberbecher, die sind wenigstens etwas wert«, sagte Oma.

Meinen Großvater kenne ich nur von der eingerahmten Fotografie auf dem Schreibtisch, an dem meine Großmutter immer ihre Briefe schrieb. Darauf blinzelt er in eine Sonne, die er sein Lebtag lang so gut wie nie gesehen hat, denn er hat die meiste Zeit unter der Erde verbracht. Nachdem man ihn auf dem Friedhof begraben hatte, war sein Körper dem Tageslicht näher als die dreißig Jahre zuvor.

Bei meinen letzten Besuchen lag das Fotoalbum immer auf dem Tisch. Mit dem Sterben ist es so, wie man sagt, man sieht das ganze Leben noch einmal an sich vorüberziehen. Weil meine Großmutter wusste, dass sie bald sterben würde, nahm sie sich extra viel Zeit dafür.

Jetzt, sechs Jahre nach ihrem Tod, treffen wir uns im Haus meiner Tante Silvia und wiederholen das Ritual. Wir sitzen unter der Gartenlaube oder liegen auf Liegestühlen. Wir trinken Eiskaffee, erzählen uns das Neueste aus unserem Leben, erinnern uns an früher, und irgendwann sind wir dann an dem Punkt angelangt, an dem Silvia das Fotoalbum hervorholt. Auf den Fotos lachen Verwandte, die ich nie kennengelernt habe. Meine Großmutter hat ihre Geschwister nur alle fünfzehn bis zwanzig Jahre gesehen, und auch Silvia kennt die meisten ihrer kanadischen Cousins und Cousinen nur von den Bildern, die Omas Geschwister ihren Briefen beilegten und die jetzt alle in dem Album kleben.

Alle zwei Wochen schrieben Oma und ihre Schwester Klara einander. Seit sechs Jahren gibt es keine Briefe mehr. Kann man eine Erwartung, die mehr als ein halbes Leben lang erfüllt wurde, einfach so abstellen? Ich stelle mir Klara vor, wie sie die Klappe des Briefkastens öffnet und ihr erst, als sie in das dunkle Maul schaut, wieder einfällt, dass nie wieder ein Brief ihrer Schwester darin liegen wird.

Wenn ich in Sarajevo leben werde, werde ich Fotos auf Facebook stellen. *Sarajevo im Herbst*, werde ich schreiben und *Sarajevo im Winter*. So wie meine Schulfreundin Betty, die seit vier Jahren in Straßburg wohnt und immer die Kathedrale fotografiert. Welches Motiv werde ich wählen? Die Lateinerbrücke, das Rathaus oder doch den Sebilj-Brunnen?

Meine Freundinnen werden die Fotos sehen und den *Gefällt-mir*-Button anklicken. Am Anfang werden wir einander noch lange Mails schreiben, aber bald schon werden uns sowohl die Zeit als auch die Worte dafür fehlen.

6

»Es hat keinen Sinn, zu überlegen, was wäre, wenn«, sagt Albert. »Du hast dich entschieden, das ist der wichtigste Schritt. Ob es dir dort gefallen wird und ob du in vier Jahren immer noch dort leben willst, kann dir nur die Zukunft sagen.«

Sarajevo bringt uns einander näher. In dem Ausmaß, in dem ich mit Magda nicht mehr reden kann, kann ich es mit meinem Vater.

Magda würde sagen: »Kein Wunder, dein Vater macht sich ja auch keine Sorgen. Keiner macht sich solche Sorgen um dich wie ich.«

Magda sorgt sich, dass ich mich in der Sprache und der Kultur, die nicht die meine ist, nicht zurechtfinden könnte. Magda hat sich noch nie überlegt, was aus mir werden würde, wenn ich nicht ginge.

»Sieh es dir an«, sagt Albert. »Was soll schon passieren? Im Notfall kommst du zurück, nimmst deinen alten Beruf wieder auf und suchst dir eine kleine Wohnung. Hör auf, dir ständig eine Angst einreden zu lassen, die gar nicht deine ist.«

Er hat recht. Es ist nicht meine Angst. Es ist Magdas Angst. Ihre Angst zu scheitern und sagen zu müssen: Ich habe es nicht geschafft. Magda hatte immer Angst zu versagen, und sie hat diese Angst an mich weitergegeben. Das erkenne ich heute, aus der Distanz der Jahre. Magda war die Beste ihrer Klasse, Magda war die Beste im Studium, und danach war sie unentbehrlich im Job. Magda war die, die immer mit dem gepackten Koffer wartete. Wenn der Chef rief, war sie da.

Magda war außerdem Mutter einer wohlerzogenen, höflichen Tochter. Ich wusste, wie man die Verwandten begrüßt, am Land und in der Stadt, *Griaß di, Pfiat di, Grüß Gott, Auf*

Wiedersehen. Bei Hochzeiten und Osterfeiern trug ich die Haare in Stoppellocken, die mir Magda am Morgen mit der engen Rundbürste ins Haar geföhnt hatte. Die Bürste verhedderte sich in meinem trockenen blonden Haar, und ich hatte stets rotgeweinte Augen. Auf meinem Kopf der Haarreifen mit der Schleife, an den Beinen weiße Kniestrümpfe. Mein Kleid war stets sauber und faltenfrei.

Magda erzählte von meinem Zeugnis, und die Verwandten strichen mir vorsichtig über die kunstvolle Frisur. »So eine brave Schülerin bist du?«

Nur zu Hause war das Zeugnis nichts mehr wert. »Schäm dich. In der Volksschule hatte ich noch keinen Zweier.«

Ich lernte die große Zahl durch die zweistellige zu dividieren. Sieben Mal gingen sich nicht aus, bei sechs war der Rest zu hoch. Meine Wiener Großmutter rechnete mit. »Sieben mal fünf? Und wie viel sind einundvierzig? Na komm schon, das muss schneller gehen. Wenn du weiter so langsam rechnest, kommst du nie ins Gymnasium.«

Ich wollte nicht ins Gymnasium. Im Gymnasium hatten sie Rohrstöcke wie im großen Wilhelm-Busch-Buch, aus dem mir mein Großvater immer vorlas. Man saß in Bankreihen, und der Lehrer klopfte mit seinem Stock auf die große, grüne Tafel. Man musste mit zwei Fingern aufzeigen. Wer den zweiten vergaß, bekam den Rohrstock darauf.

In der Hauptschule hingegen waren die Lehrerinnen so lieb wie in der Volksschule. So erzählte es mir meine Banknachbarin. Sie freute sich auf die Hauptschule. Ich wollte auch dorthin, aber ich wollte keinen Dreier nach Hause bringen. Bei einem Dreier würde mich Magda an den Zöpfen reißen, sie würde die Schultasche ausleeren, jedes Heft dreimal durchblättern, bis sie mir all meine Fehler aufgezeigt hätte, und danach würde sie alle Buntstifte auf Kauspuren und abgebrochene Spitzen untersuchen. Wenn sie überhaupt noch mit mir sprechen würde. Vielleicht würde sie mich auch einfach in ein Heim schicken. Alle schlimmen Kinder kamen ins Heim.

»Keiner macht sich so große Sorgen um dich wie ich.«

Ich steige aus der Straßenbahn. Ich möchte mich neben Danijel legen. Er fehlt mir. Wenn man abends allein ist, denkt man zu viel nach. Über Mütter. Und über Väter. Und über die Zukunft, die dich wie ein Tier mit weit geöffnetem Maul angrinst und dir seine gefletschten Zähne zeigt. Auch die Vergangenheit hat ein dunkles Maul, aber ihr wurden wenigstens die Zähne entfernt. Irgendwann auf dem Weg zum Erwachsenwerden hast du die Zange genommen und einen nach dem anderen herausgezogen. Die Gegenwart ist das, was sich dazwischen abspielt. Hinter dir das zahnlose Tier mit dem fauligen Mundgeruch, vor dir das zähnefletschende Ungeheuer. Und du stehst dazwischen und traust dich nicht, weiterzugehen. Trittst auf der Stelle. Bindest dir ein Tuch um die Augen, damit du das, was vor dir liegt, nicht siehst.

Die Zukunft kommt, so oder so, hallt Alberts Stimme in meinem Kopf nach. *Du kannst feig sein, du kannst hierbleiben und so tun, als ob du nie etwas anderes vorgehabt hättest. Aber wenn sie dich in zehn, fünfzehn Jahren einholt und fragt: Und? Bist du jetzt glücklich?, dann komm nicht zu mir gerannt, um dich bei mir auszuheulen, weil dein Danijel eine andere geheiratet und mit ihr drei bosnische Fratzen bekommen hat.*

7

Februar in Sarajevo. Das Regierungsgebäude brennt. Danijel erzählt mit aufgeregter Stimme von den Forderungen der Aktivisten und den Ausschreitungen bei den Demonstrationen. Seine Augen glänzen fiebrig. Zwei Wochen später schicke ich ihm ein Ultraschallbild von unserem Kind. Magda wird zunehmend nervöser, Danijel soll zurückkommen, sagt sie, das ist doch Irrsinn, jetzt geht es dort unten wieder los.

März in Sarajevo. In den österreichischen Medien verdrängt der Maidan den bosnischen Aufstand. Danijel hält mich auf dem Laufenden, und doch ist Sarajevo für mich so weit weg wie für alle anderen hier.

In letzter Zeit schlafe ich schlecht, stehe manchmal schon um halb sechs Uhr auf, klappe den Laptop auf, lese bei einer Tasse Kaffee die Schlagzeilen von *Oslobođenje* und *Al Jazeera Balkans*, lese die Meldungen und Kommentare auf Facebook und schreibe eine Zeile an Danijel. Ich dusche, schlüpfe in die Kleider und fahre in die Schule. Vierundzwanzig Köpfe drehen sich in meine Richtung, wenn ich den Raum betrete. Achtundvierzig Augen, die mich anlächeln. In vier Monaten werde ich nicht mehr hier sein, in drei Monaten werde ich nicht mehr hier sein, in zwei Monaten werde ich nicht mehr hier sein. Die Zeit vergeht, der Alltag scheint derselbe zu sein wie immer, nur an der Anhänglichkeit der Kinder bemerke ich, dass ich nach dem Sommer nicht wieder zurückkommen werde. Neugierig drehen sie sich nach der Neuen um, bald ist auch diese Angst weg. Marie-Therese, die bis jetzt als Begleitlehrerin in der Klasse ein Stockwerk über uns arbeitete und sich von den Kindern Ma-Te rufen lässt, ist voll Elan und Geduld. Ich bemerke meine Eifersucht, wenn die Kinder in der

Pause zu ihr laufen, um sie beim Öffnen der Trinkflasche oder beim Schließen der Jacke zum Hilfe zu bitten.

Die Kinder schlüpfen in die Sommerschuhe. Die Mädchen tragen bunte Kleider, die Buben tauschen die Hauben gegen Kappen.

In Bosnien ist das halbe Land überflutet. Ich sitze vor dem Fernseher und heule.

»Das ist aus unserer Revolution geworden«, sagt Danijel.

Ich lege die Kleidung, die ich ohnehin ausgemistet hätte, in Kartons, dazu Decken und Putzmittel, auch Kochgeschirr, alles, was mir in die Hände gerät, um es Sanas Eltern mitzugeben, die für zwei Wochen nach Hause fahren.

Magda ruft an. Ich beruhige sie, die Innenstadt von Sarajevo sei nicht betroffen, und auch Danijels Verwandten ginge es gut. Sie haben den Keller auspumpen müssen, jetzt helfen sie eine Gasse weiter unten, wo alles verschlammt ist.

Ich erinnere Magda an die Hochwasser in Niederösterreich. »Da hast du dir doch auch keine Sorgen gemacht«, sage ich.

»Aber das kann man doch nicht vergleichen«, erwidert sie.

Ich habe keine Kraft mehr, sie zu beruhigen.

Am letzten Schultag trage ich Blumen und Glückwunschkarten nach Hause. Ein Bild mit Porträts und Unterschriften der Kinder. »Wann habt ihr das gemacht?«, habe ich Ma-Te gefragt.

»Ach, immer, wenn du mal kurz weg warst, um etwas zu kopieren.«

Ich fühle mich ausgeschlossen und gönne ihr das Geheimnis, das sie seit Wochen mit den Kindern teilt, nicht. Spätestens im Dezember werden mich meine Schüler vergessen haben – und das soll auch so sein.

Ich nehme die Fotocollage aus dem Glasrahmen und rolle sie ein, um sie in eine der Bananenschachteln zu legen, obwohl ich weiß, dass ich sie in Sarajevo keines Blickes mehr würdigen werde.

»Und?«, fragt Albert. »Wie fühlt sich die Freiheit an?«

Ich sage ihm nicht, dass ich bereits alles gepackt habe. Seit Wochen schon stehen die Schachteln in meinem Vorzimmer. Das Sofa und die Vitrine habe ich über *Willhaben* verkauft, die Badezimmermöbel, deren Spanplatten sich bereits aufzulösen begannen, hat Sanas Vater auf die Mülldeponie geführt. Seitdem stehen meine Hygieneartikel auf der Waschmaschine. Vor zwei Wochen habe ich zu einer Räumparty geladen. Meine Freunde trugen Bücher und Grünpflanzen aus der Wohnung. Sogar das Bett hat mir eine Kollegin abgekauft. Jetzt ist das Wohnzimmer bis auf ein Regal und den Schreibtisch leer. Im Schlafzimmer liegt die alte Matratze, die wir immer aus dem Keller geholt haben, wenn einer unserer Besucher über Nacht blieb.

Es sind noch sechs Wochen, bis Mihajlo mit dem Lieferwagen kommt.

»Großartig fühlt sich die Freiheit an«, lüge ich Albert an.

»Wieso fährst du nicht jetzt schon?«, fragt Magda, als ich einen Tag später an ihrem Küchentisch sitze.

»Und die Wohnung? Ich habe sie doch noch sechs Wochen gemietet.«

Magda verdreht die Augen. »Na und?«

Ich brauche diese Wochen. Sie sind das Niemandsland zwischen meinem alten und meinem neuen Leben.

»Verdammt leer ist es hier«, sagt Sana.

Wir sitzen auf der Matratze, Sana hat ihren Rücken an die Wand gelehnt, ich liege, mein Kopf in ihrem Schoß. Heute war mir den ganzen Tag übel, was wohl weniger mit meiner Schwangerschaft zusammenhängt als mit den hallenden Schritten in der leeren Wohnung. Sanas Hand streicht über mein Haar, in der anderen Hand hält sie ein Rotweinglas.

Früher, als Sana bei mir wohnte, haben wir uns manchmal vorgestellt, wie es gewesen wäre, Schwestern zu sein. Wir nahmen einander mit in unsere Kinderzimmer, als könnten wir im Nachhinein die Stunden der Einsamkeit und Angst durchbrechen. Das Wissen um diese Stunden macht uns tatsächlich zu Schwestern, nie wieder wird mir jemand so nahe sein wie Sana. Ich kenne Sanas Kindheit, wie sie meine kennt, ich kenne ihre Kinderzimmer, das Plakat von Jon Bon Jovi in Ilidža und die kleine Primaballerina aus Porzellan, die sie so gernhatte und die sie zurücklassen musste. Ich weiß, wie sich Sana fühlte, als sie im Bett ihrer Großmutter lag, dessen Laken weiß und steif waren, während sich der Körper ihrer Oma weich und warm gegen sie presste (Löffelchenstellung). In jener Nacht roch der Atem ihrer Großmutter nach Schnaps und ihr Körper nach Rosmarin.

Zwei Tage später lag Sana im Bett ihres Vaters, der seit zwei Jahren in Wien als Fliesenleger arbeitete. Das Zimmer in der Goldschlagstraße war gerade groß genug für einen Gastarbeiter, der in seiner freien Zeit so oft wie möglich nach Hause fuhr; jetzt musste es als Küche, Badezimmer, Wohnzimmer, Kinderzimmer und Elternschlafzimmer dienen. Nur das Klo war am Gang. Während Sana im schmalen Bett an der Wand schlief, rollten die Eltern eine breite Schaumstoffunterlage aus, die die Mutter jeden Morgen wieder zusammenrollte. Musste Sana aufs Klo, stieg sie über die Füße der Eltern. Im Zimmer roch es wie im Stiegenhaus nach Zwiebeln, kaltem Rauch, altem Öl, Schweiß und Kloputzmittel, und in der Nacht hörte Sana die Geräusche der angrenzenden Wohnungen, die verzerrten Stimmen des Fernsehers, das Niesen und Husten, sogar das Schnarchen des dicken Nachbarn, dessen Haut Sana an den Brotteig erinnerte, den ihre Großmutter immer auf das Fensterbrett gestellt hatte.

Sieben Monate später übersiedelten sie in eine größere Wohnung, wo Sana endlich ihr eigenes Zimmer bekam. Keine drei Wochen später stellte ihr Vater ein Klappbett in ihr Zimmer. Damals war Sana zwölf. Abends schlüpfte sie unter ihre Decke und drehte ihrem fünfzehnjährigen Cousin, den sie kaum kannte, den Rücken zu, und morgens, nachdem ihr Vater zur Arbeit gegangen war, setzte sie sich schweigend neben ihre Kaffee trinkende Tante, die jetzt bei ihnen wohnte und die Sanas Vater, der ihr Bruder war, jeden Morgen das Frühstück zubereitete.

Zwei Jahre schliefen Danijel und Sana in einem Zimmer. Sana kennt Danijel wie keine andere, und sie kennt mich, wie kein anderer mich je kannte, denn so, wie sie mir von ihren bangen Stunden erzählte, weiß sie um meine. Ich habe sie unter meine Decke schlüpfen lassen und mit ihr die Nilpferde auf der Tapete gezählt, und später habe ich sie in unsere neue Wohnung mitgenommen, in mein Bett mit dem eingebauten Radiowecker. Die Fenster meines neuen Kinderzimmers schauten auf den Hinterhof. In der Nacht war es so still und dunkel, dass ich Angst hatte, die Menschen könnten in einen hundertjährigen Schlaf gefallen sein wie in meinem Märchenbuch. Ich öffnete das Zimmer und tapste hinaus. Das Wohnzimmer war hell erleuchtet, und Magda saß auf dem

Sofa, aber ihr Körper war starr und kalt wie der einer Wachspuppe, und ihre Augen starrten aus gläsernen Pupillen ins Leere. Die Vorstellung glitt in meinen Traum, der mich schließlich durch die Nächte meiner Kindheit trug und der Grund für meine Angst vor Puppen jeglicher Art war, angefangen von der pinkelnden Babypuppe, die mir meine Wiener Oma zu meinem sechsten Geburtstag geschenkt hatte, bis hin zu den Barbies. »Dem Kind kann man auch keine Freude machen«, hieß es, also lernte ich, so zu tun, als hätte ich ihre Puppen gern, nur abends, wenn ich allein in meinem Zimmer war, versteckte ich ihre starren Plastikkörper in meinem Bettkasten, legte die dicke Wolldecke über sie und betete zu meinem Schutzengel, dass er sie nicht aus dem Bett steigen lasse. Je gemeiner ich meine Puppen behandelte, desto größer wurde meine Angst vor ihrer Rache. Ich hatte Sorge, dass sie Magda holen und sich danach auf den Weg zu meiner Wiener Oma und meinem Ziehharmonika spielenden Großvater machen würden, und wenn ich meine Gedanken nicht kontrollierte, würden sie sogar von meiner Oma im Lusniztal erfahren, und ich hätte niemanden mehr. Also versuchte ich, nicht an die Kühe und die grünen Hügel zu denken, denn die Puppen, die unter mir lagen und meine Gedanken lesen konnten, durften von dem Ort meiner Sehnsucht nichts erfahren.

»Wir waren ein perfektes Team«, sagt Magda heute, wenn sie an unsere gemeinsame Zeit zurückdenkt, denn sie weiß nichts von meinen Puppen und nichts von meinen bangen Nächten. Magda war stolz auf ihre erste Wohnung, und sie war froh, endlich ihren Eltern entronnen zu sein. An den Wochenenden stieg sie in die Latzhose und malte Wände aus, lackierte den alten Tisch und die Sessel, die sie danach neu bezog, denn Magda war in allen Dingen geschickt, nicht nur im Erlernen von Fremdsprachen. »Man kann alles schaffen, wenn man nur will«, lautete ihre Devise, und als ich sechzehn war und Magda vierunddreißig, verlegten wir sogar den Laminatboden unserer Genossenschaftswohnung selbst. So wuchs ich auf, befreit von alten Rollenklischees, mit einer Menge handwerklicher Tricks im Köpfchen. Statt Kochbücher stapelten sich Heimwerker-Anleitungen in unserer Küche. Ich habe nicht gelernt, wie man Schnitzel paniert, und als ich Norbert kennenlernte, konnte ich nicht einmal eine Eierspeise zubereiten, ohne sie anbrennen zu lassen, aber ich weiß, wie man Klickböden verlegt und Vorhangstangen montiert. »Eine Tiefkühlpizza ist billiger als ein Handwerker«, sagte Magda immer.

Mädchen von alleinerziehenden Müttern sind Superemanzen, weil sie die vollkommene Unabhängigkeit nicht erst erlernen müssen, sondern als Selbstverständlichkeit vorgelebt bekamen. Wir können mit der Bohrmaschine umgehen, einen Siphon zerlegen, IKEA-Möbel zusammenbauen und Lampen anschließen. Wir haben keine Angst vor Strom, und wir haben keine Angst vor der Kreissäge; wir sagen, dass wir uns vor der Unterdrückung fürchten und deshalb keine enge Beziehung eingehen, in Wirklichkeit jedoch fürchten wir uns vor dem Verlassenwerden mehr als vor allem anderen.

»Wenn du dich auf dich selbst verlassen kannst, kann dich niemand anderer verlassen«, sagte Magda, denn das Schwert, mit dem sie mich für den Kampf dieser Welt ausstattete, war das der absoluten Unabhängigkeit und nicht das des Vertrauens. Magda glaubte nicht an die Liebe, und noch weniger glaubte sie an die Ehe. Was die Ehe aus einer Frau macht, hatte sie an ihrer Mutter beobachtet, und was einem Überschwang aus Hormonen entspringt, hatte sie am eigenen Leib erfahren, der sich viel zu früh vervielfältigt hatte.

Magda wollte mich vor all dem beschützen – nie sollte mich jemand in eine Dose sperren.

»Flieg davon, bevor es zu spät ist«, warnte sie mich, und auch meine Großeltern gaben mir Tipps mit auf den Weg. »Lern brav, damit du auf eigenen Beinen stehst«, sagte mein Großvater in Wien. »Die Liebe allein macht das Kraut nicht fett«, sagte meine Oma im Lusniztal.

Die Liebe war also nichts anderes als eine Hormonausschüttung, feurig, wild lodernd und schnell wieder vorüber, und danach kam die Langeweile, die einen in den Käfig sperrte, der in den seltensten Fällen aus Gold war. Trotzdem erlebte ich die feurige, alles (und vor allem mich selbst) verzehrende Liebe mit Raul und die tödliche Langeweile mit Norbert.

Als ich Danijel im Zug traf, war ich neunundzwanzig. Danijel lebte in einer Beziehung, und da er nicht viel von seiner Freundin erzählte, ging ich davon aus, dass er mit ihr glücklich war, also gönnte ich mir meine Tagträume vor dem Einschlafen und blieb bei Norbert, und irgendwann, so dachte ich, werde auch ich es schaffen, so stolz und unabhängig zu sein, wie alle es von mir erwarteten.

Und jetzt sitze ich auf meiner fleckigen Matratze, ohne Job und bald auch ohne eigene Wohnung, mit einem wachsenden Bauch, unter dessen Haut es manchmal »plopp« macht. Nicht Sarajevo macht mir Angst, sondern diese kleine Popcornmaschine. Ich habe Angst, dass meine Liebe zu meinem Kind einer Leere weichen könnte. Ich habe Angst, dass Danijels Liebe zu uns versiegen könnte. Wenn ich ihm davon erzähle, lacht er mich aus. »Wie kommst du denn auf diese Idee?«, fragt er mich und schreibt die Angst meinen Hormonen zu, weil er sich gar nicht vorstellen kann, wie tief sie sitzt.

Ich lege Sanas Hand auf meinen Bauch, meinen Kopf habe ich noch immer in ihrem Schoß liegen.

Dass ich sie zurücklassen muss, ist der größte Schmerz. Wenn ich Heimweh haben werde, dann nach Sana, denn sie ist mir wie eine größere Schwester, obwohl sie zwei Jahre jünger ist. Manchmal tauschten wir auch die Rollen, da war ich die größere und legte meine Hand in ihr Haar und strich ihr behutsam über den Kopf.

Als ich sie kennenlernte, hatte sie gerade die Scheidung eingereicht. Damals wohnte sie noch bei Mio, sprach noch mit Mio, sehnte sich noch nach Mio, weswegen sie die Schlafzimmertür verschloss und am Morgen direkt vom Zimmer ins Bad und vom Bad aus der Wohnungstür schlich, denn hätte sie ihrem Sehnen nachgegeben, wäre sie noch Jahre bei ihm geblieben, vielleicht bis heute, wie sie sagt. Ein Jahr zuvor hatten Miodrag und sie einen Kredit aufgenommen, er hatte sie dazu überredet, und Sana hatte sich weichklopfen lassen, ein kleines Lokal im neunten Bezirk nahe der Votivkirche, das war eine gute Gegend, versuchte sie sich ihm zuliebe einzureden, warum sollte sich Mio nicht seinen Traum erfüllen? Aber Miodrag war zu weich für diese Welt, und für die Säufer, die dann in das kleine Kellerlokal kamen, sowieso.

Sana gab sich selbst die Schuld. Mio sei immer schon ein Träumer gewesen, die Realität überforderte ihn, nie hätte sie sich darauf einlassen dürfen. Mio war nicht geschaffen für die Selbständigkeit. Nach einem halben Jahr waren die Schulden ins Unermessliche gestiegen und Sanas Ehe kaputter als zuvor. Sie ging zu einem Immobilienmakler, verfasste Inserate und hörte sich im Bekanntenkreis um, während Mio mit seinen Gästen am Tisch saß und begann, mitzutrinken. Eines Tages kam Sana ins Lokal und fand ihn in den Armen einer anderen, die voll Mitleid mit ihren violett lackierten Fingernägeln über seine Hand strich. »Es ist leicht, jemanden zu verstehen, wenn es nicht dein Mann und dein Geld ist, das flöten geht«, sagte Sana, als sie mir vom Ende ihrer vierjährigen Ehe erzählte.

Miodrag bettelte wochenlang um Entschuldigung, hängte Sana Blumensträuße an die Schlafzimmertür und schrieb ihr sogar einen Liebesbrief (der süßeste, den sie je erhalten hatte), aber Sana blieb hart, drei Jahre Kampf gegen Mios Träume, Mios Depressionen und Mios Frauen, die ihn alle besser verstanden hatten als sie, waren mehr als genug.

Danijel stellte mir Sana vor, als er mich in Wien besuchte. Er fühlt sich verantwortlich für sie, »meine kleine Cousine«, sagt er.

Ich mochte Sana von Anfang an. Eines Abend, nach zu vielen Gläsern Rotwein, schlug ich vor, dass sie zu mir ziehen solle, bis sie etwas Passendes gefunden habe. Damals wohnte Danijel noch in Graz, und wir nannten unsere Beziehung noch nicht Beziehung. »Schau'n wir, wohin uns das Leben treibt«, sagte ich, und Danijel sagte gar nichts.

Seit ich Danijel kenne, hat sich mein Leben verändert, nach und nach ist meine Welt wärmer und reicher geworden, nicht nur durch ihn, sondern auch durch Sana und die anderen. Danijels Familie erinnert mich an die Familie, die ich im Lusniztal hatte.

In Sarajevo muss ich nicht stark sein. Ich muss nicht erfolgreich sein. Ich muss nicht einmal nett und wohlerzogen sein, denn als ich Danijels Familie kennenlernte, setzte ich mich unter einen Maulbeerbaum und betrank mich mit Schnaps.

Es war der Sommer, in dem meine Oma im Sterben lag, ich versprühte Tränen und Gift, aber Sarajevo empfing mich mit einer sanften Umarmung, und als ich wieder zurück nach Wien musste, saß ein Kloß in meinem Hals.

Immer schon wollte ich weg von Wien, und heute frage ich mich, warum ich so lange geblieben bin. Statt dass ich zu Danijel nach Graz gezogen wäre, bewarb sich Danijel in Wien. Damals schon packte er seine Sachen, ohne mit der Wimper zu zucken. Danijel hat keine Angst vor Veränderungen. »Wovor sollen wir uns fürchten?«, sagt er.

Sana lacht uns aus. »Wie kann man nur Wien verlassen und nach Sarajevo gehen?«, fragt sie.

Seit ihre Oma gestorben ist, fährt sie nicht mehr mit nach Bosnien. »Was soll ich dort? Meine Heimat ist hier!«

Sana hat geschafft, was mir nie gelungen ist, denn im Gegensatz zu ihr habe ich mich nie an Wien gewöhnt, obwohl ich hier geboren bin und seit meinem fünften Lebensjahr hier wohne. Wien blieb immer der Ort, an dem ich nicht sein wollte. Wien war Magdas Stadt, nicht meine. Als ich achtzehn war, wollte ich einfach nur weg – von Wien, von Magda und meiner Wiener Großmutter, die, seitdem sie sich nicht mehr über das Ziehharmonikaspiel meines Großvaters aufregen konnte, nur noch apathisch vor dem Fernseher saß. Also flüchtete ich nach Frankreich, doch mein Heimweh blieb dasselbe, denn was hatte ich schon mit La Rochelle zu tun? Dort gab es ebenso wenig Kühe wie in Wien. Ich hatte mir vorgenommen, in Magdas Fußstapfen zu treten, Französisch musste es sein, so wollte sie es, und ich dachte, dass ich es auch wollte, denn ich war nicht nur begabt, ich hatte immer aus Magdas Vokabeln gelernt, schon als Kind. Aber da war auch ein anderer Gedanke: Vielleicht würde ich nicht zurückkommen, vielleicht würde ich in Frankreich bleiben, heiraten und meine Kinder zweisprachig erziehen, und zu Weihnachten würde ich österreichische Kekse backen und an den Geburtstagen Sachertorte, so wie ich es für die Familie tat, bei der ich wohnte. Es waren die romantischen Vorstellungen einer Achtzehnjährigen, die mit der Realität so wenig zu tun hatten wie Magdas Karrierewünsche. Ich blieb in La Rochelle, weil ich nicht wusste, was ich wollte. Zwei Jahre umsorgte ich drei fremde Kinder und aß mit fremden Eltern zu Abend, und am liebsten wäre ich für immer an diesem Familientisch sitzen geblieben, nicht weit vom Salz des Meeres, dessen Brise zwar anders war als die Weichheit der Luft im Lusniztal, die aber dennoch so viel klarer war als die Luft in Wien. An meinen freien Tagen fuhr ich ans Meer und setzte mich an den Hafen, sah den Schiffen zu, und nie fand ich eine passende Antwort, als wären die Wege, die für mich bereitstanden, alle zu steil, alle Lebensentwürfe und alle Länder, die mir einfielen, machten mir Angst, denn es ist eine Sache, zu träumen, aber eine ganz andere, einen Traum zu leben. Hier konnte ich nicht bleiben. Ich gehörte nicht zu La Rochelle – ich gehörte nicht zu dieser Familie, deren Kinder nicht meine waren und denen ich nichts bedeuten würde, wenn sie einmal erwachsen sein würden. Ins Lusniztal gehörte ich jedoch auch nicht mehr. Ich war eine, die sich nirgendwo zu Hause fühlte, das machte mich frei, aber was bedeutet schon Freiheit? Ich wollte kein Schiff besteigen, ich wollte nach Hause, immer schon wollte ich einfach nur nach Hause, und nie wusste ich, wo dieses Zuhause eigentlich war. Ich musste an meine Oma denken, die sich immer in die Ferne gesehnt, und an ihre Schwester Klara, die ihr Leben lang Heimweh gehabt hatte, an den riesigen

Atlantik, der zwischen ihnen lag, und an ihre Briefe, die ihnen vorgaukelten, dieselben geblieben zu sein, aber wenn sie einander alle zehn Jahre sahen, waren sie einander fremd.

An all das muss ich wieder denken, jetzt, da ich in meinem leeren Schlafzimmer sitze und ein Abschnitt meines Lebens zu Ende geht. Achtzehn Jahre hat er gedauert, das ist lange. In Frankreich begann er, und er endet hier, auf einer fleckigen Matratze, auf der meine Vorfreude und meine schlimmsten Befürchtungen die Handflächen aufeinanderklatschen, *Schneewitt-balle-ballerina*, wie zwei Kinder im Spiel, die Welt um sie herum steht still, denn alles dreht sich nur um ihre Handflächen, um den Rhythmus und den richtigen Wechsel.

In sechs Wochen werde ich nicht mehr die sein, die ich heute bin, denn Orte verändern uns, und Menschen verändern uns noch mehr.

Geh nicht nach Bosnien, alle spucken sie mir ihre Warnungen ins Gesicht, sie glauben, Bescheid zu wissen, weil sie ein Fernsehgerät besitzen, weil sie eine Nachbarin haben, die ihnen von der bosnischen Putzfrau erzählt, von ihrem begonnenen Studium und dem niedergebrannten Haus ein Jahr danach. Bosnien ist in ihren Augen ein dunkler Ort, ein rückständiges, vom Krieg zerfressenes Land, kein Platz, an dem man sein Kind aufwachsen lässt. Sie wissen nicht, wie schön es ist, auf Nusrets Bank zu sitzen und zu Mihajlos Ziehharmonika (die viel heller klingt als die Bajan meines Großvaters) zu singen.

Ich sehe Dinge, die nicht einmal Danijel sieht, denn er sieht vor allem die Armut, er sieht die vielen neuen Moscheen, er sieht die Misswirtschaft, aber ich sehe die Dinge, die es hier nicht gibt, die offenen Türen, die herzlichen Umarmungen.

»Du bist anders als die Frauen, die ich in Deutschland kennengelernt habe, du hast eine kroatische Seele«, sagte Nusret, als ich das erste Mal auf ihrer Bank saß und wir bis in die frühen Morgenstunden über Themen sprachen, über die ich bis dahin mit niemandem gesprochen hatte. Ihr Satz brachte Danijel zum Lachen, »Meine kleine Kroatin« nannte er mich an den folgenden Tagen, küsste meine Nase und machte sich lustig über meine Verzauberung.

Kroate – so hatten sie auch meinen Urgroßvater genannt, weswegen ich lange dachte, Sarajevo sei ein Teil Kroatiens, ein riesiger Hafen der Donaumonarchie, so wie Kanada das Land der Holzfäller war und die Schweiz der Ort, an dem man alles *tout de suite* erledigte. Davon hatte mir meine Oma erzählt, alles hatte dort immer *tout de suite* zu geschehen gehabt, und später spielte sie selbst mit dem Ausdruck und spitze die Lippen: »Zieh dich an, aber tout de suite!«

In unserer Familie gab es keine Verwurzelungen, kaum einer blieb an dem Ort, an dem er aufgewachsen war, und die, die blieben, sehnten sich nach der Ferne. Wie hatte ich auch nur eine Sekunde annehmen können, dass man ausgerechnet mich, die ich mich dort so wohlfühlte, im Lusniztal lassen würde?

Jetzt gereicht mir meine Heimatlosigkeit zum Vorteil, denn wie soll ich mich nach einer Stadt sehnen, in der ich nie zu Hause war?

Nur das Lusniztal würde ich noch gerne sehen, bevor ich gehe, bevor meine kleine Popcornmaschine mir die Bewegungsfreiheit raubt. Ich könnte Omas Schwester Therese besuchen und zwischen den Almen spazieren, und vielleicht werde ich dort endlich die Antworten finden, nach denen ich immer gesucht habe.

Sana schweigt und starrt gegen die Wand, in ihrer Hand hält sie das Rotweinglas, von dem sie immer wieder einen Schluck nimmt. Jede von uns hängt ihren eigenen Gedanken nach – vielleicht überschneiden sie sich, vielleicht denkt auch sie an unsere bevorstehende Trennung, denn wenn ich in Sarajevo sein werde, werden wir nicht mehr in die U-Bahn steigen können, um in einer Viertelstunde zusammen zu sein. Vielleicht aber denkt sie auch an Christian, den Mann, den sie liebt, und der nie für sie da ist, seit zwei Jahren schon nicht, von dem sie aber trotzdem nicht loskommt – auch wenn sie im Moment so tut, als hätte sie ihn vergessen.

Sechs Wochen. Sechs Wochen sind viel zu lange, um in dieser Wohnung zu sitzen, und auch Sana könnte Abwechslung gebrauchen.

»Weißt du, dass du mich nie ins Lusniztal mitgenommen hast?«, kichert sie, als ich ihr von meiner Idee erzähle. »Du hast mich in dein Kinderzimmer in Wien mitgenommen, aber nie hast du mich in das Zimmer im Haus deiner Oma eingeladen.« Ihre Zunge ist schwer vom Wein.

Sie hat recht. Im Lusniztal habe ich ihre Hand nicht gebraucht. Im Lusniztal hat es keine Einsamkeit und kein Heimweh gegeben.

Ich richte mich auf und lehne mich ebenfalls an die Wand. Sana zu verlassen ist das Einzige, was mein Fortgehen von hier schwer macht.

8

Zwei Tage später sitzen wir im Zug. Ich habe ein Zimmer gebucht, in einem Hotel, das früher das einzige im Ort gewesen ist. Als wir ankommen, ist der Hausherr nicht da, wir stehen mit unseren Rucksäcken in der Einfahrt und rufen seinen Namen. Zehn Minuten später kommt er. Er ist alt und mürrisch. »Ist ein Raucherzimmer in Ordnung?«

»Nein«, sagt Sana und zeigt auf mich. »Sie ist schwanger.«

Dass es hier noch so etwas wie Raucherzimmer gibt, amüsiert uns.

Die Tapeten an den Wänden sind aus den Siebzigern. Große braune Flächen mit beige-orangen Kreisen darauf. Ein kleiner Tisch mit einem gehäkelten Spitzendeckchen, ein abgesessener hellbrauner Lederfauteuil, ein Doppelbett mit weißer Bettwäsche. Vor dem Fenster hängt ein altmodischer Vorhang mit eingehäkeltem Blumenmuster. Im Eck über dem Tisch ein kleiner Fernseher. Sana schaltet ihn ein, hinter dem Schneegestöber erkennen wir das grinsende Gesicht des Bundeskanzlers.

Das Badezimmer ist klein, die Fliesen sind alt und teilweise gesprungen. Die Klobrille ist aus Holz, der Lack darauf vor langer Zeit abgeblättert.

Sana schiebt den Vorhang zur Seite und öffnet das Fenster.

»Hier stinkt es nach Bauernhof«, sagt sie.

Ich erzähle Sana von dem Misthaufen, an dem ich als Kind täglich mit meiner Großmutter vorbeiging. »Riech, die gute Landluft!«, inhalierte sie mit einem tiefen Seufzen, und ich glaubte ihr. Das war, als ich schon bei Magda wohnte und Oma in den Ferien besuchen kam. Der Kuhdung bedeutete Heimat.

Sana lacht. »Hat sie das wirklich ernst gemeint mit der guten Landluft?«

»Nein«, sage ich, »Aber das habe ich nicht kapiert. Du musst einem Kind nur lange genug einreden, dass Scheiße duftet und französisches Parfüm stinkt. Alles eine Frage der Konditionierung.«

Sana hat Tränen in den Augen. Sie fährt sich mit den Zeigefingern in die Augenwinkel, verwischt den Lidstrich. »Du bist schon verdammt komisch. Kein Mensch zieht Kuhscheiße französischem Parfüm vor!«

Das Frühstück besteht aus zwei Semmeln, einem Päckchen Butter und zwei Schälchen Marmelade, der Kaffee ist stark und bitter. Der Hotelbesitzer kommt uns noch älter und mürrischer vor als am Vorabend. Wortlos stellt er die Kaffeekanne auf unseren Tisch und fragt, ob wir auch Wurst haben möchten. Wir lehnen dankend ab, sagen, wir seien wunschlos glücklich, und fragen uns, wie seine Antwort wohl gelautet hätte, wenn wir *Ja* gesagt hätten.

Das Hotel hat seine besten Zeiten hinter sich, im Gang riecht es nach alten Teppichen und Mottenkugeln. Der Hotelbesitzer ist laut unseren Schätzungen mindestens siebzig, seine Augenbrauen sind buschig, und wenn wir ihm beim Gehen zusehen, fragen wir uns, warum er sich das Bewirten der Gäste noch antut. Augenscheinlich sind wir im Moment seine einzigen Gäste.

Gemeinsam beugen wir uns mit unseren Marmeladesemmeln über den *Lusniztaler Anzeiger.* Ich erinnere mich an eine Zeit, in der meine Oma nach dem Frühstück auf der Küchenbank saß und in der Zeitung blätterte. Am liebsten waren ihr die Sterbeanzeigen. Vielleicht war es die Genugtuung, dass es auch anderen erging wie ihr, dass auch sie ihre Männer und Söhne verloren. Ich habe die toten Männer unserer Familie immer als etwas Normales hingenommen. Sie gehörten zu Oma, aber sie gehörten nicht zu mir, denn als ich zur Welt kam, lebten sie nicht mehr. Erst in Graz ließen die Toten von meiner Oma ab, dort wechselte sie zu den Bekanntschaftsannoncen, aber die Herren im »besten Alter« suchten nicht nach Frauen über fünfzig, sondern nach Dreißigjährigen.

Albert meint, seine Mutter hätte ohnehin keinen Mann neben sich ausgehalten. »Meine Mutter war am liebsten für sich, das war immer schon so.«

Mein Vater hat seiner Mutter nie verziehen, dass sie den Tod seines Vaters so schnell überwunden hatte. Und schon gar nicht verstand er, was seine Mutter mit Magda zu schaffen hatte.

»Wenigstens ist meine Schwiegertochter noch rechtzeitig zur Vernunft gekommen«, sagte Oma zu ihren Geschwistern, und später sagte sie es zu ihrer Nachbarin, denn sie erzählte gerne von mir, und sie schimpfte gerne über ihren Sohn, weil ihr das die Möglichkeit gab, von ihm zu sprechen, obwohl sie es sich verboten hatte.

Albert und meine Großmutter haben ihre Kämpfe ausgefochten, bis sie einander gar nicht mehr sahen. Erst in den letzten Jahren vor Omas Tod ist ein wenig Ruhe in ihre Beziehung eingekehrt. Mein Vater besuchte seine Mutter zum Geburtstag und knapp vor Weihnachten. Meine Oma liebte seine neue Frau mit den rotblond gefärbten Haaren und den tiefbraunen Augen, denn Sissi sprach gerne davon, wie wichtig die Familie sei. Sissi hängt an meinem Vater, sie weicht keine Sekunde von seiner Seite, Albert ist ihr Ein und Alles, und so wie Sissi an Albert hängt, will sie auch an seiner Familie hängen. Das gefiel meiner Großmutter, aber mich und meinen Bruder Curd machte es von Anfang an krank, wir hatten bereits ein Zuviel an Müttern und wollten von Alberts Frau in Ruhe gelassen werden.

Sissi war das einzige Thema, über das ich mit meiner Großmutter in Streit geriet.

»Sissi ist so lieb«, sagte Oma.

»Sissi ist eine dumme Nuss«, erwiderte ich.

»Sissi ist eine dumme Nuss, aber dein Vater liebt sie«, sagte meine Tante Silvia und beendete unseren Streit.

»Wo bist du?«, fragt Sana und zwickt mich in die Seite.

Irgendwo zwischen Wien und Graz, denke ich und klappe die Zeitung zu.

Mit dem Bus fahren wir nach Haizendorf. Auf halbem Weg bleibt der Bus vor einem Einkaufszentrum stehen, das ich noch nie gesehen habe. Vier Mädchen und zwei Frauen steigen aus, nur ein Mann mit blondem Schnurrbart bleibt hinter uns sitzen. Ich lese die Schilder über den Geschäften, bekannte Namen, wie man sie überall in Österreich findet. »Jetzt sind *H&M* und *Pagro* also auch ins Lusniztal eingezogen«, sage ich zu Sana. »Es lebe der Kapitalismus!«

Das Einkaufszentrum liegt zwischen den Feldern – eine kleine Stadt aus containerartigen Gebäuden mitten im Nirgendwo. Der Bus ächzt und stöhnt, dann fädelt er sich zwischen den Autos der Einkaufenden ein und fährt weiter.

Ich zeige Sana das Seyrer Schlössel. Früher war es ein billiges Quartier für Bergarbeiterfamilien, heute ist es ein Nobelhotel. Ganze neun Jahre wohnten meine Großeltern hier.

Die Gold- und Brauntöne der abgeernteten Felder strahlen im Sonnenlicht etwas Trostloses aus, das ich als Kind nie wahrgenommen habe. Immer waren mir alle anderen Orte trostloser vorgekommen als Haizendorf. Wien, vor allem Wien. Während die grauen Hauswände vor meinen Wiener Kinderzimmern immer weiter in die Höhe wuchsen, dachte ich an die Wiese mit den Kühen und den Sommerflieder und sehnte ich mich nach dem Küchentisch mit dem alten Wachstuch und nach der Zartheit von Omas verkrüppelter Hand, die durch keine gesunde ersetzt werden konnte. Und so wuchs mein Heimweh nach einem Ort, der in meiner Erinnerung ein unwirkliches Paradies wurde, denn meine Oma zog nach Graz, und ich wurde älter, nur Haizendorf blieb immer der Ort, an dem ich Schmetterlinge fing, auf der Schaukel tanzte und an dem es kein harsches Wort und kein klirrendes Schweigen gab.

Am südlichen Dorfrand steigen wir aus. Ich führe Sana um das Gasthaus herum, vorbei an den Ställen, deren Holzlatten morsch sind. Auf der Wiese, die mir immer so riesengroß vorkam und die in Wirklichkeit nicht größer ist als ein Fußballfeld, stehen keine Kühe mehr, und auch die Betoneinfassung für den Misthaufen ist leer. Haizendorf wirkt heute wie die Dörfer, an denen Danijel und ich vorbeifahren, wenn wir wegen Stauwarnung die Autobahn knapp vor der bosnisch-kroatischen Grenze verlassen – Dörfer, die nur noch aus Häuserskeletten bestehen, weil die Besitzer nie wieder zurückgekommen sind.

Immer habe ich mich geweigert, in Haizendorf den Ort zu sehen, den Albert sah, einen zum Sterben verurteilten Landstrich, vor dem er geflohen war, um nicht selbst zugrunde zu gehen.

Wir bleiben vor dem kleinen Haus mit der schmutzigen Fassade stehen, und fast schäme ich mich, als ich Sana sage, dass dies das Haus ist, von dem ich ihr immer erzählt habe. In ihren Augen erkenne ich die Verwirrung, das Bild meiner Kindheitserinnerungen lässt sich nicht über das Bild der Realität schieben, nichts scheint zu passen, nicht die Form, nicht die Farbe und schon gar nicht das, was man Gefühl oder Aura nennt. Während das Haus meiner Erzählungen geräumig und voll von Blumen ist, während die Wiese aus meinem Traum saftig grün und die Hollywoodschaukel groß und rot ist, betrachtet Sana nun die bröcklige Fassade eines kleinen Hauses, das aussieht, als hätte ein nicht besonders begabter Baumeister es vor mehr als einem halben Jahrhundert schnell und lieblos erbaut, um es dann gleich wieder zu vergessen. Das gerippte Plastik des Vordaches ist vergilbt und gesprungen, die Holzbank vor dem Haus verwittert, die Hollywoodschaukel gibt es nicht mehr, nur die einst grüne Stange, von der sie baumelte, steht noch, ihr Lack ist abgeblättert und das Eisen verrostet. Die Wiese ist ungepflegt und braun gefleckt, das Gras hoch und struppig, die Büsche am Zaun blattlose Gerippe.

»Unheimlich sieht es hier aus«, sagt Sana. »Glaubst du, hier wohnt noch jemand?«

Achtundzwanzig Jahre ist es jetzt her, dass meine Oma von hier fortging, um ein neues Leben in Graz zu beginnen. Als ich vor acht Jahren hier stand, mähte eine alte Frau das Gras, in dem Beet vor dem Zaun wuchsen Salat und Tomaten, und vor den Fenstern hingen Holzkisten mit Pelargonien und Petunien. Damals wusste ich, dass es nur meine eigene Sentimentalität war, die mir jahrelang einen Super-Acht-Film vorgespielt hatte, der nie gedreht worden war. Jetzt kommt es mir vor, als stünde ich in einer trostlosen Parallelwelt, als hätte jemand die Tür aufgestoßen, um mir endgültig klarzumachen, dass das, was ich so lange als meine Heimat empfunden hatte, unwiederbringlich fort, ja, vielleicht sogar nie da gewesen ist. Wie konnte ich nur auf die Idee kommen, noch einmal hierherzufahren, hierher, wo alles aufbricht, wo die Ungeheuer aus der trockenen Erde kommen, um alles mit ihrem Feueratem zu versengen, bis nur noch eine dicke Schicht Asche übrig bleibt.

Ich zeige Sana das Gestrüpp links hinten am Zaun. Erzähle ihr von den Brombeeren, Himbeeren und Stachelbeeren, die hier wuchsen. Unter den Sträuchern erstreckte sich der Friedhof meiner Kindheit, hier begrub ich meine Raupen, Käfer, Schnecken, Libellen und Fliegen, die das Leben in Gefangenschaft nicht überlebt hatten. Einen Sommer lang half meine Großmutter mir sogar bei der Schmetterlingsjagd, mit ausgebreiteten Armen stellte sie sich vor den Sommerflieder und wartete, bis sich ein Falter auf ihre Hand setzte, dann fing sie ihn mit der anderen Hand ein und ließ ihn in die Kaffeebüchse, mit der ich hinter ihr stand, flattern. Am nächsten Morgen waren die Schmetterlinge tot. Ich weinte bitterlich und brach kleine Zweige ab, die ich mit Omas Nähgarn zu einem Kreuz zusammenband. Wir begruben die Schmetterlinge, steckten die Kreuze in die frischen Gräber und beteten, danach kochte meine Oma das Mittagessen, und noch vor dem Abendessen waren meine Tränen getrocknet und meine Kaffeebüchse wieder voll.

9

Ich betrachte Sanas schlafendes Gesicht. Sie liegt eingerollt, die Decke bis ans Kinn gezogen, der linke Fuß ausgestreckt, ihre Beine schauen unter der Bettdecke hervor. Es ist schwül im Zimmer.

Ich gehe ins Bad und putze mir die Zähne. Dann trete ich auf den Flur und rufe meine Großtante an. Mein Herz rast. Auch Therese ist aufgeregt. Dass sie jetzt ihre Turnstunde habe, dann das Mittagessen, aber danach hätte sie Zeit. Dass es ihr im Pensionistenheim gefalle, sagt sie, dass sie wie die Made im Speck lebe. »Sie waschen mir hier die Wäsche und kochen für mich, und ich kann tun und lassen, was ich will.«

Ich muss an meine Wiener Großmutter denken, die die Anmeldung für das Pensionistenheim immer vor sich hergeschoben hat. Letztendlich brauchte sie kein Heim, sie starb vor zwei Jahren an einem Hirnschlag. Stand in der Küche und fiel einfach um. »Ein Glück, dass sie nicht mehr dazugekommen ist, den Herd aufzudrehen«, war Magdas erste Reaktion. Meine Mutter denkt pragmatisch. Ihre Trauer drückt sich in Sätzen wie diesem aus.

Ich sage Therese, dass ich mit einer Freundin hier sei, dass ich sie am nächsten Tag besuchen könne.

Als ich ins Zimmer zurückkomme, ist Sana aufgewacht und voller Tatendrang.

Ich schlage vor, zwischen den Almen zum Wallnerhof zu spazieren. Wir folgen der asphaltierten Straße, biegen Richtung Haidhofen ab und gehen unterhalb des Schlosses zwischen den Wiesen weiter. Ich erzähle Sana, dass das Stahlwerk früher im Schloss Haidhofen Wohnungen für die Arbeiter zur Verfügung gestellt hat.

»Schlösser für Arbeiter, das klingt ja fast nach Marx«, sagt Sana.

In Wirklichkeit hatten weder Schloss Haidhofen noch das Seyrer Schlössel einen guten Ruf. Wenn ein junger Mann ein Mädel kennenlernen wollte, verriet er besser nicht, dass seine Familie dort wohnte.

Noch heute werden im Schloss Haidhofen Wohnungen vermietet. Es ist nicht prunkvoll restauriert worden wie das Seyrer Schlössel, sondern besticht durch seine stille Anmut und romantischen Plätzchen.

Die Sonne brennt vom Himmel, und wir ärgern uns, dass wir nur Sandalen mitgenommen haben. Hätten wir geländefeste Schuhe, könnten wir jetzt in den Wald abbiegen, aber die Wege dort sind schmal und voll Wurzelwerk.

Der Wallnerhof ist ein alter Adelssitz aus dem sechzehnten Jahrhundert, um dessen vergitterte Fenster sich aufgemalte Blätter ranken. Hinter dem Gebäude stehen Holzbänke auf der Wiese, in einem offenen Maschendrahtkäfig wedelt ein Schäferhund mit dem Schwanz und bellt. Dass der Zaun nicht gerade hoch ist, denke ich, und dass der Hund, wenn er kein Bandscheibenleiden hat, nur ein bisschen Anlauf nehmen müsste, um über den Zaun zu springen. Die Wirtin taucht auf und herrscht den Hund an, leise zu sein. Langweilig sei ihm, sagt sie, aber wenn sie ihn auslasse, laufe er immer davon, in den Wald hinein, schon einmal habe sie der Jäger gewarnt, dass er den Hund erschießen müsse, wenn er weiterhin das Wild aufschrecke. Sie bringt uns Apfelsaft und eine Brettljause sowie zwei Teller und Besteck.

»Schön haben Sie es hier«, sagt Sana. »Ja«, sagt die Wirtin, dann erklärt sie uns, wie alt das Haus sei, dass sie sich nicht leisten könnte, im Winter alle Räume zu heizen, dass sie zwar

Zuschüsse für die Erhaltung bekäme, aber die seien nicht hoch. Sie führt uns in die Stube und zeigt uns die Wandmalereien und die alte Holzdecke. Dass hier Hochzeiten und Taufen gefeiert würden, und unter der Woche kämen Busse mit Ausflüglern, meist Wandervereine. »Alte Leute eben, die gerne spazieren gehen, wir haben hier schöne Wege«, sagt sie, »nicht zu schwierig zum Gehen, aber wer geht heute schon noch wandern? Die meisten fahren im Urlaub ans Meer, und wenn sie wandern gehen, dann in Südtirol, dort, wo die Berge echte Berge sind. Die jungen Leute wollen heute klettern, die wollen sich die Felswände hinaufhanteln, die Natur allein reicht ihnen nicht mehr … Aber was hilft es zu jammern, die Welt ändert sich eben, alle ziehen sie in die Stadt, und keiner kommt mehr ins Lusniztal.«

Sie verlässt uns wieder und wirft dem Hund einen alten Tennisball zu, den sie vom Gras aufgehoben hat. Der Hund schnappt ihn aus der Luft und rennt schwanzwedelnd zum Zaun, doch die Wirtin hat ihm bereits wieder den Rücken zugekehrt.

Als wir nach Solburg zurückkommen, sind wir durchgeschwitzt und müde. Wir fahren mit dem Lift auf den Stadtturm, und ich erzähle Sana von seinem kupfernen Dach, das er einst trug, und dass mein Urgroßvater derjenige gewesen sei, der es anfertigte. An ihrem sechsten Geburtstag soll er jedes seiner Kinder über die Brüstung gehoben haben. »Eine echte Spenglermeisterstochter hat keine Angst vor der Höhe«, sagte er. Meine Oma erzählte mir, sie hätte laut gejauchzt, als ihr Vater sie hoch über der Stadt mit den Beinen baumeln ließ.

Wir schauen auf den Platz mit dem Springbrunnen hinunter. Ich wundere mich, wie groß diese kleine Stadt zwischen den Berghängen ist, bis weit nach hinten reicht das Tal mit seinen Neubauten.

Auf der Westseite des Turms fällt das Gelände steil ab, hier umspült die Lusniz die Terrasse, auf der die Stadt erbaut wurde. Ich zeige Sana den Verlauf des Flusses, entlang dessen sich das weite Lusniztal ausbreitet, mit seinen Feldern, Wiesen, seinen Ortschaften und seiner Industrie, die früher Tausenden von Arbeitern Lebensgrundlage war. Heute existiert nur noch ein kleiner Teil der einst riesigen Werke.

Nach einem abschließenden Besuch im Eissalon begleite ich Sana zum Bahnhof. Wir gehen durch die Gasse, in der das Wohnhaus meiner Urgroßeltern steht. Das Haus steht leer, auf der Milchglasscheibe hängt ein Schild. *Eintritt verboten.* Wir spähen mit plattgedrückten Nasen ins Innere, aber es ist zu dunkel, um etwas zu erkennen. Ich erzähle Sana von der Gartenparzelle meiner Urgroßmutter außerhalb der Altstadt, dort, wo heute Neubauten stehen. Meine Urgroßmutter war auf einem Bauernhof aufgewachsen. Im September 1940, als ihre Söhne alle an der Front waren und sie das Hakenkreuzketterl fluchend abgelegt hatte, ging sie den weiten Weg zu ihrem ältesten Bruder, der fünfzehn Kilometer entfernt den Bauernhof der Eltern betrieb, und kam am folgenden Nachmittag mit einer Kuh wieder nach Solburg zurück. Sie band das Tier an der Rückseite der Spenglerei an und befahl meinem Urgroßvater, den Hinterraum freizumachen. Dann fuhr sie mit der Scheibtruhe zum Garten und holte das Heu, das sie Wochen zuvor gemäht und zum Trocknen ausgebreitet hatte.

In den folgenden Jahren schickte sie ihre Töchter regelmäßig mit der Scheibtruhe zum Garten hinauf. An den Biedermeierfassaden vorbei, die Hauptstraße hinauf bis zum Garten mussten meine Großmutter und ihre Schwester Therese den Kuhmist schieben. Der Gestank und die Scham, so meinte Oma, hätten sie ihr ganzes Leben lang in ihren Albträumen verfolgt.

Der Weitsicht meiner Urgroßmutter war es zu verdanken, dass meine Oma und ihre Geschwister nie Mangel litten. Die Kuh und die Gartenparzelle, über die mein Urgroßvater immer geschimpft haben soll, wurden der Familie während der Kriegsjahre zur Lebensgrundlage.

Am Bahnsteig angekommen, muss ich Sana versprechen, viele Fotos zu machen und im Stadtmuseum nach meiner Familie zu forschen. »Und frag deine Tante Therese nach allem, was du wissen willst«, befiehlt mir Sana.

Wir umarmen einander zum Abschied. Sana klettert die Stufen hoch, dann verschwindet sie im Gang, bis ihr Kopf an einem der Fenster erscheint. Ich muss daran denken, dass ich als Teenager immer das Zugfenster heruntergeschoben habe, um meiner Großmutter zu winken, wenn ich von Graz zurück nach Wien fuhr. Sie stand am Bahnsteig und schnitt Grimassen, und wenn der Zug anfuhr, winkte sie mir mit einem weißen Taschentuch nach, wie in den alten Filmen, die wir so gerne sahen.

Ich winke Sana mit der bloßen Hand, dann gehe ich wieder zurück zum Hotel, über die lange Brücke, die Stufen hinauf, die Mauer entlang und durch den kleinen Fußgängertunnel. Ich stelle mir vor, wie es sein wird, Therese wiederzusehen. Ich habe Angst vor Fragen nach meinem Beruf, Fragen nach meiner Beziehung, denn bis auf die kurze Begegnung bei Omas Beerdigung haben wir einander seit mehr als zwanzig Jahren nicht gesehen. Was wird sie dazu sagen, dass ich in sechs Wochen nach Sarajevo ziehen werde?

Meine Großmutter fragte mich jedes Mal, wenn ich nach Graz kam, ob ich gerade jemanden hätte. Der Letzte, von dem sie erfuhr, war Danijel. »Na endlich«, sagte sie, denn sie wusste, wie ich für ihn empfand, aber sie starb, bevor wir lange genug zusammen waren, um unsere Beziehung ernst zu nehmen.

»Die Katja legt sich nicht gerne fest«, sagte Oma zu allen. Sie war stolz darauf, dass ich meine Unabhängigkeit genoss, wie sie es nannte. Sie dichtete mir eine Freiheit an, die ich selbst nie als solche empfand. Dass ich mich gerne festgelegt hätte, nahm sie nicht wahr, in diesem Punkt war sie wie Magda. Meine Großmutter war vierundzwanzig Jahre mit einem Mann verheiratet, mit dem sie nichts verband außer das gemeinsame Haus und die Kinder. Zehn Jahre nach seinem Tod zog sie nach Graz, weg von den Kohlengruben, weg vom Misthaufen und den Kühen. In Graz ging sie ins Theater und schrieb sich in die Bücherei ein. Abends drehte sie den Fernseher auf und zündete sich eine Zigarette an, die sie in eine lange Spitze steckte. So lag sie auf ihrer Chaiselongue, und ich bewunderte sie, wie elegant und zufrieden sie wirkte.

Als ich selbst erwachsen wurde, versuchte ich zu leben wie sie. Es gelang mir nicht. Ständig rutschte ich nervös auf dem Sofa herum und zappte mich durch die Programme. Ich konnte nicht allein sein, aber wenn ich mit jemandem zusammen war, ging er mir mit seiner Anwesenheit auf den Nerv. In meinen Beziehungen freute ich mich jeden Samstagmorgen auf den Sonntagabend, darauf, wieder allein zu sein. Am Montagabend fühlte ich mich wieder einsam.

Therese winkt mich in ihr Zimmer, das mit seinen gelb gestrichenen Wänden und orangeroten Vorhängen eine fröhliche Atmosphäre ausstrahlt.

»Mein Gott, wenn die Edith jetzt da sein könnte«, sagt sie, umarmt mich und küsst mich schmatzend auf beide Wangen. Dabei hält sie mein Gesicht zwischen ihre Handflächen geklemmt, so wie sie es früher immer tat, als ich noch ein kleines Kind war. Sie führt mich zu ihrer Bilderwand (durchsichtige Plastiktaschen mit bunten Fotos), und ich lasse mir die Personen darauf erklären. Auch ein Bild meiner Großmutter ist dabei. Ich erkenne Thereses Kinder, meine geliebten Tantencousinen, wie ich sie als Kind immer nannte. Alle drei hatten früher lange, seidenglatte Haare, die sie mit Mittelscheitel trugen. Heute sind sie zwischen fünfzig und sechzig. Und dann ist da Thereses Enkeltochter Yvonne. Mit einem Kompass sind wir vor dreißig Jahren ins Maisfeld gelaufen und haben uns im Kreis gedreht, in der Absicht, uns zu verlaufen. Jetzt lebt Yvonne als Journalistin in Brüssel und ist Mutter zweier Kinder. Ihre dunkelblonden Haare sind noch genauso dicht und lang wie damals, auch ihr mädchenhaftes Lächeln ist dasselbe geblieben, nur die Falten auf der Stirn und die Hände, mit denen sie ihr Kind in die Kamera hält, verraten, dass sie keine elf mehr ist.

Therese ist aufgeregt, ihre Backen glühen. »Lass dich anschauen«, sagt sie und stellt fest, wie hübsch ich geworden sei. Ich muss mich im Kreis drehen. Sie bewundert mein Kleid und meine Schuhe, dann legt sie die Hand auf meinen Bauch. »Weißt du schon, was es wird?«

»Nein, wir wollen uns überraschen lassen.«

»Bestimmt ein Mädchen. Die Frauen in unserer Familie bekommen alle Mädchen. Nur deine Oma schlug aus der Reihe.«

Ich habe Therese größer in Erinnerung. Dicker. Weicher. Sie ist eine quirlige achtundachtzigjährige Dame. Die wilden

Dauerlocken sind aus ihrem Haar verschwunden, heute trägt sie einen Kurzhaarschnitt.

Wir gehen in das Gasthaus neben dem Heim. Therese erzählt von ihren Enkeln und den Urenkeln, dann von meiner Großmutter. Ich kann mich nicht sattsehen an ihrer Fröhlichkeit, die ich immer so geliebt habe an allen Kovac-Geschwistern. Ich erinnere mich an die Familienzusammenkünfte, bei denen das Essen zweitrangig war und wir alle durcheinanderschnatterten. Anders als bei meiner Familie in Wien, in der es immer hieß: »Red nicht so viel, das Essen wird kalt.«

Magda und ihre Mutter saßen bei Tisch, aufrechte Haltung, Unterarme im rechten Winkel. Nur mein Großvater scherzte manchmal, aber dann wurde auch er wieder ernst: »Mit dem Essen spielt man nicht.«

In Solburg warf uns Therese Erbsen über den Tisch zu, und Onkel Hans steckte sich Fischstäbchen zwischen Nase und Oberlippe. Wir Kinder durften im Türkensitz auf den Sesseln sitzen und Herzchen in den Kartoffelbrei malen, und manchmal bekamen wir von Hans Pfeife rauchende Männer ins Grießkoch gezeichnet. Wir wurden geherzt und gekost, dauernd verstrubbelte uns jemand das Haar oder stahl unsere Nase, um sie zwischen Zeige- und Mittelfinger wieder hervorzuzaubern. Nie mussten wir aufessen. Wenn uns etwas nicht schmeckte, bekamen wir eine Banane oder ein Butterbrot in die Hand gedrückt, und den Nachtisch gab es auch ohne Hauptspeise.

Ich bin eine Kovac. Ich summe dieselben Lieder, die alle Kovac-Frauen summten, und ich antworte mit denselben dummen Sprüchen, wenn man mich herausfordert. Ich habe von einer Kovac das Fläschchen bekommen, habe von einer

Kovac das Sprechen gelernt, und Edith Kovac war es auch, die mich bei meinen ersten Gehversuchen an der Hand hielt. Ich bin von den Händen der Kovac-Geschwister in die Luft geworfen und wieder aufgefangen worden. Habe mit ihnen Ball gespielt und bin mit ihnen auf Wühlmausjagd gegangen.

Nur wenn Magda kam, war alles anders.

»Gib deiner Mutti einen Kuss, wenn sie kommt«, hieß es am Morgen. Dann bekam ich das schöne Kleid angezogen, in dem ich mich nicht bewegen konnte und das nicht schmutzig werden durfte.

Die junge Frau saß beim Gartentisch und starrte mich an, verfolgte jede meiner Bewegungen. Ihre Haut war bleich, ihr Körper dünn, und ihre kurzen Haare sahen struppig aus. Sie fragte mich, ob ich auf ihrem Schoß sitzen wolle. Ich wollte nicht. Ich kletterte hoch, weil meine Großmutter mich mit ihren Blicken darum bat. Der Körper der Frau fühlte sich hart an, ihre Umarmung war mir unangenehm. Mit ihrem Geruch konnte ich nichts anfangen, er war mir fremd. Die Frau spielte nicht Ball, und sie interessierte sich nicht für meine Bilderbücher. Sie saß höflich und steif da, sie hörte mir zu, aber sie fragte nicht nach. Sie konnte ihre Stimme nicht verstellen, wenn sie las, und sie fing keine Schmetterlinge für mich. Wenn ich ihr meine Raupen zeigte, sagte sie: »Lass sie frei, die ersticken doch in deinem Karton.«

Wenn Großmutter und Magda miteinander sprachen, saß ich artig bei Tisch. Ich zeichnete keine Herzen ins Püree und schaukelte nicht mit den Füßen.

Wenn Magda wieder fuhr, atmeten Oma und ich auf. Wir aßen Vanillepudding mit Himbeersaft, danach flog ich mit meinem Kapitän an dem Bild mit der traurigen Katze vorbei bis ins Badezimmer. Dort duschte mich meine Großmutter, bis die ganze Steifheit von mir gewaschen und die Kälte aus meinem Körper vertrieben war.

Ich gehe durch die schmale Gasse zurück zur Pension. Sehnsüchtig starre ich den Automaten mit den Zigaretten an.

»Du rauchst nicht, das ist gescheit«, sagte Therese, nachdem wir die Nachspeise gegessen hatten. Ich habe sie in dem Glauben gelassen, ihr nicht gesagt, dass ich mir seit Monaten vorstelle, wie ich nach der Entbindung vor das Krankenhaus treten werde, um mir eine anzuzünden.

Im Zimmer öffne ich das Fenster. Ich hole mein Tablet und wähle mich ins Internet ein.

»Du bist in Solburg geblieben?«, fragt Danijel, als er das Zimmer vom Vortag wiedererkennt.

»Ja«, sage ich. Und dann erzähle ich, erzähle bis weit nach Mitternacht von meiner Großtante Therese, meinen Erinnerungen an sie und ihren Erzählungen von früher.

10

Ich laufe durch die kleine Stadt. Bin Urenkelin, Enkelin und werdende Mutter. Für mein Kind möchte ich die Vergangenheit konservieren. Zuvor muss ich sie zusammensetzen. Ich sammle Puzzleteile und ordne sie nach Zugehörigkeit: Himmel, Wiese, Wolken. Lege die blauen Teile zu den blauen, die grünen zu den grünen. Suche nach meiner Großmutter. Wie warst du als Kind?, frage ich. Wie als junge Erwachsene? Und wie war das mit meinem Großvater?

Ich rufe Albert an.

»Wie haben sich deine Eltern kennengelernt?«

Er lacht mich aus. Ob ich nichts Besseres zu tun hätte.

»Mein Gott, die Therese und ihre Geschichten. In einem Monat ziehst du nach Sarajevo, hör auf, in der Vergangenheit zu wühlen.«

Ich presse meine Lippen aufeinander. Dass es seine und Magdas Schuld sei, will ich in den Hörer schreien. Dass er keine Ahnung habe, wie sich das anfühlt, wenn du dein halbes Leben lang Heimweh hast. Wie eine Pflanze habt ihr mich umgetopft. Habt an mir gezerrt und nicht darauf geachtet, dass da etwas reißt. Wenn du die Wurzeln einer Pflanze verletzt, hilft die beste Erde nichts.

Ich atme ein und atme aus. Bleibe stumm. Er würde es ohnehin nicht verstehen.

Ich klettere in den Bus und steige zwischen Wiesen und Feldern aus. Rieche die Kühe, die hier einmal gegrast haben. Das ist es, was ich mitnehmen will. Was ich verstehen will, bevor ich gehe. Das, was hier war. Warum ist mein Vater Hals über Kopf von hier weg? Und warum hat er sich eines Abends ins Auto gesetzt und ist mit mir hierhergefahren, um mich seiner Mutter, die er so verachtet hat, in die Arme zu legen?

Ich gehe durch den Ort, um ein leerstehendes Wohnhaus mit zerschlagenen Fensterscheiben herum, geradeaus weiter. Ein blaues Schild mit weißer Schrift, in die Wiese gesteckt: *Schachtsiedlung*. Verfallene Holzschuppen in einer Reihe, die Planken liegen zersplittert in der Sonne, dazwischen eine alte Couch, Schaumstoff quillt hervor. In den Schuppen alte Küchenzeilen, Reste von Linoleumböden, Leisten mit Haken an der gegenüberliegenden Wand. Über der Küchenzeile ein gemauerter Vorsprung, in einem der Schuppen liegt noch eine Matratze darauf, rostige Federn stechen durch den blau gemusterten Stoff.

Ich schicke Albert ein MMS. Er ruft zurück. Dass das keine Arbeiterunterkünfte gewesen seien.

»Aber hier drin liegen Matratzen. Und einen Herd habe ich gesehen«, sage ich.

»Ich sag dir doch, da drinnen hat niemand gewohnt. So arm waren die Bergarbeiter nicht. Die haben im Sommer hier gegrillt, deswegen die Küchenzeilen.«

»Aber die Pritschen, die Matratzen«, lasse ich nicht locker, weil ich Albert nicht glaube, weil alles, was ich hier sehe, seiner Erinnerung widerspricht.

Warum reißen sie das alles nicht ab? Warum stehen die Holzverschläge noch hier, warum lässt man das alles seit dreißig Jahren, wie es ist?

Auf der anderen Straßenseite neue Reihenhäuser, gestrichen in grünen, gelben und blauen Pastellfarben. Ein junges Mädchen geht die Straße entlang. Pinkfarbenes T-Shirt mit silberfarbener Kitty darauf. Enge Jeans, Babyspeckröllchen über dem Hosenbund. In den Ohren Stöpsel, ihre Finger tippen eine Nachricht ins iPhone. Vielleicht aber tippt sie sich auch zum nächsten Lied durch oder postet etwas auf Facebook. Dass ich hier nicht hätte leben wollen, als Teenager, denke ich.

Zwischen Solburg und Haizendorf lagen immer schon Welten. Und zwischen Haizendorf und dem Haus meiner Großeltern lag das im Sommer abgeerntete Feld, über das wir ins Dorf gehen mussten. Damals gab es die Verbindungsstraße noch nicht. Die Erde war rissig und staubig. Mit meinen kleinen Füßen stolperte ich hinter meiner Großmutter her, wenn sie den Feldweg verließ, um auf direktem Weg zum Einkaufsmarkt zu gelangen.

Auch zwischen meinen Großeltern lag so ein Feld. Trocken,

mit harten Furchen, unüberwindbar. Meine Großmutter hasste die Einöde, den Schmutz, den Kuhdung und den Kohleschweiß, der von den Arbeitern tropfte, schwarz wie das arabische Öl, das dann auch Schuld an der Abwertung des Haizendorfer Rohstoffes war.

Zwei Tage vor seinem Tod soll mein Großvater meiner Großmutter ein Stück Kohle unter die Nase gehalten haben. »Und das soll auf einmal nichts mehr wert sein?« Dass sie die Verzweiflung, die an jenem Nachmittag in seinem Blick lag, nie vergessen werde, sagte sie, als sie mir davon erzählte.

Ich habe meinen Großvater nie kennengelernt. Zwei Jahre bevor ich zur Welt kam, verunglückte er im Stollen. Er saß auf der Lokomotive. Vierzig Hunte hatte er angehängt, das sind vierzig Tonnen Kohle. Er übersah zu spät, dass der Schranken nicht geöffnet war. Mit vollem Tempo raste er dagegen.

Ein Jahr später schloss man das Bergwerk. Hunderte Bergarbeiter wurden arbeitslos. Die Existenzberechtigung eines ganzen Landstrichs wurde mit einem Schlag ausgelöscht. Als mich mein Vater im Herbst 1978 vom Rücksitz des weißen Ford hob und meiner Großmutter in die Arme legte, waren die meisten von Haizendorf weggezogen. Nur die Kühe gab es noch hinter dem Gartenzaun. Die standen da und kauten teilnahmslos vor sich hin und sahen Albert aus ihren dummen braunen Augen dabei zu, wie er seiner Mutter seine kleine Tochter in die Arme legte, wieder ins Auto stieg und zurück nach Wien fuhr, zu seiner jungen Frau, die sich hatte überreden lassen, ihr Kind der Obhut der Schwiegermutter zu überlassen – gegen den Willen der eigenen Eltern, die sie und das Enkelkind lieber in ihrem eigenen Haus gehabt hätten.

Ich stehe vor dem Haus meiner frühen Kindheit. Sehe meine Großmutter und mich die Kartoffeln aus der Erde ziehen, sehe uns auf unsere Hinterteile fallen und lachen. Damals hatte meine Großmutter bereits zwei Brüder, den Mann und den älteren Sohn verloren. Drei ihrer Geschwister lebten in Kanada, ihre Tochter in Graz und der jüngere Sohn in Wien. Nur Therese war noch hier. Therese und die kleine Enkeltochter, die man ihr in die Arme gelegt hatte.

Mit siebenundvierzig Jahren hatte meine Großmutter plötzlich wieder ein Kind. Gab ihm das Fläschchen und legte ihm die Hüftschalen an. Trug es herum. Vom Haus über die Felder bis nach Haizendorf und wieder zurück. Der Kinderwagen hoppelte über den Feldweg.

Mit dem Kind im Bus nach Solburg, in die Konditorei, wo sie mich stolz der Schwester reichte. Die steckte mir mit dem langen Löffel Schlagobers in den Mund.

Das Kind die ganze Nacht herumtragen, weil es die Zähne bekommt. Ganz allein in dem Haus mit dem Enkelkind, dem sie das große Messer gegen die Stirn drückt, nachdem es über die Treppe gefallen ist. Das Kind weint, hat Angst, die Großmutter will die Beule wegschneiden.

Das Kind wird größer. Es kann jetzt gehen und redet den ganzen Tag. Sitzt am Küchentisch und zeichnet. Sitzt in der Wiese und klebt ausgeschnittene Bildchen in ein altes Schulheft. Hüpft mit dem großen orangen Ball, den es an den Hörnern hält. Setzt sich auf den Zaun und streichelt die Kuh zwischen den Hörnern. Drückt die Nase gegen das Weiche zwischen den Nüstern. »Um Himmels willen, komm runter da!«, ruft die Großmutter. Läuft über die Wiese, hebt das Kind vom Zaun, weg von dem Tier, das ihr mit den spitzen Hörnern unheimlich ist.

Das Kind wird vier. Am Geburtstag kommen die Verwandten. Die Mutter des Kindes. Das Kind bläst die Kerzen aus. Die Onkel und Tanten und die Mutter klatschen.

Die Onkel und Tanten gehen, die Mutter des Kindes bleibt.

Das Kind steht auf der Hollywoodschaukel und tanzt im neuen Ballettkleid, das die Großmutter genäht hat. »Auf ein Wort«, sagt die Mutter und geht mit der Großmutter ins Haus. Als sie wieder herauskommen, hat die Großmutter rotgeweinte Augen. Die Mutter fährt mit dem Nachbarn zum Bahnhof. Die Großmutter belegt Brote und trägt das Kind in die Badewanne. Seift es ein, duscht es ab, wickelt es ins große Handtuch. Das Kind steckt sich den Daumen in den Mund und umarmt die graue Stoffmaus. Die Großmutter streicht ihm über das Haar.

Zwei Wochen später sitzt das Kind im Zug.

»Wohin fahren wir?«, fragt es die Frau, zu der die Großmutter *deine Mutti* sagt.

»Nach Hause.«

Das Kind versteht nicht. Von zu Hause kommen sie doch.

Am Abend weint es. Es will zur Großmutter. Die andere Großmutter (sie ist dicker und weicher und riecht nach *Nivea*-Creme) streicht dem Kind über den Kopf. »Aber schau, hier hast du es doch auch schön. Hast du schon die Nilpferde auf deiner Tapete gesehen?«

Die junge Frau sitzt neben dem Wohnzimmertisch und weint.

»Sie wird sich schon eingewöhnen«, sagt die *Nivea*-Großmutter. Das Kind hört den Satz durch die angelehnte Tür. Weiß nicht, was das heißen soll: eingewöhnen.

Das Kind umarmt die graue Stoffmaus und hält die Zipfel

der Bettdecke. Fragt sich, wann es wieder nach Hause darf. Zu den Kühen und der Hollywoodschaukel. Das Kissen ist nass und kalt. Als das Kind aufwacht, liegt es noch immer im fremden Bett.

11

Solburg. Ein Stadtturm erhebt sich, rundherum der Platz und weiter draußen die Almen. Zwischen den Bergen erstreckt sich das Lusniztal mit seinen kleineren und größeren Ortschaften. Haizendorf, das Kumpelland, in das es meine Oma nach ihrer Heirat verschlug, war einst das größte Dorf Österreichs.

Vom Fenster aus beobachte ich Arbeiter, die am gegenüberliegenden Haus ein Gerüst anbringen. Einer von ihnen hat eine Nase wie Gérard Depardieu. Auch die Figur und die Haarfarbe passen. Er beugt sich zu seinem Kollegen hinunter und nimmt das Brett entgegen. Dabei lässt er die Knie durchgestreckt, sodass ich Angst habe, er könne das Gleichgewicht verlieren und nach vorne kippen.

Irgendwo muss ich beginnen. Vielleicht hat Sana recht, ich sollte ins Stadtmuseum gehen und nach Rudolf Kovac fragen, Omas Vater, der vor mehr als hundert Jahren hier gestrandet ist – wie ein Wal, der von einer Welle erfasst und angespült wurde. Wieso Solburg? Wie kann man auf die Idee kommen, von Sarajevo ausgerechnet hierherzukommen?

1908 ist er mit seinem Rucksack aus dem schnaufenden Dampfross geklettert. Vielleicht war es auch ein Lederkoffer. Ja. Mit einem Lederkoffer in der dampfbetriebenen Eisenbahn, bei der sein Vater arbeitete, von Sarajevo über Agram nach Solburg. Hier ließ er sich nieder, begann eine Lehre, heiratete, zog gegen die Serben, die dieselbe Sprache sprachen wie er, in den Krieg, kam zurück, eröffnete sein Geschäft, formte jeden Sonntag seinen Schnurrbart mit Bartwichse (weil das Leben weitergeht – weitergehen muss) und flanierte mit dem Spazierstock durch die Stadt. Stolz war mein Urgroßvater, stolzer Bürger von Solburg. Seine Söhne gingen zur Bürgerschule, seine älteste Tochter besuchte sogar die Handelsschule. Ich habe mich immer gefragt, wie er das alles geschafft hat, er, der Kroate, wie sie ihn hier nannten. Meine Urgroßmutter war es nicht, die ihn in den Bürgerstand erhob, sie kam von einem Bauernhof fünfzehn Kilometer außerhalb der Stadt. Man kann sich vorstellen, wie sie gelebt hat, als älteste Tochter von insgesamt sechzehn Kindern. Kühe melken und Babys hüten, da war sie froh, dass sie in der Stadt als Tellerwäscherin anfangen durfte. Bildschön soll sie gewesen sein mit ihren dunklen Haaren, die sie in einem geflochtenen Kranz am Hinterkopf trug.

Mein Urgroßvater mietete ein kleines Zimmer direkt über der Küche. An einem strahlend hellen Tag schritt meine Urgroßmutter durch die Wirtsstube, und mein Urgroßvater verliebte sich augenblicklich in sie.

Aber warum hatte er Sarajevo verlassen? Die Familienlegende besagt, dass er nicht Pfarrer werden wollte. Mein Urgroßvater wünschte sich eine Frau, und er wünschte sich Kinder – viele Kinder. Also verließ er sein Elternhaus, stieg in den Zug, landete – aus welchem Grund auch immer – in Solburg, ließ sich im Gasthaus am Hauptplatz nieder und verliebte sich in meine Urgroßmutter, die ihm schließlich neun Kinder schenkte. Ganz so romantisch und schicksalhaft war es natürlich nicht, wenn man weiß, was dazwischen alles geschah.

Aber eines dürfte tatsächlich stimmen: Der größte Wunsch meiner Ur-Urgroßmutter war, dass ihr ältester Sohn Pfarrer werden sollte. Wie glücklich muss sie gewesen sein, als unser Kaiser durch Sarajevo fuhr und dem Osmanentum ein Ende setzte. Die Mutter meines Urgroßvaters hatte es mit dem katholischen Gott, sie hatte es mit dem österreichischen Kaiser, und später hatte sie es mit dem Ante Pavelić. Noch lieber wäre ihr Hitler persönlich gewesen, sagte Oma, die selbst nicht viel von ihrer Großmutter wusste. Ana Kovac liebte die deutsche Sprache, und sie liebte das Katholische. Vielleicht war es auch umgekehrt: Die deutsch sprechenden Verwalter förderten das Katholische, das jahrhundertelang unterdrückt worden war. Zum Dank nannte Ana Kovac ihre Kinder Rudolf und Ferdinand, nach den Söhnen des Kaisers.

Nachdem mein Urgroßvater vor dem Wahn seiner Mutter geflohen war, musste sein Bruder das vorgezeichnete Schicksal erfüllen. Letztendlich war Ferdinand Kovac katholischer Pfarrer in einem kommunistischen Jugoslawien, *arm wie eine Kirchenmaus*, wie Oma zu sagen pflegte. Die Mutter meines Urgroßvaters bekam davon nichts mehr mit. Als Titos Partisanen in Sarajevo einmarschierten, erhängte sich Ana Kovac am Nussbaum hinter dem Haus. »Das hat sie nun von ihrer Packelei mit den Deutschen«, soll mein Urgroßvater gesagt haben, als er die Nachricht seines Bruders erhielt. Zu diesem Zeitpunkt hatte er bereits zwei Söhne an den Krieg verloren, zwei weitere galten als vermisst.

Im Solburger Stadtmuseum ist es dunkel. Staubpartikel tanzen über einer Landschaft aus Pappmaché. Der Leiter des Museums zeigt uns die Burg, den Stadtturm und die Häuserzeilen und erklärt uns lange und ausführlich jede Gasse und jeden Winkel. Ich stelle mir vor, wie er in einem Hinterzimmer mit seinen stark behaarten Händen in einem Eimer mit altem Papier und Kleister rührt, um das Modell anzufertigen. Die zwei Wanderer, die am anderen Ende stehen, scheinen sich genauso zu langweilen wie ich. Die altmodische Professorenkleidung des Museumsleiters (hellbraune Schnürlsamthose mit Bundfalten, rot-brauner Karo-Pullunder, Goldrandbrille) passt nicht zu der markanten Nase und der dunkelbraunen Locke, die auf seine gebräunte Stirn fällt. Ein Nachfahre Caesars, getarnt als Geisteswissenschaftler.

Endlich hat er alles erzählt, was er loswerden will, und überlässt uns den Ausstellungsräumlichkeiten. Ich wandere von Tür zu Tür, immer etwas langsamer als die zwei Wanderer, um keinen Raum mit ihnen teilen zu müssen. Die kleinen Räume sind mit Ausstellungsstücken vollgestopft, die alle nicht zueinanderpassen – Priestersoutanen, Webstühle, riesige Landschaften aus Ölfarbe, Stadtansichten, ein altes Bierfass, eine Uniform aus dem Ersten Weltkrieg. Wie ausgestopfte Tiere hängen oder stehen die Dinge leblos an der Wand und hinter Glas, nichts hier passt zu Omas Erzählungen, sogar der Staub scheint aus dem siebzehnten Jahrhundert zu sein. Alles, was ich zur Zeitgeschichte finde, sind ein paar Tafeln mit Zeitungsartikeln und mit Schreibmaschine geschriebenen Zusammenfassungen der wichtigsten Ereignisse. Wildenauer, dem Anführer der örtlichen Heimwehr, hat man eine ganze Tafel gewidmet, der fehlgeschlagene Putschversuch der Nazis, bei dem Omas Bruder Rudi mitgewirkt haben soll, wird nur in einer Randnotiz erwähnt. Rudi flüchtete nach Deutschland, wo er an das Gute in einem Herrn namens Hitler glaubte, bis dieser ihn und die anderen in einen Krieg schickte, den selbst Rudi nicht mehr verstand.

Ein Foto zeigt den Stadtturm mit einem riesigen Hakenkreuz aus Buchsbaum, aber auf der verblassten Schwarzweißfotografie kann ich nicht erkennen, ob sein Dach aus Kupfer ist. Der nächste Raum führt wieder zweihundert Jahre zurück.

Als ich die Treppen hinuntergehe, stehen die zwei Wanderer mit dem Museumsleiter im Vorzimmer. Ich höre ihr gezwungenes Lachen, sehe, wie sie sich eine kleine Broschüre in die Hand drücken lassen und dann auf die Glastür zugehen, an der Spendenbox vorbei, ohne von ihr Notiz zu nehmen. Der Museumsleiter biegt in ein anderes Zimmer ab. Ich bleibe vor einem Regal mit Vereinszeitschriften stehen, dann werfe ich einen Blick in das Büro.

»Darf ich Sie etwas fragen?«

Der Museumsleiter sitzt hinter einem Schreibtisch, auf dem sich Zeitungen und Kopien türmen, und sieht von seinen Unterlagen auf.

»Mein Urgroßvater soll vor dem Krieg den Stadtturm gedeckt haben. Wissen Sie etwas darüber?«

»Walter Priebsch?«, fragt er.

»Wie bitte?«

»Priebsch, so hieß der Spengler im Ort.«

»Nein, Kovac. Mein Urgroßvater hieß Rudolf Kovac. Er kam 1908 hierher, aus Sarajevo.«

»Von einem Kowatsch habe ich noch nie etwas gehört«, sagt er.

Ich weise ihn nicht darauf hin, dass er den Namen falsch ausspricht.

Da ich im Türrahmen stehen bleibe, bietet er mir nun doch einen Sessel vor seinem Schreibtisch an und geht zu einem der Regale. Seine Füße stecken in roten Socken und braunen Birkenstocksandalen.

»Es sind viele aus Südosteuropa hierhergekommen damals. Die Fabrik, wissen Sie? Hier gab es Arbeit.«

Er zieht einen quadratischen Bildband aus dem Regal und geht auf mich zu. Die Chronik Solburgs, er habe sie selbst geschrieben. Ich lese den Namen auf dem Umschlag: Dr. Dr. August Becker. Über meinem Kopf blättert er durch die Seiten. Ich höre das Rascheln des Papiers und schaue auf seine braune Schnürlsamthose.

»1939. Hier, sehen Sie?«

Er beugt sich zu mir herunter und deutet auf eine Doppelseite mit Bildern vom Stadtturm in den verschiedenen Phasen der Renovierung. Ich suche nach dem Namen meines Urgroßvaters, doch weder er noch Priebsch werden erwähnt.

»Vielleicht war Ihr Urgroßvater einer von Priebschs Angestellten.«

Ich kläre ihn auf, dass mein Urgroßvater einen eigenen Betrieb hatte. Becker nickt bedächtig und schlägt vor, in einem der alten Handelsregister nachzusehen.

»Wenn er eine eigene Spenglerei hatte, dann werden wir ihn darin finden«, sagt er, und schon dreht er sich um und stellt sich wieder an das Regal.

»1939«, werfe ich die Jahreszahl gegen seinen Rücken. »Dann waren es also die Nazis, die das Kupferdach in Auftrag gaben?«

Ich habe das Gefühl, etwas gutmachen zu müssen. Als müsste ich mich schuldig fühlen, weil ich behaupte, dass nicht Walter Priebsch, sondern mein Urgroßvater der historisch wichtigere Spengler war.

Beckers solariumgebräunte Nase steckt tief im Regal, als würde er nach etwas Geheimem suchen, von dem nur er weiß. Dann taucht er wieder auf und geht eine Reihe weiter.

Er nimmt drei Kataloge aus dem Fach und legt sie auf den Schreibtisch. Jeder von ihnen besteht aus etwa zweihundert Seiten maschinenbeschriebenem Papier, das mit Leim auf einen Leinenstreifen geheftet wurde.

»Das sind Abschriften der alten Handelsregister, darin werden wir ihn finden. Aber ich habe noch etwas für Sie!«

Er nimmt einen Holzschemel und trägt ihn zum Regal. Als er sich darauf stellt, rutscht sein Hosenbein nach oben und gibt eine bunte Micky Maus auf Knöchelhöhe frei. Ich frage mich, ob man die Socken im neuen Einkaufszentrum bekommt, vielleicht im vergünstigten Dreierpack, Micky Maus, Donald Duck und Dagobert Duck auf Neongelb, Orange und Pink, Tick, Trick und Track und Fähnlein Fieselschweif. Schon sehe ich Becker in einem meiner Kinderbücher, mit einem Bein auf dem Schemel balancierend, das andere Bein mit der Socke von sich gestreckt, *Auch du, mein Onkel Dagobert?*

Ich schüttle den Kopf, um das Bild zu vertreiben. Magda sagt immer, wenn ich nicht aufpasse, wird mich meine Phantasie einmal so hart niederschlagen, dass ich aus meiner Traumwelt nicht mehr aufwachen werde. Sie sagt: »Manchmal hast du eine erschreckende Ähnlichkeit mit deinem Vater, der hatte auch immer solche Ideen.«

Becker fischt etwas aus dem Regal, dann kommt er wieder zurück zum Tisch und drückt mir einen dicken Ausstellungskatalog über den Widerstand im Lusniztal in die Hand. Dass es vor zwei Jahren eine Ausstellung darüber gegeben habe, hier in diesem Museum.

Ich frage mich, wie er von der Spenglerei meines Urgroßvaters auf den Widerstand kommt. Tatsächlich soll einer von Omas Brüdern bei den Partisanen gekämpft haben, aber das kann Becker nicht wissen, mein Großonkel war kein Held, keiner, an den man sich erinnerte, nur beschimpft haben sie ihn, als der Krieg zu Ende war und er nach Hause kam. Oma sagte, was ihre Brüder betraf, immer: »Ein begeisterter Nazi und ein Vaterlandsverräter, das hebt sich auf.«

Becker nimmt mir gegenüber Platz und schlägt eines der Handelsregister auf. Ich tue es ihm gleich und fahre mit meinem Finger die Einträge entlang, die aus Namen, Daten, Gassen und Geschäftsbezeichnungen bestehen. Beckers Finger ist schneller als meiner, er blättert öfters um. Nach ein paar Minuten wird er tatsächlich fündig. Sein Finger liegt auf einem Eintrag aus dem Jahr 1919. Mein Urgroßvater ließ seinen Namen mit ts eintragen: *Rudolf Kovats.* Das c tauchte erst im Ahnenpass wieder auf. Bis heute weiß keiner, wie man den Nachnamen meines Urgroßvaters tatsächlich aussprach, nur er könnte mir sagen, ob sich über dem c ein Strich befand, ob das ts, das er im Firmennamen angab, mehr war als eine schriftliche Angleichung. Meine Großmutter hasste ihren Mädchennamen, sie war froh, durch ihrer Heirat dem c zu entrinnen, obwohl auch Köhler kein schöner Name war, denn er erinnerte sie an die Kohlengruben, in die ihr Mann täglich stieg. Als hätte der Name das Schicksal seiner Familie von Anfang an besiegelt, denn alle Köhlers hatten den Haizendorfer Boden ausgehöhlt, und die größte Angst meiner Großmutter bestand darin, das Bergwerk könnte sich auch ihre beiden Söhne holen.

In der Zwischenzeit hat sich August Becker mit seinen Micky-Maus-Socken ein paarmal auf den Hocker gestellt und sämtliche Telefonbücher nach meinem Urgroßvater durchsucht. 1953 ist bereits mein Großonkel als Spengler angegeben, ab 1956 finden wir nur noch Walter Priebsch, denn Omas Bruder hatte die Werkstatt nach und nach verspielt, aber das verrate ich Dr. Dr. Becker nicht. Es ist die tragische Geschichte meines Großonkels Hans, der mir Figuren ins Grießkoch zeichnete und so gerne meine Nase stahl. Was immer mit Hans in Russland geschehen war, als er zurückkam, war er kein erwachsener Mann, sondern ein zehnjähriger Bub, der sich vor der Nacht fürchtete und nie ohne seine drei Stofftiere schlafen ging. Seine Leidenschaft galt dem Kartenspiel, allerdings nicht dem Tarock- oder Bridge-Spiel und schon gar nicht dem Bauernschnapsen, sondern dem Schwarzen Peter. Anfangs dachte sich noch keiner etwas dabei, eine kindliche Seele habe er, sagte man, doch als mein Urgroßvater starb und Hans nach und nach die gesamte Einrichtung der Spenglerei sowie die Rücklagen verspielte, reiste Anton (der Partisan) von Kanada in die Heimat und ließ seinen Bruder entmündigen. Das, was vom Erlös der Werkstatt übrig blieb, legte er zugunsten meiner Urgroßmutter auf ein Sparbuch. Der verrückte Hans, wie er fortan hieß, wurde vom örtlichen Buchbinder angestellt, und Tante Therese sorgte dafür, dass er nie mehr Geld in der Tasche hatte, als er an einem Abend ohne Schaden verspielen konnte. Später spielte er den Schwarzen Peter mit seinen Nichten und Neffen und schließlich mit mir. 1982, kurz nachdem mich Magda nach Wien geholt hatte, starb Hans in seinem zweiundsiebzigsten Lebensjahr. Mit Rollschuhen fuhr er vom Hauptplatz den steilen Gehsteig zur Lusniz hinunter, bremste nicht rechtzeitig, fiel über die niedrige Mauer, stieß sich den Kopf an einem Stein und ertrank im Fluss. Somit gab es nur noch einen Kovac-Bruder (Anton, den Partisan), während die Kovac-Schwestern alle noch am Leben waren, und auch meine Urgroßmutter sollte den Tod ihres ältesten Sohnes noch um einen ganzen Monat überleben.

»Schauen Sie, hier ist er wieder, der Priebsch«, sagt Becker, als er mir das Telefonverzeichnis aus dem Jahr 1961 unter die Nase hält. Scheinbar stellt für ihn das Überleben des Namens Priebsch im örtlichen Telefonbuch den Beweis dar, dass nur der, der den Jahrzehnten trotzte, derjenige sein konnte, der den Stadtturm von Solburg mit dem glänzenden Kupfer verkleidet hatte.

Man muss wissen, wann man aufhören sollte, sagte meine Oma immer. Ich bitte Becker, mir die Seite aus dem Handelsregister zu kopieren. »Meine Großtante wird sich freuen«, sage ich und bedanke mich für seine Geduld und den Bildband über den Widerstand. Am Ausgang hinterlasse ich einen Zehneuroschein als Spende.

Das Telefondisplay zeigt drei versäumte Anrufe. Ich rufe Therese zurück, sie hat sich Sorgen gemacht, weil ich so lange nicht erreichbar gewesen bin.

»Ich war im Museum«, sage ich.

»Was? In dieser verstaubten Bude?«

Wir verabreden uns für drei Uhr im Pensionistenheim.

In meinem Zimmer setze ich mich auf mein Bett und esse Kabanossi, Tomaten und Brot und blättere durch den Ausstellungskatalog. In den Zwanzigern war Solburg eine Hochburg der Roten. Und doch kam Wildenauer von hier, Wildenauer, der große Anführer der Heimwehr, der mit schmetternder Stimme am Solburger Stammtisch verkündete, nach Wien marschieren zu wollen.

Die Republik war am Kippen, alles deutete darauf hin. Haben meine Urgroßeltern darüber gesprochen? Haben sie davon in der Zeitung gelesen, so wie wir heute vom Gazastreifen, der Ukraine und Syrien lesen, vom IS-Terror und der Bankenkrise und danach so tun, als wäre alles normal, als würde die Welt um uns herum nicht auf dem Kopf stehen? Wie hatte sich mein Urgroßvater gefühlt, nachdem die Monarchie zusammengebrochen war? Als er am Ende des Krieges zurück nach Solburg kam, war sein jüngster Sohn an einer Lungenentzündung gestorben, und die Stadt, in der er geboren war, gehörte nicht mehr zu dem Land, in dem er jetzt lebte. Mein Urgroßvater wurde während der letzten Seufzer des Osmanischen Reiches geboren, war unter österreichisch-ungarischer Verwaltung aufgewachsen und hatte für den Kaiser und sein neues Vaterland gekämpft (für den katholischen Gott seiner Mutter wohl weniger). Nach seiner Rückkehr aus dem Krieg gingen seine Briefe in den Staat der Serben, Kroaten und Slowenen und bald darauf schon ins Königreich des Aleksandar Đorđevic. Kein Wunder, dass sich seine Mutter über den kroatischen Staat des Ante Pavelić und dessen Freundschaft zu Hitlers Deutschland freute. Begeisterte Briefe soll sie nach Solburg geschrieben haben.

Mein Urgroßvater hingegen war von Anfang an gegen alles, was nach der Monarchie kam. Ihm gefielen weder Đorđevic noch Schuschnigg, und Pavelić und Hitler schon gar nicht. »Alles Quatsch mit brauner Soße«, sagte er, als sein Sohn Rudi sich den illegalen Nazis anschloss und schließlich nach Deutschland ging, und er sagte es erst recht, als die Nazis in Österreich einmarschierten und in Solburg die Hakenkreuze aus den Fenstern wuchsen. »Das führt doch nur zum nächsten Krieg«, sagte er, dennoch tauschte seine Frau, die schöne Katharina, begeistert das silberne Kreuz auf ihrem Halsketterl gegen das Hakenkreuz, das ihr der Sohn aus Deutschland mitgebracht hatte.

Ich klappe den Katalog wieder zu. Mein Urgroßvater behielt recht. Hitlerdeutschland nahm ihnen zwei Söhne, darunter auch Rudi, der in der Normandie in so viele Teile zerfetzt wurde, dass man nur noch seine Marke fand. Zwei Söhne tot, einer, der 1949 mit einem Nervenleiden aus der russischen Gefangenschaft zurückkam, und einer, vor dem man ausspuckte, weil er zwei Jahre vor Kriegsende desertiert war und sich den Widerstandskämpfern angeschlossen hatte. Weil er nicht mehr bespuckt werden wollte, ging Anton nach Kanada; zwei der Kovac-Schwestern folgten ihm. Meine Oma und Therese fuhren knapp nach Kriegsende in die Schweiz. Therese schaffte es bis zur Sekretärin, Oma arbeitete vier Jahre als Stubenmädel. Als sie zurückkamen, war ihr Vater tot und die Geschwister bis auf den verrückten Hans alle weggezogen.

12

Therese ist aufgebracht, als ich ihr von meinen Recherchen im Stadtmuseum erzähle.

»Natürlich hat unser Vati den Stadtturm gedeckt! Zuerst mit Kupfer, und dann, als das Kupfer kriegswichtig wurde, hat er Weißblech aufgetragen. Dieser Herr Doktor Becker hat doch keine Ahnung!«

Wir sitzen im Gemeinschaftsraum, Therese winkt den jungen Zivildiener zu unserem Tisch. »Das ist meine Großnichte«, sagt sie. »Sie kommt aus Wien, aber jetzt zieht sie zu ihrem Mann nach Sarajevo. Stell dir vor, Sarajevo, das ist die Stadt, in der mein Vati aufgewachsen ist!«

Der junge Mann lächelt mir höflich zu und geht dann hinter die Theke, um ein Stück Kuchen aus der Vitrine zu holen und zwei Tassen Kaffee zu bringen.

»Isst du nichts?«, frage ich Therese.

»Ich habe zum Nachtisch zu viel Pudding gegessen. Aber iss du nur, in der Schwangerschaft muss man für zwei essen!«

Ich stelle mir vor, was Danijel sagen würde. Zu Beginn meiner Schwangerschaft hat er mich ständig nach meiner Ernährung gefragt. »Isst du auch genug Obst?« Nach wochenlangen Belehrungen habe ich ihm angedroht, meinen Skype-Account zu löschen. Seitdem lässt er mich in Ruhe, und ich verheimliche ihm meine Heißhungerattacken auf Thunfischpizzen.

»Erzähl mir von Sarajevo«, fordert mich Therese auf. Sie selbst hat die Stadt ihres Vaters (wie alle Kovac-Geschwister) nie kennengelernt. Sarajevo war weiter weg als Kanada – Sarajevo war ein märchenhafter Ort. Obwohl die große Moschee und das Rathaus einst auf dem Küchenfußboden gestanden waren, rutschte die Stadt den Kovac-Geschwistern nach und nach aus der Erinnerung. Jetzt gab es Zürich (Oma) und Basel (Therese), später kamen noch Wawa (Klara und Anton) und Toronto (Paula) dazu. Über den ganzen Erdball, so schien es, waren die Geschwister versprengt worden, und von überall kamen ihre Briefe, die meine Urgroßmutter in die Tischlade legte, um beim Frühstück alle ihre Kinder um sich versammelt zu wissen.

Sarajevo. Wie soll ich Therese erklären, was ich fühle? Sarajevo, die schönste Stadt der Welt, die dich nächtens liebt und morgens umarmt, nur zur Mittagszeit, wenn die Sonne erbarmungslos alles in ihr helles Licht taucht und das Hämmern und Kreischen seinen Höhepunkt erreicht, siehst du ihre Tränen die Mauern hinablaufen.

Ich versuche in Worte zu fassen, was ich nicht beschreiben kann. Fange mit der Beleuchtung in Baščaršija an, weil sie das Erste war, was ich von Sarajevo wahrnahm. Nach der langen Busfahrt war ich am späten Vormittag ins Bett gefallen und hatte den ganzen Tag verschlafen. Als Danijel mich weckte, stand die Sonne bereits tief zwischen den Häusern. Der Muezzin legte seinen Gesangteppich über den Garten, später mischte sich das Gebimmel der Kirchenglocken dazu. Danijels Großmutter brachte uns Kaffee, danach führte mich Danijel ins alte türkische Viertel mit seinen Teppichen, Fellschuhen, bunten Tüchern und den vielen verschiedenen Cafés und Grillbuden, in denen ich das erste Mal die berühmten Ćevape aß. Auf dem Rückweg war mir so übel, dass ich vor einer Mülltonne erbrach, woraufhin sich sofort zwei Straßenhunde über die halbverdauten Reste hermachten.

Therese hört mir gebannt zu, als ich mit ihr das Land bereise, als Touristin, denn was war ich schon anderes als eine Touristin, als ich das erste Mal nach Bosnien kam (und auch die vielen Male danach, bevor mir Danijel eröffnete, dass er nach Sarajevo ziehen will). Ich erzähle Therese von meinem Lieblingscafé in Baščaršija, von den Bänken mit den bunten Kissen, der Kieselsteinpflasterung und den roten Tischchen mit den goldfarbenen Ornamenten. Ich erzähle ihr von dem starken, sämigen Kaffee, den sie dort in kleinen Kupferkännchen servieren, und dass du ein Stück Würfelzucker zwischen die Zähne klemmen musst, um den ersten Schluck Kaffee durchzuziehen. Ich erzähle ihr, wie ich an Danijels Hand über die glattgewetzten Kieselsteine schlitterte und eine alte Verkäuferin mir zulächelte und sagte, dass ich einen guten Geschmack hätte, die bosnischen Männer seien die besten, solche Männer würde man nirgendwo auf der Welt finden. Dass wir uns da allerdings auf Danijel verlassen müssten, sage ich zu Therese, denn damals verstand ich noch kein einziges Wort, er könnte mich also auch angelogen haben.

Thereses Augen zwinkern vor Freude, als ich von Danijels lieber kleiner Oma erzähle und von Nusret, Danijels Großcousine, in deren Wohnzimmer ich so gerne sitze und die die Erste war, die mir das Land erklärte. Nichts hingegen erzähle ich ihr von meinem ersten Besuch bei Danijels Onkel Mihajlo und seiner Frau Svjetlana, als ich heulend unter dem Maulbeerbaum saß und Rakija in mich hineinkippte.

Therese nimmt meine Hand, streicht mir mit dem Daumen über den Handrücken. »Das hört sich alles so schön an«, sagt sie. »Unser Vati hat uns immer von Sarajevo erzählt, von den Kirchturmspitzen und den Minaretten, die nebeneinander standen. Ich habe so geweint, als sie die Kriegsbilder im Fernsehen gezeigt haben.«

Natürlich fragt sie danach. Jeder fragt danach. Wenn du die Miljacka entlang gehst, findest du kein einziges Haus, das nicht aus einer Unzahl von Wunden besteht.

Mein Urgroßvater hatte seinen Kindern eine Stadt gebaut, aus Holz und alten Blechteilen. Eine Stadt, die es so nie gegeben hatte, eine Stadt mit kleinen Biedermeierhäusern, einem Stadtturm, einer Kirche und einer Moschee, deren Dach er ebenso mit Kupfer deckte wie das Dach des kleinen Turms. Eine Burg, ein Fluss, Wälder und Hügel rundherum; einen Feuerwehrwagen, einen Brauereiwagen und sogar einen Rotkreuzwagen hatte er ihnen gebaut, immer, so hieß es, sei er abends länger in der Werkstatt geblieben, wenn meine Urgroßmutter schwanger war, denn für jedes Kind fügte er einen neuen Teil hinzu.

Als meine Oma als letztes Kind zur Welt kam, waren manche der Häuser bereits abgeschlagen und zerkratzt. Dennoch, so sagte sie, hätte sie danach nie wieder ein schöneres Spielzeug gesehen als diese kleine Stadt, deren Gebäude über den ganzen Küchenboden verteilt standen.

Wie gern hätte ich diese Stadt für mein Kind. Sie ist im Laufe der Jahrzehnte von Barbiehäusern und Playmobillandschaften abgelöst worden. Vielleicht sollte ich selbst eine solche Stadt zusammenstellen, ich könnte kleine Andenken in Souvenirläden kaufen, das Riesenrad und den Stephansdom, den Grazer Uhrturm, das Goldene Dachl von Innsbruck, daneben stellen wir die Ali-Pascha-Moschee, die Vijećnica und über ein blaues Seidentuch die Alte Brücke aus Mostar, und vielleicht finde ich eine kleine rote Straßenbahn, jenes Modell, das früher durch Wien fuhr und das heute in Sarajevo vor sich hin bimmelt und viel hübscher aussieht als die Wagen aus Brünn, Košice und Amsterdam, auch wenn ich mit dem Kinderwagen die Niederflurwaggons bevorzugen werde.

Natürlich habe ich mich gezwungen, hinzusehen. Das wahrzunehmen, wovon Magda spricht. Wovor alle mich warnen. Danijels Freund Darko, vor allem er. *Du musst dir im Klaren darüber sein, worauf du dich einlässt, Katja. Bosnien ist ein schönes Land, wenn du als Touristin hierherkommst, aber du kennst meine Meinung, und du kennst die Probleme, du bist ja nicht ganz neu hier. Danijel ist blauäugig, er glaubt, er kann etwas verändern, aber er wird auch noch draufkommen.*

Ich versuche es Therese zu erklären. Die permanente Blockadepolitik, die nationalistischen Hetzreden der Politiker, die Korruption. Ich erzähle Therese von Darko, der vor Gericht geladen wurde, weil er an den Protesten teilnahm. Ich erzähle ihr von den jungen Studenten, die von ihren Eltern gesagt bekommen, sie sollen etwas aus ihrem Leben machen –

aber bitte nicht hier, denn in Bosnien werde sich nie etwas ändern.

Vielleicht hat Magda recht, vielleicht sind Danijel und ich verantwortungslos, weil wir unser Kind an diesem Ort aufwachsen lassen.

Therese sieht mich erschrocken an. Jetzt habe ich ihr das Märchenland ihres Vaters genommen, jetzt sieht sie wieder die Trümmer aus den Nachrichten.

»Und trotzdem liebe ich diese Stadt«, sage ich zu Therese, weil ich selbst so fest daran glaube, weil ich weiß, dass meine Liebe zu Sarajevo nicht nur mit Danijel zu tun hat, aber als ich Thereses Hand zwischen meine nehme, frage ich mich, ob ich mit meinen beschwichtigenden Sätzen nicht doch vor allem mich selbst belüge.

Jetzt ist sie wieder da, die Angst, von der Albert sagt, dass sie nicht die meine sei. Ein Land ist immer das Land, das es in den Augen der anderen ist. Wenn du sagst, dass du nach Griechenland ziehst, sieht jeder nur das Meer. Wenn du sagst, dass du nach Kroatien ziehst, werden sie ebenfalls das Meer sehen. *Hab es schön. Trink ein Karlovačko*, sagen sie. Nur wenn du nach Bosnien gehst, fragen sie alle nach dem Krieg und der Armut.

»Die Kovacs waren immer schon wie die Schwalben«, sagt Therese.

Ihre Stimme lässt mich erschrocken hochfahren. Erst jetzt stelle ich fest, dass wir einige Minuten geschwiegen haben.

»Schwalben?«, frage ich und merke, dass meine Stimme erst mit der zweiten Silbe kommt. Ich räuspere mich. Unsere Hände liegen ineinander verschränkt auf der braunen Resopalplatte.

»Ja«, sagt Therese. »Schau dir unsere Familie doch an. Alle sind sie davongeflogen. Und wenn das mit Ediths Hand nicht passiert wäre, wäre auch sie nach Kanada gegangen.«

13

Zwei Tage nachdem meine vierundzwanzigjährige Großmutter die Visa für sich, meinen Großvater und meinen zehn Monate alten Onkel Kurt erhalten hatte, geriet sie in die Stanzmaschine der Kartonagenfabrik und quetschte sich Zeige-, Mittel-, Ring- und kleinen Finger. Ihr Schrei gellte durch die ganze Fabrikshalle. Sechs Minuten später, als sie vom Vorarbeiter Franz Mohr auf den Rücksitz seines Privatwagens gehoben wurde, hörte man ihn noch immer bis in den letzten Winkel. Mohr startete den Wagen und bog mit meiner schreienden Großmutter in die Hauptstraße, raste dann die Friedhofgasse entlang, vorbei an einer Gruppe alter Damen, die ihnen kopfschüttelnd nachsahen, ganz so, als wäre es ein dummer Scherz vom ihm und Edith, schreiend im offenen Verdeck durch die Straßen zu fahren. Als Mohr nach vier Minuten Fahrt schließlich vor dem Krankenhaus stehen blieb und den Motor abdrehte, fiel ihm auf, dass aus Ediths Schreien ein Wimmern geworden war. Das Wimmern in seinem Rücken überzog seine Unterarme mit einer Gänsehaut. Ein paar Sekunden lang blieb er reglos vor dem Lenkrad sitzen und starrte auf seine aufgerichteten Körperhaare. Erst als er die Bewegung um ihn herum wahrnahm, die Passanten, die entsetzt stehen geblieben waren, darunter auch ein Mann mit einem Gipsbein sowie eine Frau mit Einkaufstasche und einem gelblich weißen Hund an der Leine, gab er sich einen

Ruck und drehte sich zu Edith um. War es ihm vorhin vorgekommen, dass ihr Schrei aus einem einzigen, dreizehn Minuten anhaltenden Laut bestanden hatte, schien Edith jetzt nur noch aus Luftholen zu bestehen. Ihr Oberkörper wurde von Schluchzern geschüttelt, und tatsächlich war sie ein wenig blau im Gesicht, sodass Mohr unwillkürlich an seine neugeborene Tochter denken musste und wie er sie hatte im Arm halten dürfen. Das erzählte er am Abend auch seiner Frau. Dass er in diesen Sekunden sowohl seine Gänsehaut betrachtet als auch an das Klärchen habe denken müssen, und welch seltsame Kreatur der Mensch doch sei, sich an solch banalen Sachen aufzuhängen, anstatt die Verletzte gleich, in der Sekunde, aus dem Auto zu bergen.

Schließlich hob er Edith dann doch noch vom Rücksitz und stellte sie auf dem Gehsteig ab, und zwischen den Fingern ihrer Linken, die die Rechte zusammenquetschten, als müssten sie das Quetschen der Maschine fortsetzen, sah Mohr, dass Ediths Finger dunkelblau angelaufen waren und nur mehr aus einer gummiartigen Masse zu bestehen schienen, denn dort, wo die Gelenke normalerweise einen Knick bilden, war nichts mehr zu erkennen. Wie zwei plattgewalzte Fahrradschläuche, dachte er und fragte sich im selben Augenblick, wie er ausgerechnet auf Fahrradschläuche kam, die doch so anders aussahen als Ediths Finger, aber sosehr er sich auch bemühte, es wollte ihm kein passenderer Vergleich einfallen.

So zog er Edith durch den Krankenhausflur und sah sich am Abend seiner Frau gegenübersitzen und vor sich hin stammeln: »Wie … wie Fahrradschläuche, verstehst du, wie Fahrradschläuche, bevor man sie aufpumpt, fast genau so haben ihre Finger ausgesehen.«

Endlich riss man ihn aus seinen Überlegungen und Edith

aus seiner Umklammerung, die darin bestanden hatte, dass er ihr seinen Arm um die Taille gelegt hatte, damit er sie gleichzeitig stützen und mit sich zerren konnte. Hätte Edith noch geschrien, dann hätte man sie ihm vielleicht schon an der Tür abgenommen, so aber entdeckte man sie erst an der Anmeldung, als Mohr sich brav hinter einer Mutter mit Kind anstellte, den Arm noch immer um Ediths Taille geschlungen, und darauf wartete, an die Reihe zu kommen. Die Mutter vor ihnen drehte sich um. »Um Gottes willen!«, schrie sie. Dann klopfte sie gegen das Glas der Anmeldung, und von da an ging alles so rasch, dass Mohr am Schluss gar nicht mehr wusste, wie er mit der wimmernden Edith in das Behandlungszimmer gekommen war. Warum er nicht die Rettung gerufen habe, was das für eine Schnapsidee gewesen sei, mit dem eigenen Wagen zu fahren, im Rettungswagen hätte man die Patientin bereits versorgen können … Mohr antwortete nicht, erst zu Hause zu seiner Frau sagte er: »Zwanzig Minuten, verstehst du, zwanzig Minuten vom Unfallort bis zum Behandlungszimmer, das hätte doch so ein Rettungswagen nie geschafft, der wäre nach zwanzig Minuten gerade einmal am Fabriksgelände gewesen.«

Man schob Mohr hinaus und beugte sich über Edith, befreite die gequetschten Finger von den gesunden, indem man Ediths linke Hand aufbog und sie anherrschte: »Jetzt lassen S' doch endlich mal los, so sieht man doch nichts!« Als Edith gehorchte, konnte sie hören, wie die Schwester hinter ihr die Luft einsog. Der Arzt ließ die beiden allein, um eine Minute später mit einem zweiten, älteren Arzt wiederzukommen, der schließlich anordnete, eine Infusion gegen die Schmerzen zu setzen. Dann meinte er, dass man wohl amputieren müsse. Eine Sekunde später hörte man Ediths Schrei abermals. Dass sie das nicht geschehen lasse, »Sie Mörder«, schrie sie, »Mörder!«, immer wieder »Mörder!«, aber dann wurde aus ihrem Schreien wieder ein Wimmern, dass er doch einen hippokratischen Eid abgelegt habe, erinnerte sie den Arzt, dass er doch geschworen habe zu retten, anstatt zu töten.

»Frau Köhler, wenn wir die Finger nicht abnehmen, was glauben Sie, was dann passiert?«, versuchte der Arzt sie zu überzeugen, aber schließlich entschied er doch, der Patientin vorerst nur etwas zur Beruhigung zu geben, die Hand zu röntgen und zu hoffen.

In der Nacht träumte Edith von riesigen Handtellern, die alle mit weggestrecktem Daumen und amputierten Fingergliedern auf sie zu schwebten, sodass sie trotz des Schlafmittels viermal aufschreckte.

Am Morgen setzte man ihr einen Katheter und schob sie in den Operationssaal, wo ihr der Arzt vom Vortag versicherte, dass er versuchen werde, was in seiner Macht stehe, dass er aber nichts versprechen könne.

Während Edith unter den aufmerksamen Augen des Anästhesisten langsam entschlummerte, stieg Martin Köhler vom Motorrad seines Arbeitskollegen, klopfte ihm als Dank auf die Schulter und betrat, wie schon am Vortag, als man ihn wieder nach Hause geschickt hatte, das Krankenhaus. Dort erfuhr er, dass seine Frau gerade für die Operation vorbereitet werde, dass man jedoch noch nicht sagen könne, ob und wie viele der Finger man amputieren müsse, er solle nach Hause fahren, man werde bei ihm anrufen, sobald man etwas wisse.

Einen ganzen Tag hatte sich Martin freigenommen, und nun stand er da und sehnte sich in den Stollen, alles war besser als diese Warterei. Da man ihn im Krankenhaus nicht wollte, setzte er sich in eine Gaststube, und erst als er zwei Stunden lang vor einem einzigen Glas Bier gesessen war und vor sich hin gestarrt hatte, fiel ihm ein, dass man ihn hier nicht telefonisch erreichen konnte. Also ging er abermals ins Krankenhaus und fragte nach seiner Frau, doch angeblich wurde diese noch immer operiert.

Martin nahm den Bus nach Haizendorf, setzte sich an den Küchentisch und wartete. Vier Stunden später kam endlich der Anruf, seiner Frau gehe es gut, man habe ihr den kleinen Finger amputiert, die anderen Finger habe man retten können. Da verließ Martin das Zimmer, stolperte über die Brücke und klopfte an die Tür seiner Eltern. Strich seinem kleinen Buben über den Kopf und sagte, dass er jetzt ins Krankenhaus fahren werde. Als er dort ankam, ließ man ihn jedoch wieder nicht zu seiner Frau, sondern sagte ihm, dass Edith jetzt schlafe und Ruhe brauche, er solle am nächsten Tag wiederkommen.

So sah Martin seine Frau erst am Folgeabend. Edith hatte den ganzen Tag abwechselnd auf ihre Hand und aus dem Fenster gestarrt und nicht einmal aufgesehen, als man eine junge Frau in ihr Zimmer geschoben hatte. So zeigte sie auch jetzt kaum eine Reaktion, als ihre Schwiegermutter und ihr Mann das Zimmer betraten, und sogar, als Agnes den kleinen Kurt aufs Bett setzte, strich ihm Edith nur kurz mit der gesunden Hand über die Wange und starrte dann wieder aus dem Fenster.

»Das wird schon, wirst sehen«, flüsterte Agnes und nahm den Jungen wieder vom Bett. Die Schwiegermutter weiß es, dachte Edith, sie weiß, dass es immer weitergeht, egal wie, so schnell stirbt man nicht, zumindest nicht äußerlich, das Herz schlägt weiter, und man atmet weiter, obwohl man am liebsten die Luft anhalten würde.

Martin stand am Bettende und starrte auf die weiße Decke, und als Edith den Blick auf ihn richtete, sah er sie nicht einmal an, aber Edith meinte die Erleichterung in seinem Gesicht zu erkennen, und vielleicht war es genau dieser kleine Augenblick, in dem Edith sich endgültig von ihrem Mann trennte, auch wenn sich die Trennung nur innerlich vollzog.

Die nächsten drei Tage nahm Edith Abschied von ihren Geschwistern. Dabei hatte sie gedacht, dass es die anderen sein würden, die sie in die Arme schließen würde, Therese und Hans hatte sie zurücklassen wollen, aber jetzt waren es doch ihr Bruder Anton und die beiden Schwestern Paula und Klara, nach denen sie sich so gesehnt hatte.

Das Visum würde ablaufen und sie würde nicht nach Kanada fahren. Sosehr sie die ersten zwei Tage noch versucht hatte, daran zu glauben, dass sie wie geplant in drei Wochen abreisen würden, spätestens am dritten Tag, als Mohr mit einem Blumenstrauß und Grüßen von der Belegschaft an ihrem Bett stand und das Wort *Unfallrente* aussprach, wusste Edith, dass sie nie nach Kanada gehen würde, dass sie ihre Finger nie mehr würde bewegen können und dass sie nie etwas anderes sein würde als die Frau eines Grubenarbeiters.

Hätte sie doch bloß nie geheiratet, wäre sie doch damals gleich zu den Schwestern gefahren, hätte sie gleich, als sie von der Schweiz zurückgekommen war, um das Visum angesucht, dann wäre auch der Unfall nicht passiert.

»Aber schau«, versuchte es ihre Schwester Therese, »hier hast du es doch auch schön, und irgendjemand muss doch bei mir und beim Hansl bleiben, wo doch schon alle anderen weggegangen sind, was würd' denn aus uns werden, wenn du jetzt auch noch nach Kanada gehst?« Und dann sagte sie noch: »Edith, das ist doch unsere Heimat, wieso sollen wir denn alle weg, wo doch der Vati extra hierher gekommen ist, um ein schöneres Leben zu haben. Und wirst sehen, das mit deiner Unfallrente, die würdest in Kanada doch gar nicht bekommen. Und jetzt, wo das halt einmal passiert ist, wo du's eh nicht mehr rückgängig machen kannst … Weißt, so eine Unfallrente, die ist dir doch sicher, aber wenn du jetzt nach Kanada gehst, dort müsst ihr ganz von vorn beginnen, und gerade, wo doch deine Hand … Geh, Edith, sei doch gescheit.«

Und auch Ediths Mutter kam und wiederholte die Sätze der Schwester. »Ihr könnt mich doch nicht alle allein lassen«, sagte sie und strich Edith über die bandagierte Hand, »so schlecht ist es hier doch nicht, jetzt, wo es endlich wieder bergauf geht.«

Bergauf, dachte Edith, mit allen geht es bergauf in diesem Land, warum fährt mein Mann dann jeden Tag in den Schacht hinunter und kommt am Abend dreckig und müde heim, wenn es so bergauf geht mit uns?

Aber das sagte sie nicht, sie wollte die Mutter nicht kränken, die Mutter, die neun Kinder geboren hatte und der nur drei geblieben waren, weil das eine Drittel weggestorben und das andere Drittel ausgewandert war.

Als Edith das Krankenhaus zwei Wochen später verließ, begannen die Narben bereits zu heilen, und auch die Schmerzen hatten nachgelassen. Ein ganzes Jahr lang musste sie zur Therapie, wo man ihr anfangs immer wieder neue Schienen anlegte, bis sie schließlich auch diese nicht mehr brauchte.

Nach einem halben Jahr hatte Edith gelernt, alle Arbeiten zu verrichten. Sie hielt den Kochlöffel in ihren steifen, zur Faust gekrümmten Fingern und steuerte mit dem Daumen den Kugelschreiber, den sie sich zwischen Zeige- und Mittelfinger geklemmt hatte. So schrieb sie an die Schwestern in Kanada, dass es ihr gutgehe und dass Martin einen Grund gekauft habe, dass sie im Frühjahr anfangen wollten zu bauen und dass Martin plane, in drei Jahren fertig zu sein.

Unser Kurt hat vorgestern mit dem Gehen angefangen, schrieb sie und: *Die Mutter hat recht gehabt, scheinbar dauert es bei den Buben wirklich ein bisserl länger. Wenn ich da denk, dass deine Helen schon nach acht Monaten die ersten Schritte gemacht hat, und unser Sohn wird übernächste Woche schon ein Jahr!*

Sie faltete das dünne Papier, strich es glatt und steckte es in das Kuvert für die Luftpost, um es noch am selben Nachmittag zur Post zu bringen. Von der Unfallrente konnte sie sich Luftpostpapier und Marken kaufen, die Unfallrente hatte sie sich bitter verdient, jetzt konnte Martin sich nicht mehr beschweren, wie teuer das Porto nach Kanada sei, und ob es denn wirklich notwendig sei, alle zwei Wochen an die Schwestern zu schreiben, ob sie denn alle miteinander nichts Besseres zu tun hätten, als Briefe zu lesen. Vor allem würde er jetzt eine Zeitlang nicht mehr fragen, was sie denn da eigentlich schrieb, weil doch heute nichts anders sei als gestern.

Jetzt tat sich aber doch etwas, jetzt sollte es auch mit ihnen bergauf gehen.

Wenn ihr ein eigenes Haus baut, dann habt ihr es bald genauso schön wie wir hier, schrieb Klara aus Kanada zurück. *Und ein eigenes Radio habt ihr auch, was komm ich mir jetzt dumm vor, dass ich dir das unsrige so genau beschrieben habe. Aber wer hätte gedacht, dass es in unserer kleinen Stadt im Lusniztal so etwas gibt, dass sich einmal der einfache Mensch so eine Wundermaschine leisten kann. Ach, Edith, wenn ich das gewusst hätte, dass es 1954 auch in Solburg ein Radioempfangsgerät in der Küche geben wird und dass man wieder Geld hat, um ein Haus zu bauen, dann wäre ich dem Anton und der Paula nicht nachgereist, sondern bei euch geblieben!*

Nach dem Lesen solcher Sätze empfand Edith die Trennung von ihrer geliebten Schwester besonders schlimm, und eine Trauer nistete sich in ihr ein, die erst nach ein paar Tagen wieder verfliegen wollte. »Diese Briefe tun der Edith nicht gut«, beschwerte sich Martin bei seiner Mutter, »wozu schreiben sie einander, wenn es ihnen danach schlecht geht, das ist doch wider jede Vernunft!«

»So lass sie doch«, sagte Agnes, »lass ihr doch wenigstens diese eine Freud.«

»Ja, sag mal, hörst du mir überhaupt zu? Welch eine Freude ist das denn, wenn sie nach jedem Brief wieder zum Heulen anfängt?«

Aber Agnes drehte sich nur um, was verstand ihr Sohn schon, er war ja auch nur ein Mann, ein Grubenarbeiter wie sein Vater, auch wenn er die Edith besser behandelte, als der sie behandelt hatte. Wenigstens ließ er seine Frau in Ruhe, wenn er sie schon nicht verstand. Und sparsamer als der Vater war er auch, der Martin. Der trug sein Geld nicht immer gleich ins Wirtshaus. Nein, beschweren durfte sie sich nicht, die Edith, über ihren Martin. Aber verstehen konnte sie die Schwiegertochter doch, als junge Frau, da hat man noch Vorstellungen und Wünsche, und es dauert eben eine Weile, bis man das Leben begreift. Die Edith ist da jetzt mittendrin im Lernen, dachte Agnes, aber in Kanada wäre das nicht anders gewesen. Hier hatte der Martin wenigstens eine Arbeit im Bergwerk, wer weiß, ob es in Kanada Braunkohle gab und ob der Martin etwas anderes überhaupt gekonnt hätte. Und wie hätte er denn Englisch lernen sollen, wo er sich doch schon im

Deutschunterricht so schwergetan hatte? Das hatte er Edith natürlich nie verraten, aber Agnes konnte sich noch gut an seine Schulaufsätze erinnern. Die Briefe seiner Frau störten ihn doch nur, weil er selbst nicht so einen Brief schreiben konnte. Und wenn ein Köhler etwas nicht kann, dann hat er eben immer schon ganz laut *Blödsinn!* geschrien.

14

Der mürrische Hotelbesitzer zögert ein wenig, als er die Kaffeekanne vor mir abstellt. Dann gibt er sich doch einen Ruck und stellt mir die Frage, die ihn und seine Frau seit Tagen beschäftigt. Was ich hier eigentlich tun würde. Dass es nicht so aussehe, als gehöre ich zu den Wandergästen.

Als ich dem alten Mann von meinem Urgroßvater erzähle, hellt sich seine Miene auf. »Mein Gott, der alte Kovac! Zu dem haben wir als Kinder immer die alten Kessel zum Flicken getragen. Ist das lange her! Sie merken noch nicht, wie schnell die Zeit vergeht, Sie sind noch jung. Aber Sie werden sehen, wenn Ihre Tochter erst einmal da ist … schwupp, schon ist sie erwachsen.«

»Ich weiß nicht, ob es eine Tochter wird«, lächle ich.

»Meine Frau hat immer gesagt, wenn's ein Bub wird, hat man einen spitzen Bauch. Sie haben einen runden. Meine Frau hat noch bei jedem Kind recht behalten! Wir haben drei. Zwei Mädchen und einen Buben. Zweimal war der Bauch meiner Frau rund und einmal spitz!«

Er bleibt nicht lange an meinem Tisch stehen, schon geht er wieder weg, und ich bleibe allein in der großen Stube zurück.

»Na so was, dann wirst du vielleicht doch ein Mädchen«, sage ich zu meinem ungeborenen Kind.

Ich versuche mir vorzustellen, wie unser gemeinsames Leben sein wird. Unser Leben zu dritt. Bis jetzt bin ich nie weiter gekommen als bis zum Ausladen des Lieferwagens. Manchmal habe ich mir vorgestellt, wie ich an einem neuen Kinderbuch arbeiten werde. An schönen Tagen werde ich es in Nusrets Innenhof tun. Sie wird neben mir sitzen und mir Gesellschaft leisten, wenn ich die einzelnen Bildteile gestalte. In Nusrets Garten kann ich mich ausbreiten und die Farben auf den Boden tropfen lassen. Ich werde selbstgeschöpftes Papier einfärben und auf ihrer Wäscheschnur zum Trocknen aufhängen. Danach werden wir starken süßen Kaffee trinken und meinem Kind dabei zusehen, wie es durch die Gegend krabbelt.

Ist das Leben so leicht? Kann es so leicht sein? Vielleicht bekomme ich ein Schreibaby, das mir ein ganzes Jahr keine ruhige Minute lässt, weder untertags noch in den Nächten. Vielleicht ist es so, wie alle sagen. Vielleicht wird sich in Sarajevo alles verändern. Zwischen Danijel und mir. Zwischen seiner Familie und mir. Zwischen dem Land und mir.

Ist die Zukunft nicht immer ein Klischee, das man sich, je nach Verfassung, in leuchtend bunten Farben oder dunkelgrauen Schattierungen vorstellt?

Die große Liebe meiner Großmutter hieß Urs Keller. Alles, was ich über ihn weiß: dass sie ihn in der Schweiz kennenlernte und zu feig war, als es darum ging, sich für ihn zu entscheiden.

Wer war dieser Mann, der im Herzen meiner Oma bis an ihr Lebensende einen eigenen Platz hatte?

Am gefährlichsten sind die Liebschaften, die nie ausgelebt wurden, warnte mich Oma immer.

Urs kam aus reichem Haus. Ein Drama wie aus einem Groschenroman. Edith Kovac, das Stubenmädel, Urs Keller, der Sohn einer Adelsfamilie. Aber nein – Urs' Eltern waren ganz normale Leute, würden wir heute sagen. Der Vater Besitzer einer großen Werkzeugfabrik, die Mutter Hausfrau. Und Urs?

»Ein selbsternannter Poet«, sagt Therese, »ein Träumer.«

Trotzdem verließ meine Großmutter die Schweiz und kam nach Solburg zurück.

Urs schickte meiner Großmutter leidenschaftliche Briefe. Briefe, die sie alle unbeantwortet ließ. Er ließ dennoch nicht locker. Dass er nach Solburg kommen wolle, schrieb er, dass er es nicht aushalte, von ihr getrennt zu sein. Schließlich schrieb sie ihm zurück – dass sie verlobt sei und in einem halben Jahr heiraten werde. Das war neun Monate bevor sie meinen Großvater kennenlernte.

Therese sagt, alle hätten meiner Großmutter von Urs abgeraten. »Der Urs war anders als wir. Zu gebildet, zu modern. Das wäre nicht gutgegangen«, sagt Therese. »Urs hätte deine Oma nie geheiratet. Damals war das wichtig. Dass du dich auf einen verlassen kannst.«

Ich muss an Raul denken. Für Raul bedeutete Leidenschaft tatsächlich Leid. Mein Leid. Hätte ich ihn nicht verlassen, würde er noch heute sein Spiel mit mir treiben – das Spiel aus Anziehung und Ablehnung, Kalt und Heiß, das mich so sehr in den Wahnsinn getrieben hatte. Vielleicht war Urs wie Raul – einer, nach dem sich meine Oma wunderbar verzehren, aber mit dem sie nicht leben konnte. Ein Träumer, ein

Poet, ein Student, politisch engagiert, ein junger Mann, der seiner Zeit voraus war, einer, der sich zu allem anderen, nur nicht zum Ehemann und Vater geeignet hätte. Urs Keller hätte, laut meiner Großtante Therese, zu einer Künstlerin gepasst, nicht jedoch zu ihrer Schwester Edith.

Albert sagt, wäre seine Mutter dreißig Jahre später zur Welt gekommen, hätte sie seinen Vater wohl nicht geheiratet.

Als mein Großvater starb, war meine Großmutter fünfundvierzig. Zehn Jahre blieb sie noch in Haizendorf, danach zog sie nach Graz. Ihre Bücher, Lexika und Atlanten, die Englischkurse, die sie in späten Jahren wiederaufnahm, und ihre kleinen Reisen erfüllten sie. Vielleicht hatte auch ihr Bildungshunger mit Urs Keller zu tun. Bis ins hohe Alter hinein las sie Literatur aus allen Ländern, interessierte sich für Politik, Geschichte und Sprachen.

»Verliere nie das Interesse für die Welt. Wenn du deine Neugierde ablegst, erwachsen daraus Intoleranz und Hass«, lehrte sie mich.

Waren es Urs Kellers Worte, die sie an mich weitergab? Meine Großmutter war keine, die ihre Bildung nach außen trug. Ihr Antrieb waren ihr eigenes Interesse und ihre Begeisterung, nicht, dass sie jemanden beeindrucken wollte. Abgesehen davon, dass es in ihrem Umfeld ohnehin niemanden gegeben hätte, den es zu beeindrucken galt. Meine Großmutter ging mit ihrer Grazer Nachbarin wandern, und einmal fuhren sie sogar gemeinsam nach Venedig. Meine Großmutter freute sich, wenn sie von ihrer Tochter Silvia ins Theater eingeladen wurde, und in ihren letzten Jahren liebte sie vor allem die Oper. An Männern schien sie nicht mehr interessiert. Nach dem Tod meines Großvaters lebte sie ihr Leben und ließ keine Einmischung mehr zu.

Ich habe mir Urs immer als glühenden Kommunisten vorgestellt. Einer jener Intellektuellen, die für das Proletariat kämpften, ohne zu wissen, was es hieß, das Proletariat zu sein. Dass sein Vater Besitzer einer Fabrik war, war in meiner romantischen Vorstellung kein Widerspruch. Wenn ich an Urs und Zürich dachte, musste ich automatisch an Lenin denken, obwohl Lenin Ende der Vierziger längst tot war und der Kommunismus alles andere als eine glühende Idee junger Intellektueller. Als meine Oma in die Schweiz kam, war der Kommunismus auf der halben Welt Realität geworden. Der Kalte Krieg hatte seinen Höhepunkt erreicht.

Oma hat nie von Urs Keller erzählt. Sie hat mir von ihren kleineren Schwärmereien erzählt, vor allem, wenn ich als Teenager meinen Liebeskummer bei ihr ausschüttete. Dann erzählte sie von Max im Staubmantel und von Gert, der unter ihrem Fenster mit einer anderen Arm in Arm vorbeigegangen war. Aber nie erzählte sie mir von Urs Keller. Von Urs sprach sie genauso wenig, wie sie von meinem Großvater sprach.

»Warte auf den Richtigen«, riet sie mir, »leg dich nicht zu früh fest.«

War mein Großvater der Richtige gewesen? Er war nicht der Mann, den sie sich erträumt hatte. Der ganz Falsche war er jedoch auch nicht.

Zurück in meinem Zimmer, packe ich meinen Rucksack mit einer Wasserflasche, der Geldbörse und einer Jacke. Vorhin habe ich meinen Aufenthalt abermals verlängert. Ich werde mir Unterhosen und T-Shirts kaufen müssen. Die Frau des Hotelbesitzers hat mir angeboten, meine schmutzige Kleidung mitzuwaschen, aber wenn ich länger bleiben will, werde ich auch damit nicht auskommen.

Der Busbahnhof ist gleich hinter dem Hotel. Ich habe Glück, ich muss nur fünf Minuten warten. Ich lege die Münzen auf die Ablage und nehme meinen Fahrschein entgegen. Der Bus fährt an den neuen Genossenschaftssiedlungen der Unterstadt vorbei und schließlich die Landstraße entlang Richtung Haizendorf. Beim Einkaufszentrum steige ich aus. Die riesigen Schaufenster glitzern zwischen den Feldern wie große, graue Spuckeflecken. Es ist, als hätte jemand etwas in diesem Nichts hinterlassen müssen – jenem Nichts, das in meiner Kindheit noch ein Alles war.

Ich kaufe zwei Packungen Unterhosen, drei T-Shirts und einen Rock mit Gummizug, *garantiert Kinderarbeit aus Indien, China oder Taiwan!*, höre ich Sana schimpfen. Danijels Cousine ist streng, sie kauft *fair trade* und Handarbeit, *lieber ein faires Kleidungsstück als zehn unfaire*, sagt sie. Sana, meine liebe, bunte Sana. Ihre Röcke und Kleider muss sie oft genug mit der Hand waschen. Sana flucht, lässt sich aber nicht beirren in ihrem Vorhaben. Danijel lacht sie aus, »Meine kleine Weltverbesserin« nennt er sie, und sie ärgert sich, weil er gegen das Unrecht auf der Welt blind ist, wie sie sagt. Dabei ist Danijel wie sie, nur dass er nicht *fair trade* kauft, sondern gegen den Krebs in Kinderkörpern kämpft.

Der geblümte Rock, den ich in meinen Rucksack stopfe, ist so hässlich, dass ich ihn vor meiner Abreise in einem Altkleidercontainer entsorgen werde. In dem großen Papierwarengeschäft kaufe ich einen Kugelschreiber, verschiedene Bleistifte, Sandpapier, einen weichen Radiergummi und ein Skizzenbuch. Als ich wieder ins Freie trete, schelte ich mich. Was für eine Schnapsidee, die Einkäufe durch die Gegend zu schleppen, statt wie geplant nach Haizendorf zu fahren und auf dem Rückweg einzukaufen. Mit dem dicken Rucksack will ich nun nicht mehr weiterfahren, also lenke ich meine Schritte zum Seyrer Schlössel. Von hier aus sieht man seinen Zwiebelturm, ich rechne mit einem Fußweg von fünfzehn Minuten.

Albert hat mir von seiner Kindheit im Schloss erzählt, dass sein Bruder und er in imaginären Ritterrüstungen in den heiligen Krieg zogen. Oma behauptete, Kurt sei ohne Albert in den Krieg gezogen, heilig sei der allerdings nicht gewesen. Meine Oma gab dem Schloss die Schuld an allem, was später kam. Im Schloss hatte Kurt die Pogatschnigs kennengelernt.

Die Strecke vom Einkaufszentrum bis zum Schloss ist länger als angenommen. Zum Hoteleingang führt ein roter Teppich, die Wege rund um das Gebäude sind mit Terrakottafliesen ausgelegt. Dazwischen zurechtgestutzte Buchskugeln und moderne Steinskulpturen. Nichts erinnert mehr an die verwunschene Spiellandschaft, in der mein Onkel Kurt seinen Degen zog und etwas ganz und gar Unheiliges im Schilde führte.

Das Foyer ist bestückt mit Perserteppichen und Ledersesseln, an den Wänden hängen riesige Originale zeitgenössischer Künstler. Meine Augen tasten die Leinwände nach einem Albert Köhler ab, finden jedoch keinen. Vielleicht sollte ich die Geschäftsführung darauf hinweisen, ein Bild eines in Österreich nicht unbekannten Malers, der exakt in diesen feinen Hallen in die Windeln kackte und die Wände mit Kohle beschmierte, wäre hier eine Sensation.

An der gläsernen Rezeption steht eine junge Dame und sieht mich mit gelangweiltem Gesichtsausdruck an. Ich passe nicht hierher mit meinem dicken Rucksack und dem Marmeladefleck, den meine Jeans heute beim Frühstück abbekommen haben. Auch meine Haare sind nicht gestylt, heute

Morgen habe ich sie nur mit klarem Wasser und ein wenig Duschgel gespült, nun stehen sie wild vom Kopf ab.

Ich trete an das Pult und frage, ob es Fotografien von früher gebe, als das Schloss noch Bergarbeiter beherbergte.

Die rot gekleidete Rezeptionistin ist keine zwanzig, sie sieht mich aus ihren Rehaugen fragend an, sie sei noch nicht so lange hier, sagt sie dann, sie kenne das Schloss nur als Hotel, aber es gebe eine Chronik über Haizendorf. Sie greift unter das Pult und legt einen großen Bildband auf die Glasfläche, und fast wundere ich mich, dass Beckers Name mit den zwei Doktortiteln nicht auf dem Umschlag steht. Hier scheint jeder Ort seine eigene Chronik zu haben, und immer liegt sie in Reichweite.

Ich könne mich gerne in einen der Sessel setzen, sagt das Mädchen, und zeigt auf eine Gruppe roter Lederfauteuils, die um einen Glastisch gruppiert stehen. Sie sind so sauber, dass ich Angst habe, Schmutzränder zu hinterlassen.

»Möchten Sie einen Kaffee oder ein Glas Wasser?«

Ich schüttle den Kopf und lehne dankend ab. Hier sieht alles so teuer aus, dass ich Angst habe, man könne mir für ein Glas Wasser zehn Euro verrechnen.

Du könntest den Schwangerenbonus nützen, sagt Danijel in meinem Kopf.

Ich blättere durch den Bildband und suche nach etwas, von dem ich nicht weiß, wie es aussehen soll.

Als ich durch die Schiebetür ins Freie treten will, kommt mir eine Frau in hohen Stöckelschuhen und zitronengelbem Sommerkostüm entgegen, um ihre Schultern weht ein Seidentuch mit galoppierenden Pferden und Polospielern. Ihr knallroter Mund und ihre mit billiger, schwarzer Tusche verklebten Wimpern verraten sie dennoch. Ich stelle mir vor, dass sie die Geliebte eines örtlichen Politikers ist, vielleicht auch seine Sekretärin, wahrscheinlich sogar beides. Ein ganzes Schloss legt er ihr zu Füßen, der dicke Abgeordnete im Steireranzug. Knapp hinter ihr geht ein livrierter Kofferträger in Rot. Ich muss an den Froschlakaien in Lewis Carrolls Wunderland denken, an sein breites Maul und den hochnäsigen Blick, den er in meinem Kinderbuch trug, und an die Herzogin, die ihr spitzes Kinn auf Alices Schulter abstützte. Ich habe Lust, auf die Frau zuzugehen und ihr warnende Worte ins Ohr zu flüstern, dass sie betrogen wurde, dass das hier früher ärmliche Wohnungen waren, dass sie im Begriff sei, ein Zimmer zu beziehen, in dem einst schwarze Körper auf durchgelegenen Matratzen schliefen. Ich würde ihr all die Dinge erzählen, die mir Oma erzählte, vom Kohle-Schweiß-Geruch, von dem Dreck, der sich nie ganz abwaschen ließ, von den Männern, die direkt nach der Schicht in die Wirtsstube gingen, um am Abend mit schwerem Atem nach Hause zu kommen. Ich würde ihr von den Schlägen mit dem Gürtel und dem Weinen der Kinder erzählen und von den Kraftausdrücken, die durch die Gänge sausten. *Deine Phantasie blüht schon wieder in allen Farben des Regenbogens*, flüstert Danijel, und ich muss lachen, weil er sogar in meiner Einbildung mit unseren Sprichwörtern spielt, wie es ihm passt. Mit den Wörtern seiner Fremdsprache, die meine Muttersprache ist, lockt er mich in seine Höhle aus Worten und Geschichten. Danijels Deutsch war schon immer so perfekt, dass mein Bosnisch nie nötig war. Vor fünf Jahren begann ich, seine Sprache zu lernen, um mich in seiner Heimat unterhalten zu können. Nach einem halben Jahr konnte ich einen Kaffee bestellen, ich konnte ein Einzelzimmer buchen und jemanden nach dem Theater, dem Hauptbahnhof und der Post fragen, ich konnte Tomaten, Käse und Eier auf dem Markt kaufen und dem Hausarzt meine Beschwerden schildern, aber wenn ich neben Danijels Onkel Mihajlo saß, verstand ich kaum, wovon er sprach, und nur selten konnte ich antworten. Die Autoren der Sprachlehrbücher denken nur an die Touristen, die mit ihren Luftmatratzen und Kanus an die Küsten Kroatiens fahren, aber sie vergessen auf jene, die sich verlieben. Vielleicht aber glauben sie, dass jemand, der sich verliebt, kein Lehrbuch braucht.

Letztendlich half mir Sana. Als Freundin, die mich nicht täglich sah, hatte sie die Geduld, meine gestammelten Sätze abzuwarten, wenn ich versuchte, ihr die Neuigkeiten auf Bosnisch zu erzählen.

Ich gehe zurück zum Einkaufszentrum und kaufe Mineralwasser, Shampoo, Balsam, Duschgel und Zahnseide und lasse mir zwei Semmeln mit Wurst und Käse belegen. Bleibe vor dem Milchregal stehen und kann mich nicht zwischen dem Schoko-Kirsch- und dem Kokos-Mandel-Joghurt entscheiden. Nehme beide und frage an der Feinkost nach einem Plastiklöffel. Aus der Obstabteilung hole ich zwei Bananen und drei Äpfel und aus der Süßwarenabteilung noch eine Packung Schoko-Kekse. In der Trafik kaufe ich vier Fahrscheine, danach stelle ich mich mit meinem dicken Rucksack und der Tasche mit den Einkäufen an die Bushaltestelle. Der nächste Bus kommt in siebzehn Minuten.

Ich setze mich auf die Bank und trinke. Lege mir meine Weste als Schutz vor der Sonne über Kopf und Schultern und muss an das vornehme Seidentuch der Sekretärin denken. Wenn ich so eines hätte, könnte ich es mir jetzt um den Kopf binden.

Ich krame das Skizzenbuch aus dem Rucksack und schlüpfe

aus den Sandalen, deren Riemen in meine geschwollenen Füße schneiden.

Womit soll ich beginnen? Es fällt mir schwer, die noblen Teppiche und die Glasmöbel wegzudenken, die niedlichen roten Fensterrahmen durch morsche Holzrahmen zu ersetzen und statt der Steinskulpturen wild wachsende Sträucher im Garten zu sehen. Ich frage mich, wie die Wohnungen der Bergarbeiter wohl ausgesehen haben. Alles, was ich weiß, ist, dass meinen Großeltern eine Holztruhe als Sitzbank diente. Therese hat mir davon erzählt. Sie fiel in die Truhe, weil Oma vergessen hatte, den Deckel zu schließen. Ich sehe Therese gegen die Schwerkraft ankämpfen, während meine junge Großmutter mit dem Geschirrtuch in der Hand am Herd steht und sich Luft zufächelt, wie sie es immer tat, wenn sie mit dem Lachen nicht mehr aufhören konnte.

Ich beginne, das Schloss zu skizzieren. Mit seinem Zwiebeltürmchen und den vielen kleinen Erkern sieht es tatsächlich sehr hübsch aus. Sollte ich jemals ein Schloss in einem Bilderbuch zeichnen müssen, werde ich das Seyrer Schlössel als Vorlage nehmen.

Als der Bus einfährt, bin ich so in meine Arbeit versunken, dass ich keine Zeit habe, ordentlich in meine Sandalen zu schlüpfen. Eilig werfe ich das Skizzenbuch in die Plastiktasche, greife nach dem geöffneten Rucksack und schlurfe in offenen Schuhen zum Bus. Ein Apfel kullert mir heraus, als ich im Rucksack nach dem Fahrschein krame. Eine Frau steht auf, bückt sich und überlässt mir ihren Platz beim Eingang. »Setzen Sie sich hierher«, sagt sie und geht selbst zwei Reihen nach hinten. Ich nicke ihr dankbar zu und lasse mich auf den Sitz fallen, stelle die Einkaufstasche zwischen meine Füße und den Rucksack auf meinen Schoß.

Der Bus fährt die große Schleife durch die Solburger Unterstadt, und wieder überrascht es mich, dass es dieses Unten gibt, dass es so tut, als wäre es immer hier gewesen. Auf der Landkarte meiner Kindheit gab es keine modernen Wohnbauten, in meiner Erinnerung gab es zwischen Haizendorf und Solburg nur Felder und Wiesen. Durch das Busfenster sehe ich Männer in Trainingshosen und Frauen mit Streifenhörnchen-Frisuren auf Plastikstühlen vor einem Kaffeehaus sitzen. Die Wohnhäuser rundherum sind wie die Bausteine aus einer Kinderkiste, bunte Quader, glatt, schnörkellos, darauf hat man Fenster gemalt, sie stehen in drei geraden Reihen übereinander, dahinter Jalousien und altmodische Vorhänge, manchmal auch nichts oder eine einzelne verblühte Orchidee. Auf den gemähten Grünflächen blaue Wäschespinnen und gelbe Kinderrutschen.

Am Busbahnhof klettere ich mit meinen schweren Taschen die Stufen hinunter und fotografiere mit dem Smartphone den Busfahrplan. Vielleicht schaffe ich es morgen ins Bergwerksmuseum. Wieder im Zimmer angekommen, lasse ich mich samt den Einkäufen schlapp auf das Bett fallen und greife nach der Fernbedienung des Fernsehers. Hinter dem Schneegestöber blickt die Richterin mit der orangen Struwwelfrisur über den Rand ihrer Brille und verweist den frechen Staatsanwalt in seine Schranken. Ich lehne mich in die Kissen zurück und öffne einen der Joghurtbecher. Eine Schande, bei schönem Sommerwetter zwischen altmodischen Tapeten zu sitzen und drittklassigen Schauspielern dabei zuzusehen, wie sie sich im Zeugenstand abmühen. Ich wackle mit den Zehen, um meine schmerzenden Füße zu beruhigen, und sehe Richterin Barbara Salesch dabei zu, wie sie Jugendliche wegen versuchten Mordes und Raubes verurteilt. Die Geschichten der Zeugen sind so an den Haaren herbeigezogen, dass ich mich frage, wer ernsthaft an die Echtheit dieser Verhandlungen glauben kann. Vielleicht geht es auch nicht um die Wahrheit. Der Mensch ist einsam geworden in seinem Wohnzimmer und freut sich, wenn ihm jemand dabei hilft, die Zeit totzuschlagen. Würde Danijel sagen.

»Dein Vater muss ja nicht wissen, was wir hier tun«, sage ich zu meinem Kind.

Ich hole das Notizbuch aus dem Rucksack und beginne zu schreiben. Fange mit einer Liste der Kovac-Geschwister an. Rechne mir aus, wer wann zur Welt kam.

Drei Stunden schreibe ich alles nieder, jede kleine Begebenheit, jede Erinnerung meiner Großtante. Sollte mich mein Kind je nach seinen Wurzeln fragen, werde ich ihm alles erzählen können. Eine ganze Ahnengalerie tanzt in dem kleinen Büchlein, wild sind mir die Kovacs durcheinandergeraten. Ich muss an einen Ausspruch denken, den meine Oma vor dem Schlafengehen verwendete, um mich zum Lachen zu bringen. Ins weiße Nachthemd gekleidet steckte sie ihren Kopf zur Tür herein. »Die Ahnfrau geht um«, flüsterte sie geheimnisvoll, winkte mir kurz zu und schwebte dann wie ein Gespenst durch den dunklen Flur. Das war zu einer Zeit, als ich bis weit nach Mitternacht las und meine Großmutter den Zehn-Uhr-Thriller (zu dem sie immer Triller sagte) bereits zur Hälfte verschlief.

Ich lege das Notizbuch zur Seite und schaue eine Weile den verdeckten Ermittlern des Staatsanwalts bei der Observierung eines Wohnhauses zu. Sie sitzen im Auto, essen Pommes frites von *McDonald's* und trinken *Coca-Cola* aus Pappbechern.

Ich sollte auch etwas Warmes essen.

»Sonderkommando Kovac ermittelt jetzt, wo es gutes Essen für uns gibt!«, sage ich und drehe den Fernseher ab.

Ich entscheide mich für das Gasthaus am Hauptplatz und nehme mein Notizbuch mit, damit ich nicht wie eine einsame, verlassene schwangere Frau aussehe. *Hör auf, ständig Angst davor zu haben, was andere denken*, schilt Danijel in meinem Kopf.

Ich bestelle gebackenen Emmentaler und Erdäpfel-Vogerlsalat mit Kernöl. In einer Ecke liegen kleinformatige Zeitungen, ich hole mir eine und blättere durch die Seiten. Radikalislamistische Selbstmordattentäter, prorussische Rebellen, vergewaltigte Frauen und abgestochene Ehemänner. Seit ich schwanger bin, erscheint mir diese Welt als ein aggressiver Ort. Ich muss an meine Wiener Oma denken. Wenn sie die Zeitung las (was sie immer nach dem Abwasch tat), schüttelte sie stets den Kopf. »Wo du hinschaust, nur Gewalt, Verbrechen, Mord und Krieg. Nein, Katja, das ist keine schöne Welt mehr, in der du leben musst.«

Und jetzt gehe ich nach Bosnien, ausgerechnet Bosnien. Ich muss kichern. Gott sei Dank muss Oma das nicht mehr erleben.

Die Wirtin stellt den Salat auf den Tisch. Sie muss in meinem Alter sein, und doch schaut sie älter aus in ihrem Dirndl und der Wolljacke. Ihr Busenansatz ist in Falten geworfen. Ich muss daran denken, dass es ihre Vorfahren waren, die meinem Urgroßvater das Zimmer über der Küche vermieteten. Als mein Urgroßvater hierherzog, hat es die neuen Häuser noch nicht gegeben. Vielleicht hat es auch die Unterstadt noch nicht gegeben, vielleicht hausten die Arbeiter damals noch in Holzbaracken links und rechts der Lusniz. Die Quader, die heute dort stehen, sind eine Erfindung des Sozialismus, nicht hübsch, nicht herrschaftlich, aber trocken und warm.

15

Geliebte Schwester! Jeder Brief meiner Großmutter an ihre Schwester Klara begann mit diesen Worten. Ich sehe noch ihren Schriftzug vor mir. Die Schlaufe unten am S, die über den Zeilenrand hing und dann mit einem kräftigen Schwung ins c überging. Die Schrift einer Generation, die noch mit der Kurrentschrift aufgewachsen war.

Klaras Schrift sah aus wie die Schrift meiner Großmutter – drängende Buchstaben, eng aneinander liegende Zeilen auf dünnem, vom Kugelschreiber gewelltem Luftpostpapier. Die Schwestern beschrieben das dünne Papier beidseitig, die Schrift der einen Seite leuchtete auf die andere durch, sodass sie die Buchstaben auseinanderdividieren mussten, was das Lesen zu einer Anstrengung machte. Papier, durchscheinend wie das Butterbrotpapier, in das Magda meine Schulbrote immer einschlug.

Heute telefonieren Klara und Therese zweimal die Woche miteinander. Therese sitzt beim Telefon und wartet. Klara stellt die Eieruhr auf fünfundzwanzig Minuten. Ab der dreißigsten Minute kostet es mehr. Manchmal legt Klara nach fünfundzwanzig Minuten auf und ruft nach einer kurzen Pause nochmals an. Telefonate von Kanada in die EU werden erst ab der einunddreißigsten Minute teuer.

Nachdem meine Oma gestorben war, schickte meine Tante Silvia ein Buch nach Kanada, in das sie all die Gedichte geschrieben hatte, die wir auf dem Begräbnis meiner Oma vorgelesen hatten. Bevor sie das Buch wegschickte, bat sie mich, ein paar Blumen hineinzumalen. Ich malte Rosen und Äste mit Kirschblüten, auf denen Vögel saßen. Auf die letzte Seite zeichnete ich ein Porträt meiner Großmutter.

Ich habe Klara nie kennengelernt. Trotzdem gehört sie zu meiner Kindheit. Sie gehört dazu wie die riesige Gans auf der Postkarte aus Wawa, die am Putzmittelschränkchen meiner Großmutter lehnte und die ich als Kind immer angestarrt hatte, wenn ich auf dem Klo saß. Sie gehört dazu wie das fremde Land mit seinen Nadelwäldern und Seen, von denen meine Großmutter so gerne erzählte. Immer wieder blätterte ich durch Omas Fotoalbum, und immer wieder musste sie die Geschichte des einbeinigen Mannes, dessen Statue in Miniaturform auf ihrem Setzkasten stand, wiederholen.

Danijel lacht, er hat den einbeinigen Mann, dessen Name mir entfallen war, gefunden und schickt mir den Link. Ich wechsle vom Skype-Fenster zum Google-Chrome-Browser und gebe den Namen ein. Im April 1980 startete der einundzwanzigjährige Terry Fox den Marathon of Hope. Zweiundvierzig Kilometer wollte er trotz seiner Holzprothese pro Tag schaffen. Als er im September seinen Lauf abbrechen musste, weil der Krebs seine Lungen erreicht hatte, war er der ganzen Welt bekannt. Terry Fox, Kanadas tapferer Held. Wir lesen die Ehrungen, die ihm postum verliehen wurden und die länger sind als sein Lebenslauf.

Ich klicke mit der rechten Maustaste auf das Foto der Statue und lade es auf meinen Desktop. Draußen zucken Blitze über den Himmel. Zuvor hat zwei Stunden lang ein Unwetter über Solburg getobt, und auch jetzt noch hört man entferntes Donnergrollen, als würde das Gewitter sich bloß hinter den Bergen verstecken und jede Sekunde wieder über Solburg herfallen.

16

Ich drehe mich auf der Hollywoodschaukel, die in Bewegung gerät. Ich drehe mich, die Arme zur Seite hin ausgestreckt, den Kopf erhoben, um meinen Hals Omas Bernsteinkette, das Haar habe ich mit Büroklammern festgesteckt.

Es sind Sommerferien, und ich bin acht Jahre alt. Heute hat mich Magda zu meiner Oma nach Haizendorf gebracht, mit dem neuen Auto, das sie sich vor einem Monat gekauft hat. Es ist ein hässliches Auto, lackiert in einem faden Grau. Wir haben es Axel getauft, nach seinem Vorbesitzer.

Ein Gewitter liegt in der Luft, man spürt es schon, bevor man es sieht, Mücken schwirren und fliegen mir in den Mund. Ich drehe mich und drehe mich, bis mir schwindlig wird und ich eine Pause machen muss.

Bis auf Magdas und Omas Stimmen ist es ganz still im Garten. Sogar die Kühe haben aufgehört zu muhen. Sie stehen da, manche liegen, und kauen das Gras wieder, satt und zufrieden sehen sie aus, aber irgendetwas liegt in der Luft, eine Spannung, die mich nervös macht. Ich drehe mich um meine eigene Achse, hebe die Arme, sie beschreiben einen Bogen über meinem Kopf. Ich habe mein Ballettkleid angezogen, das ich gleich nach unserer Ankunft aus der Holzkiste geholt habe. Oma sagte: »Na so was, du bist ja schon wieder gewachsen!«

Morgen will sie die Nähte auftrennen und alles neu zusammennähen.

»Jetzt lass doch mal die Oma in Ruh«, wurde ich von Magda gescholten, als ich bei unserer Ankunft nach dem Kleid fragte, doch Oma grinste, von einem Ohr bis zum anderen grinste sie, weil mir das Kleid, das sie für mich genäht hat, noch immer so gut gefällt.

Oma wäre gerne Modeschneiderin oder Lehrerin geworden, aber dazu reichte das Geld ihrer Eltern nicht. »So war das damals«, sagt Oma, wenn sie von früher erzählt.

Ich drehe mich, denn ich will nicht Schneiderin und auch nicht Lehrerin, sondern Primaballerina werden. Vielleicht aber werde ich auch Fotografin, so sicher bin ich mir da noch nicht. »Das wäre sogar gescheiter«, sagt Oma, »tanzen kann man nicht ewig, das machen die Gelenke nicht mit, und dann musst du wenigstens nicht Hunger leiden, wenn du über vierzig bist.«

Ich kann mir nicht vorstellen, einmal über vierzig zu sein. Manchmal glaube ich, dass man das, was man sich nicht vorstellen kann, nicht erleben wird. Aber früher konnte ich mir auch nicht vorstellen, einmal zur Schule zu gehen, und trotzdem bin ich im Sommer vor zwei Jahren nicht gestorben. Magda sagt, ich rede komisches Zeug, und manchmal sieht sie dabei Oma an und sagt: »Du bist schuld, weil du der Katja so viel Unsinn erzählst, das ist nicht gut für sie.«

Meistens sagt Oma nichts darauf, aber letztes Mal hörte ich sie sagen: »Dann nimm sie doch wieder mit.« Sie hat den Satz nur leise gezischt, aber ich habe ihn trotzdem gehört. Seitdem sehe ich die beiden vor dem Einschlafen vor mir, Oma mit vor der Brust verschränkten Armen: »Dann nimm sie doch wieder mit«, und Magda, die ihr ins Gesicht sieht und sagt: »Das werde ich auch tun«, sich zu mir umdreht und sagt: »Katja, pack deine Sachen, wir fahren.«

In unserer neuen Wohnung habe ich ein Zimmer mit einem Pferdeposter und einem blauen Bett mit eingebautem Radiowecker. Gemeinsam breiten Magda und ich das goldfarbene Leintuch darüber. Magda lacht, wenn ich sage, dass es aussieht wie das Leintuch einer Prinzessin. Sie sagt, dass es ein ganz altes Leintuch von meiner Wiener Oma sei. »Aber teuer war es bestimmt«, sagt sie dann noch.

In Haizendorf gibt es Bettwäsche in den unterschiedlichsten Farben. Rosa-türkis gestreifte, blaue mit roten Blumenranken, weiße mit blauen Karos. Heute Abend werden Oma und ich das Bett im ersten Stock neu beziehen. Ich werde mich für den gestreiften Kissenüberzug und den Deckenüberzug mit den rosafarbenen Blumen entscheiden.

Über dem Dach hängen jetzt dicke Wolkenbäuche. Ich springe von der Hollywoodschaukel. »Seht mal!«, rufe ich, doch die beiden hören mich nicht, sie flüstern miteinander und schauen nicht in meine Richtung. Ich weiß, dass sie über mich reden. Immer, wenn sie so flüstern, geht es um mich.

Ich stelle mich an den Zaun und sehe den Kühen auf der Weide hinter unserem Garten zu. Vorigen Sommer hat der Stier unseren Gartenzaun niedergetreten und alle Äpfel gefressen. Oma und ich lagen noch im Bett und lasen gemeinsam das Buch, das ich von Magda zum Schulschluss geschenkt bekommen hatte, als es an der Tür klingelte. Als Oma wieder ins Zimmer zurückkam, sagte sie, es sei der Bauer gewesen, der Stier habe den Zaun niedergetrampelt. »Aber mach dir keine Sorgen, der Bösewicht steht jetzt wieder im Stall, und der Krenn will den Zaun noch heute Nachmittag reparieren.«

Ich habe Angst vor dem Stier. Oma sagt, dass er im Stall stehen muss, weil er so wild ist.

»Warum hat der dumme Krenn den Stier rausgelassen, wenn er doch weiß, wie wild er ist?«, habe ich sie gefragt.

Vor den Kühen habe ich keine Angst. Manchmal werfe ich ihnen Äpfel hinüber, dann kommen sie an den Zaun und reiben ihre Köpfe an meinen Händen. Der Zaun ist ein einfacher Holzzaun, über den man ganz leicht klettern kann. Ob er auf unserer Seite auch einen Elektrozaun einziehen soll, fragte Herr Krenn Oma vorigen Sommer, nachdem das mit dem Stier passiert war. »Um Himmels willen, sind Sie wahnsinnig, die Katja greift dort doch dauernd hin.«

Ich steige auf den ersten Querbalken und ziehe mich hoch. Schwinge das linke Bein über den Zaun, setze mich auf die oberste Latte und hole das rechte Bein nach. Ich muss aufpassen, dass ich mein Ballettkleid nicht an einem der wegstehenden Splitter aufreiße. Die Kühe nehmen keine Notiz von mir, und auch die Wolken scheinen ihnen egal zu sein. Bald werden die Männer versuchen, mit ihren Raketen die Wolken auseinanderzutreiben, damit der Hagel nicht die Ernte zerstört. Wie das funktionieren soll, frage ich mich und stelle mir vor, dass so eine Rakete bestimmt nicht ausreicht, dass sie besser Kanonen ins Feld rollen sollten. Auf der Burg habe ich einmal eine Kanone gesehen, aber von der Burg ist es viel zu weit hierher. Ich weiß nicht, ob sie hier im Dorf auch eine Kanone haben, aber wenn, dann haben sie sie gut versteckt.

Oma und Magda haben zu flüstern aufgehört, jetzt schauen auch sie zu den Wolken hinauf.

»Besser, wir gehen rein«, sagt Magda.

Oma steht auf und geht ins Haus, um das Essen, das sie schon vor unserer Ankunft vorbereitet hat, aufzuwärmen.

»Ich will noch draußen bleiben«, sage ich und verspreche, zu kommen, wenn es zu regnen anfängt.

»Zieh dir wenigstens eine Jacke an«, sagt Magda und verschwindet im Haus. Eine Minute später öffnet sie eines der Fenster und wirft mir die gelbe Strickjacke hinunter.

Der Himmel sieht jetzt aus wie in einem Gespensterfilm, auf der einen Seite dunkelgrau, auf der anderen blau, nur über den Kühen ist ein heller gelber Streifen. Sie kauen noch immer an dem Gras, das sie schon seit Stunden im Maul haben. Bald werden sie es schlucken, und dann wandert es den langen Weg durch ihren Darm. Oma sagt, der Darm einer Kuh ist bis zu sechzig Meter lang. Ich hüpfe vom Zaun und hole mir die Jacke. Während ich in die Ärmel schlüpfe, versuche ich auszurechnen, wie lang sechzig Meter sind. Ich bin einen Meter zweiunddreißig. Sechzig Mal ich selbst ist zu lang. Vielleicht fünfzig Mal?

Ich beginne am Zaun der Nachbarn. Von hier bis zu den Stachelbeeren ist die längste gerade Strecke in unserem Garten. Ich lege mich parallel zum Weidenzaun, mein Kopf stößt gegen den Maschendrahtzaun der Buchmessers. Mit den Fersen drücke ich das Gras nieder. Dann springe ich auf und lege mich wieder hin, mit dem Hinterkopf an die niedergedrückte Stelle. Nach sieben Längen öffnet sich das Fenster, und Magda steckt ihren Kopf heraus. »Was machst du denn jetzt schon wieder? Komm endlich rauf!« Ich setze mich auf und schaue nach. Ich habe noch nicht einmal die halbe Strecke bis zu den Stachelbeeren geschafft. Außerdem bin ich ein wenig schief gekommen. Ich nehme mir vor, mein Experiment am nächsten Tag fortzusetzen. Noch auf dem Weg zur Tür zerplatzt ein dicker Regentropfen auf meiner Schulter.

Ich stehe am großen Fenster und schaue in den Garten. Beim Essen habe ich Oma gefragt: »Wie lange ist eigentlich unser Darm?« »Über so was spricht man nicht beim Essen«, hat Magda geantwortet. Später, als ich Oma beim Abtrocknen geholfen habe, hat sie gesagt: »Sieben Meter bei einem Erwachsenen.«

Magda interessiert sich nicht für Darmlängen. Dafür weiß sie sonst sehr viel. Außerdem kann sie alles in drei Sprachen sagen. Abends, wenn ich im Bett liege, stülpt sie sich die Kopfhörer über die Ohren und übersetzt das, was die Nachrichtensprecherin sagt, ins Italienische. Oder ins Französische. Simultanübersetzung heißt das, was Magda vor dem Fernseher übt.

Ich kann bereits alle Wochentage und Monatsnamen in beiden Sprachen.

»Du kannst selbst schon bald Dolmetscherin werden«, sagt Oma, aber ich will nicht Dolmetscherin werden. Als Übersetzerin muss man zuerst lange studieren und dann muss man andauernd ins Ausland fahren. Magda möchte einmal für das Europaparlament arbeiten. Das ist ihr großer Traum. In einem Glaskasten sitzen und für die Politiker übersetzen. Wenn Magda eine berühmte Übersetzerin ist, wird sie noch weniger Zeit für mich haben.

»Aber als Balletttänzerin hast du auch nicht viel Zeit«, sagt Oma. »Da musst du viel trainieren, und am Abend hast du dann die Auftritte. Und die sind meist spät, weil die Zuschauer ja untertags arbeiten müssen.«

Vielleicht werde ich doch nicht Tänzerin. Vielleicht ist Fotografin der bessere Beruf. Wenn ich mit Magda darüber rede, sagt sie: »Du hast ja noch Zeit, dir das zu überlegen.« Einmal hat sie dabei zu weinen begonnen. Seither rede ich nicht mehr mit ihr darüber.

Jetzt sitzen die beiden am Tisch und reden über die Finanzen, wie Oma sagt. Ich schiebe den Vorhang zur Seite und schaue auf die Kühe. Im Zimmer ist es jetzt dunkel. Ich wundere mich, dass der Regen die Kühe nicht stört. Ab und zu grollt es über dem Haus. Oma sagt: »Lass doch die Jalousien herunter«, aber ich will dem Gewitter zusehen.

Magda dreht das Licht auf. Dann sieht sie auf die Uhr. »Ich werd dann fahren«, sagt sie.

»Aber doch nicht bei dem Wetter«, sagt Oma.

»Im Auto kann mir nichts passieren, das Auto ist ein faradayscher Käfig.«

»Du immer mit deinem Käfig«, sagt Oma. »Da hätte ich in der Waschküche auch geschützt sein müssen.«

Oma hat Angst vor Gewittern, weil der Blitz einmal durch sie durchgefahren ist. Über die Hand in den Oberkörper und bei der Hüfte wieder heraus. Als sie in der Waschküche stand und vorm offenen Fenster die Wäsche aufhängen wollte, ist es passiert. Sie berührte ein Heizungsrohr, und die elektrische Ladung fuhr durch sie durch. Zum Beweis zieht Oma die Bluse hoch und die Unterhose ein wenig herunter, um mir die hellen Streifen zu zeigen. Die Blitzmale. Magda sagt, es sind Schwangerschaftsstreifen. »Wenn eine Frau schwanger ist, kann es passieren, dass das Bindegewebe reißt. Dann sieht man die Streifen auf der Haut.« Und dass ich Oma nicht immer alles glauben soll.

Magda hat weder Schwangerschaftsstreifen noch Blitzmale. Außerdem, denke ich, hätte Oma wohl kaum so große Angst vor Gewittern, wenn ihr das nicht passiert wäre. Vielleicht hat der Blitz sie ja nur gestreift. Oder es war ein Kugelblitz. Kugelblitze sollen ganz harmlos sein. Einen normalen Blitzschlag überlebt man nicht, sagt meine Lehrerin. Aber meine Lehrerin sagt auch, dass es zwischen Himmel und Erde mehr gibt, als wir uns vorstellen können. So wie einen sechzig Meter langen Darm. Den kann man sich auch nicht in so einer Kuh vorstellen. Und wenn der Darm eines Erwachsenen sieben Meter lang ist, wie lang ist dann meiner? Vier Meter?

Draußen krachen die Raketen der Hagelabwehr. Trotzdem trommeln eine Viertelstunde später dicke Eisklumpen auf das Dach. Oma steht am Fenster und sieht auf die Uhr. »Weil sie auch immer alles besser wissen muss«, sagt sie.

Nach zehn Minuten lässt der Hagel nach. Zehn Minuten babyfaustgroße Hagelkörner reichen, um eine Ernte zu zerstören. Die Kühe haben im Stall Unterschlupf gefunden, manche stehen auch unter dem Unterstand.

»Und? Was hat deine Mutter jetzt von ihrem Käfig? Wenn sie bloß nirgends dagegen gefahren ist!«

Ich ziehe mir die Jacke enger um den Körper. Draußen wird es jetzt wieder heller. Auf meinen Beinen breitet sich Gänsehaut aus. In Omas Haus ist es kühl, und ich habe noch immer mein Ballettkleid an.

Oma sieht auf die Uhr. Wir spielen drei Partien Mensch ärgere Dich nicht. Dann wählt Oma Magdas Nummer und lässt es lange läuten.

Um halb acht dreht sie den Fernseher auf. Die Fernsehsprecherin berichtet von großen Hagelschäden im Süden Österreichs. Und ich frage mich, ob ein Unfall, der gerade eben erst stattgefunden hat, überhaupt schon in den Nachrichten gezeigt wird.

Um drei viertel acht läutet das Telefon. Ich laufe hin. Es ist Magda. Sie ist gesund nach Wien gekommen, nur das Auto hat Dellen abbekommen. Dass sie das wohl richten lassen muss, sagt sie, weil der Lack an einigen Stellen aufgeplatzt ist. »Sonst verrostet uns der alte Axel noch.«

Neben mir steht Oma und fasst nach dem kleinen Silberanhänger zwischen ihren Brüsten.

Ich stelle mich wieder ans Fenster. Frage mich, ob die Kühe wohl die ganze Zeit gekaut haben, während der Hagel auf das Holz über ihren Köpfen getrommelt hat.

»Wie oft passe ich in einen Kuhdarm?«, frage ich Oma, als sie sich an mein Bett setzt, um mir Gute Nacht zu wünschen. Oma steht auf, und als sie in die Küche geht, kann ich ihre Holzpantoffeln über den Steinboden klappern hören. Sie kommt mit einem Taschenrechner zurück.

»Wie groß bist du jetzt genau?«

Sie setzt sich wieder auf die Bettkante und tippt.

»Sechzig dividiert durch einen Meter zweiunddreißig. Das ist eine lustige Zahl, schau mal«, sagt sie und hält mir den Taschenrechner hin. 45,454545. Ich kenne mich mit Kommazahlen noch nicht aus.

»Das macht nichts«, sagt Oma. »Ein Kuhdarm ist ungefähr fünfundvierzigeinhalb Mal so lang wie du.«

Fünfundvierzigeinhalb Mal. Das ist ein paarmal die Strecke von den Buchmessers zu den Stachelbeeren und wieder zurück. Morgen werde ich nachmessen, wie oft.

17

Der Busfahrer zeigt mit dem Finger zwischen die Häuser. »Dort ist ein kleiner Weg. Der führt Sie über eine Holzbrücke, und dann sehen Sie das Museum schon.«

Ich gehe über die Straße, die Häuserzeile entlang, will abbiegen, aber ich finde keinen Durchgang, nur einen Parkplatz. Ich frage in einem Juwelierladen nach. »Sie sind fast da«, heißt es, »gehen Sie zwei, drei Häuser weiter, dann sehen Sie die Tafel.«

Ich finde keine Tafel, dafür aber eine andere, große Brücke. Ich halte mich am Rand, drücke mich gegen die Leitschienen, als ein Lastwagen vorbeifährt. Am Ende der Brücke dann endlich das Schild.

Ich merke, wie meine Knie weich werden. Hier also, hier ist er hinuntergefahren. Vielleicht auch nicht hier, es gab ja verschiedene Schachteingänge. Lifte, die unter die Erde führten, dorthin, wo Hitze und Nacht herrschten. Als Kind habe ich mir die Stollen immer eiskalt vorgestellt. Ich kannte das Salzbergwerk in Hallein von unserer Schullandwoche. Nie werde ich die langen Holzrutschen vergessen. Ich bewältigte den Höhenunterschied über die Treppen, die daneben hinunterführten. Die Klasse musste auf mich warten und lachte mich zwei Tage lang aus.

Hier gibt es keine Rutsche. Ins Bergwerk fuhr man mit dem Förderlift. Heute stehen die Stollen unter Wasser. Keiner kommt mehr so tief hinunter wie mein Großvater.

Ich gehe auf den Turm zu. Dahinter der Schlackenberg. Noch immer hängt Donnergrollen in der Luft. Die Gewitter bleiben hier stehen, anders als in Wien, wo sie sich ausbreiten und weiterziehen. Ich schlinge meine Jacke enger um den

Körper. Es ist nicht kalt, aber die Luft ist feucht, und ich habe keine Regenkleidung mit. Außerdem bin ich mir nicht sicher, ob meine Sandalen das richtige Schuhwerk sind, um in den Stollen zu steigen. Ich muss wieder an die Salzgrotte denken, an den rutschigen Untergrund und die niedrigen Höhlen. Daran, wie dunkel es war und dass wir nicht sehen konnten, wohin wir traten. Dass ich die Füße höher hob als gewöhnlich, um nicht zu stolpern, und versuchte, mit dem ganzen Fuß aufzutreten, so wie mein Wiener Opa es mir beigebracht hatte, wenn wir auf unseren Wanderungen über vereiste Wege mussten.

Sollte sich herausstellen, dass sie mich mit meinem schwangeren Bauch und den Sandalen nicht hinunterlassen, dann hat das Schicksal so entschieden.

Ich klopfe an die Tür des Containers. Eine Frau öffnet, ich schätze, sie ist ungefähr so alt wie ich. Sie ist hübsch, ein wenig runder. Am Telefon hatte man mir gesagt, ich solle einfach vorbeikommen, die Führungen fänden flexibel statt. Jetzt werde ich gefragt, ob ich noch vierzig Minuten warten könne, ein Bus habe sich angemeldet.

»Kann man hier irgendwo warten?«, frage ich.

Die Frau winkt mich herein.

»Möchten Sie inzwischen einen Kaffee?«

Ich nehme an einem kleinen Tisch neben dem Fenster Platz und sehe der Frau zu, die sich neben eine *Nespresso*-Maschine stellt. Sie holt eine Tasse aus dem Unterschrank. Ein Mann mit dunklem Haar und Brille betritt den Container. Er hat die Bergwerksuniform an. Sein Blick huscht über mich, er murmelt eine Begrüßung, hat die Tür schon wieder in der Hand, als er sich nochmals umdreht.

»Seltsam«, sagt er dann. »Sie sehen jemandem ähnlich.«

Ich schätze ihn auf Mitte fünfzig. Er ist zu jung, um im Bergwerk tätig gewesen zu sein.

Die Frau stellt den Kaffee vor mich auf den Tisch. Ich bedanke mich und lege meine Hände um die Tasse.

»Mein Opa hat hier gearbeitet«, sage ich zu dem Mann in der Bergwerksuniform.

»Sie sind die Tochter vom Köhler, nicht wahr?«

Ich nicke. Wundere mich, dass ich tatsächlich erkannt werde. Wann war Albert das letzte Mal hier? Vor mehr als zwanzig Jahren vielleicht.

»Ich bin mit Ihrem Vater zur Schule gegangen! Ein wilder Kerl. Kann nicht behaupten, dass ich ihn besonders mochte, wir haben ihn eher gefürchtet.« Er lacht. »Na ja. Wer hat nicht gesponnen in dem Alter?«

»Sie sprechen von Kurt«, sage ich. »Ich bin Alberts Tochter.«

»Ah«, sagt er. »Kurts Bruder. Den kannte ich kaum. Was macht er denn heute?«

»Er malt.«

»Wie, er malt … Ist er Künstler?«

»Ja.«

»Kann er denn davon leben?«

Ich lache, noch nie wurde mir diese Frage gestellt.

»Mein Vater ist ziemlich erfolgreich. Gehört zur *Seitenblicke*-Gesellschaft, auch wenn er das selbst nie zugeben würde. Er hasst die Schickimicki-Tauben, wie er die Leute immer nennt.«

»Ja, das passt irgendwie.«

Er setzt sich neben mich und sieht mich von der Seite an. »Der Kurt war auch gegen alles und jeden. Den Albert haben wir kaum wahrgenommen. Er war schüchtern. Still. Fast unheimlich. Haben Sie Hunger? Ich kann Ihnen ein Brot mit Käse belegen, wenn Sie möchten. Bis die anderen kommen.«

Ich nehme das Angebot dankend an. Die Marmeladesemmeln, die ich täglich zum Frühstück bekomme, sind tatsächlich nicht sehr ausgiebig, vor allem, wenn man für zwei essen muss, wie Therese sagen würde.

»Ich hab mich noch gar nicht vorgestellt«, ruft mein Gesprächspartner mir aus dem kleinen Raum mit der Anrichte zu. »Erich Kampl, ich leite den Museumsverein.«

»Katja Köhler«, antworte ich. »Ich bin Volksschullehrerin.«

Du hast gekündigt, flüstert es in meinem Kopf. *Du hast gekündigt, und in Bosnien wirst du schlecht in der Volksschule arbeiten können mit deinem Holperdipolter-Bosnisch.*

»Sie sehen Ihrem Onkel wirklich sehr ähnlich«, wiederholt Kampl, als er den Teller mit dem in mundgerechte Streifen geschnittenen Käsebrot auf den kleinen Tisch stellt.

»Ich hoffe, Sie mögen Pfeffer. Ich streue immer automatisch welchen drauf …«

»Ja, danke«, sage ich. »Vielleicht liegt es an meiner Nase.«

Kampl sieht mich irritiert an.

»Mein Onkel Kurt hatte dieselbe Nase. Der Hügel am Nasenbein, sehen Sie? Den haben wir vom Vater meiner Oma geerbt. Ein jugoslawisches Erbstück, hat Oma immer gesagt. Sie selbst hatte Glück, sie hatte eine schöne gerade Nase. Aber mein Onkel hatte den Höcker auch.«

»Wir können unsere Herkunft eben nicht leugnen«, sagt Kampl. »In meiner Familie haben immer alle Erich geheißen. Mein Urgroßvater hieß Erich, mein Vater hieß Erich, und dann haben sie mir den Namen gegeben. Das war hier nichts Ungewöhnliches. Der älteste Sohn wurde nach dem Vater benannt. Gott sei Dank habe ich zwei Mädchen bekommen. Im Bergwerk hatten die Arbeiter Spitznamen. Überhaupt war die Welt dort unten eine ganz eigene. Unter Tage herrschten andere Regeln als oben. So eine Kameradschaft wie es sie dort unten gegeben hat, die finden Sie heute nirgendwo. Warten Sie auf den alten Bachler, der kann Ihnen mehr darüber erzählen!«

Die Frau, die den Kaffee zubereitet hat, kommt wieder herein und blättert in einem Notizbuch. Dann nimmt sie eine kleine Handkassa aus der Lade.

»Weißt du, wer das ist?«, fragt Kampl. »Das ist Frau Köhler, die Enkelin von unserem letzten Verunglückten.«

Die Frau sieht mich prüfend an. Wenn es stimmt, dass sie in meinem Alter ist, war sie maximal ein Baby, als mein Großvater starb.

»Dort oben ist die Mappe mit den Unfallprotokollen«, sagt sie und deutet die Richtung mit einem Nicken an. Dann schaut sie zu Kampl.

»Wenn Sie wollen, können wir nachschauen. Das sind die Durchschläge aller Unfälle seit 1903.«

Ich darf kein Foto machen. Ich dürfte die Unterlagen nicht einmal einsehen. Ich bin eine Unbefugte. Aber das Bergwerk ist seit sechsunddreißig Jahren nicht mehr in Betrieb, und ich bin die Enkelin des letzten Verunglückten.

Das Papier ist vergilbt, die Schrift blassgrau.

»Die meisten sind an Kopfverletzungen gestorben. Oder bei der Schlagwetterexplosion 1943. Hundertzwei Tote gab es damals«, erklärt Kampl. »Die einen sind im Krieg gestorben, die anderen hier.«

Ich blättere durch die Mappe. Es ist nur eine dünne Flügelmappe aus Karton, und doch erfasst sie so viele Schicksale. So viele Männer, die Kinder und Frauen zurückließen.

Unter jedem Namen stehen Eintrittsdatum und Todestag. Der Name meines Großvaters ist der letzte Eintrag. Er hat mit vierzehn im Bergwerk zu arbeiten begonnen.

»Mit vierzehn bin ich gerade in die Oberstufe gekommen«, sage ich zu Kampl.

»Runter durfte man erst mit achtzehn. Die Lehrlinge haben oben angefangen. Das Bergwerk war keine schlechte Ausbildungsstätte. Manche haben weiterstudiert, wie der Bachler, der dann später wieder zurückgekommen ist und als Steiger gearbeitet hat. Nachdem das Bergwerk geschlossen wurde, war er im Tunnelbau tätig. Einer der Besten in Österreich.«

Ich lese den Unfallhergang. Aus unerklärlichen Gründen war der Schranken nicht geöffnet. Wäre das Bergwerk zwei Jahre früher stillgelegt worden, wäre mein Opa nicht gestorben. Oma hätte die Pferde nicht verkauft und wäre nicht nach Graz gezogen. Opa und ich wären mit dem Pferdeschlitten über die Felder gefahren. Ich hätte auf Arwid das Reiten erlernt und nicht auf dem ausgemusterten Lipizzaner in dem heruntergekommenen Reitgut am Wiener Stadtrand, zu dem meine Schulfreundin Betty und ich drei Jahre lang in den Sommerferien fuhren.

»Warten Sie auf meinen Großvater«, sagt die Frau, die zu uns an den Tisch getreten ist. »Er kommt nach der Führung hierher.«

»Irene ist die Enkeltochter vom Bachler«, klärt mich Kampl auf.

Die Touristengruppe ist angekommen. Fünf Männer, vier Frauen, alle um die fünfundsechzig, und ein neunjähriger Bub. Vielleicht Mitglieder von den Naturfreunden oder von einem Kegelverein. Der Kleine ist vermutlich während der Ferien bei den Großeltern.

Irene Bachler übernimmt die Führung. Sie zeigt uns die verschiedenen Schächte auf einer Karte. Dann erläutert sie die Miniaturmodelle der Maschinen. Kleine Püppchen und schmutzige Modellpferde bilden eine Spiellandschaft. Der Bub kennt sich aus und kann jede Frage beantworten. Die Führerin drückt uns den schweren Presslufthammer in die Hand. Ich lasse den anderen den Vortritt, höre ihr Stöhnen, sehe ihr Nicken. Der Bub kann ihn nicht allein halten, es ist ihm unangenehm, dass sein Großvater mithelfen muss.

Das Rütteln des schweren Presslufthammers. Mit dem Gerät in die Kohle hinein, immer und immer wieder aufs Neue. Im Kohlenbergwerk Haizendorf wurde bis zu einer Tiefe von 1200 Metern abgebaut. Bei Methangasbildung wurde händisch gearbeitet, denn jeder Funke hätte eine Explosion auslösen können.

Bachlers Enkeltochter erklärt alles ganz ausführlich, und doch habe ich das Gefühl, mir niemals vorstellen zu können, wie es hier unten tatsächlich war. Therese sagt, dass mein Großvater bereits mit dreißig unter Kreuzschmerzen litt. Lokführer wurden nur die, die die schwere Arbeit nicht mehr schafften.

Der Schaustollen liegt nur ein paar Meter unter der Erde und ist nicht sehr groß. Kein Problem also, ihn mit Sandalen zu betreten. Der Bub findet die Strohpuppen doof, mir gefallen sie.

»Warten Sie«, fordert mich Irene Bachler auf, während sie

am Ausgang mit einer Handkassa das Eintrittsgeld einsammelt. Ihr Großvater sei bereits da, sie habe ihm ein SMS geschickt. Ich sehe der Pensionistengruppe und dem Buben nach und wundere mich, dass ein pensionierter Bergarbeiter aus Haizendorf SMS beantwortet. Frau Bachler geht voran und öffnet die Tür des Containers. Auf meinem Platz sitzt ein weißhaariger Mann. Er ist jünger, als mein Großvater heute wäre, ich schätze ihn auf höchstens fünfundsiebzig.

»Das ist Frau Köhler«, stellt mich seine Enkeltochter vor. Bachler nimmt meine Hand zwischen seine warmen altersfleckigen Hände und sieht mich aus wasserblauen Augen an.

»Mein Gott«, lacht er. »Das Enkerl vom Curd Jürgens!«

Als ich eine Stunde später zurück Richtung Dorf gehe, hat sich das Gewitter endlich verzogen. Über der Schlackengrube blinzelt die Sonne zwischen den Wolken hervor und zeichnet Muster in den roten Berg. Ich frage eine alte Frau nach dem Weg zum Friedhof. Vor dem Eingang rufe ich meine Tante Silvia an und lasse mich zum Grab lotsen.

»An den Gießkannen vorbei, die nächste große Quergasse links.«

Auf dem Marmorstein liegt ein schönes Blumengesteck. Die Kerze ist ausgegangen. Ich gehe nochmals zum Eingang, wo ich einen Automaten mit Kerzen gesehen habe. Krame nach einem Euro, stecke ihn in den Schlitz und drehe. Früher hat mir Oma immer einen Schilling für den Kaugummiautomaten zugesteckt. Die Drehvorrichtung war dieselbe, nur der Griff ist hier größer. Ich nehme die rote Kerze. Eine weiße Kerze mit der Jungfrau Maria kostet zwei Euro.

Meine Oma ließ sich verbrennen. »Energie stirbt nicht«, sagte sie. »Energie wird durch Verbrennung freigesetzt.«

Für ihre Urne wurde ein kleiner Quader ausgehoben. Ich stehe vor dem Grab und frage mich, ob das Gefäß auf die große Zehe meines Großvaters drückt, oder ob es doch Kurts Fußballen ist, auf dem Oma liegt. Jener Fußballen, mit dem mein Onkel das Motorrad gestartet hatte, bevor er frontal gegen den Baum fuhr. Bis vor zwei Stunden habe immer gedacht, Albert hätte meinen Bruder Curd nach ihm benannt.

An der Bushaltestelle setze ich mich auf die Bank und esse unter dem Blick einer fetten Spinne ein Stück Brot mit Kabanossi. Es ist wieder heiß, schon heute Abend könnte das nächste Gewitter kommen. Im Bergwerksmuseum sagte man, der Blitz habe am Vorabend in die Saunahütten neben der neuen Therme eingeschlagen. Ich schlüpfe aus den Sandalen. Meine Haut ist schmutzig vom Staub und vom Schweiß. In meinem Rucksack fiept es. Ich hole mein Smartphone aus der Seitentasche. Eine Mitteilung von Danijel, zwei von Curd. Ich öffne den Messenger. Curd schickt ein Foto aus Mallorca und fragt nach den Kühen. Ich mache ein Foto von der Bushaltestelle und meinen schmutzigen Zehen und schicke es ab. Dann wechsle ich zu Danijels Nachricht.

Fünf Tage dienstfrei. Zeigst du mir den Ort, von dem du mir so viel erzählst? Ein bisschen Urlaub … Wir zwei zwischen den österreichischen Kühen. Vermisse dich.

Ich lese den letzten Satz nochmals. Mein Herz hüpft, als der Bus einfährt. Übermorgen schon könnte Danijel hier sein. Ich stecke meinen Fahrschein in den Entwerter, setze mich ans Fenster und tippe meine Antwort in das Messenger-Feld. Wieder in Solburg, falle ich in den Supermarkt ein und kaufe Mineralwasser, Bananen, Erdbeeren und Pudding. Obst ist gesund, und Pudding macht glücklich.

18

Edith steht an der Schwelle zum Kinderzimmer. Saugt den Geruch ein. Verschwitztes Kinderhaar. Es ist ein ganz eigener Geruch. Dass sie von Jahr zu Jahr anders riechen, denkt sie.

Aus der Küche das Lachen der Männer. Die Sprachbrocken der Italiener. Kurt hat ins Zimmer seines Bruders übersiedeln müssen. Die kleine Silvia haben sie ohnehin noch im Schlafzimmer. Nächstes Jahr wird es anders sein, dann wird Silvia in Alberts Bett schlafen, und in Kurts Zimmer werden sie ein zweites Bett schieben. Oder ein Stockbett. Die Buben wünschen sich ein Stockbett, streiten jetzt schon, wer oben schlafen darf. Kurt, natürlich Kurt, er ist der Ältere. Später vielleicht einmal abwechselnd.

Heute schlafen in Kurts Zimmer die Italiener.

Dass sie das Geld brauchen, sagt Martin. Was sie denn gegen die Gäste habe, es seien doch angenehme Leute. Und es sei ja nur für drei Nächte. »Einmal im Jahr drei Nächte, das wirst du ja wohl aushalten.«

Edith fürchtet sich jedes Jahr davor. Die viele Arbeit lohnt sich für das bisschen Geld nicht. Die Bettwäsche und die Herumräumerei, von einem Zimmer ins andere. Und die Kinder sind dann immer so durcheinander.

Das Geld, was sieht sie denn vom Geld? So viel bleibt nicht übrig, weil sie den Italienern Schinken und Eier zum Frühstück anbieten. Das übrige Geld fressen Martins Pferde.

Aber es geht ihr nicht ums Geld. Sie hat sich daran gewöhnt, dass nicht viel übrig bleibt. Sie leiden keinen Hunger, den Kindern geht es gut. Seit sie die Kleider selbst näht – nein, ums Geld geht es ihr wirklich nicht. Aber sie mag die Italiener nicht. Mag es nicht, dass Wildfremde in ihren Intimbereich eindringen. Dass sie in der Nacht nicht einmal aufs Klo gehen kann, ohne Angst haben zu müssen, auf einen von ihnen zu treffen. Wenn es wenigstens Frauen wären. Welche Frau will schon fremde Männer im Haus haben? Vier Männer, die bis spät in die Nacht in der Küche sitzen. Können sich eh nicht unterhalten. Die Italiener verstehen kaum Deutsch und Martin kein Italienisch. Einer von den Italienern kann ein wenig Englisch, dann muss Edith übersetzen. Wenn sie mit den paar Brocken Deutsch und dem Gestikulieren nicht mehr weiterkommen, ruft Martin sie an den Tisch. Dann ist ihre Englischlernerei, über die er sich sonst immer lustig macht, plötzlich doch für etwas gut.

Edith hebt die Kinderkleidung vom Boden auf. Wieder Grasflecken. Sie legt die Hosen zusammen, riecht an den Hemdchen. Hängt sie über den Stuhl. Die Unterhosen muss sie zur Wäsche geben.

Nochmals streicht sie den beiden Buben über den Kopf und trägt die schmutzige Kleidung in den Keller. Auf dem Weg hinunter wird das Männerlachen kurz lauter, auf der Kellertreppe wird es dann wieder leiser. Edith geht in die Waschküche. Schließt die Tür. Durch den Spalt fällt das schwindende Tageslicht. Sie muss noch die trockene Wäsche vom Garten holen. Später. Eine Viertelstunde wird sie hierbleiben. In dem Roman lesen, den ihr Therese gestern Nachmittag zugesteckt hat. »Den musst du lesen, der ist wieder so schön«, hat sie gesagt. Edith nimmt den Wäschekorb vom Hocker und klappt das Buch auf. Plötzlich muss sie an die Schwiegermutter denken. Leid kann sie einem tun. Dass sie so um ihren Mann trauert, kann Edith nicht verstehen. Ein Tyrann war ihr

Schwiegervater. Ein Tyrann und ein primitiver Säufer. Soll die Agnes doch froh sein, dass sie ihn los ist.

In was für eine Familie sie da eingeheiratet hat, hat sie erst später begriffen. Da war es dann zu spät. Wenn du draufkommst, ist es immer zu spät. Und der Martin kann ja nichts für seine Eltern. Bei den Kovacs hat es das nicht gegeben, dass der Mann die Frau schlägt. Kein einziges Mal hat ihr Vater die Hand erhoben, weder gegen seine Frau noch gegen seine Kinder. Und schon gar nicht ist ihr Vater einem der Mädchen an die Wäsche gegangen. Wie sie sich geschämt hat, als der Schwiegervater ihren Hintern getätschelt hat. Wie peinlich ihr das war, als sie es Martin sagen musste, weil er immer wieder zugelangt hat.

Zwei Wochen später sind sie in eine der Wohnungen im Schlössel gezogen. Sie haben es gut gehabt, weil sie anfangs nur zu zweit waren. Andere haben sich die kleinen Zimmer zu fünft oder zu sechst geteilt. Eine Küche mit Sitzecke, daneben das kleine Schlafzimmer. Sogar ein eigenes Klosett haben sie gehabt. Die Arbeiterwohnungen waren nicht schlecht – klein waren sie, aber klein war ihre Wohnung in Solburg auch gewesen, daran war sie gewöhnt. Nur die Leute hat sie nicht ausgehalten. Das Elend. Die Männer, die immer gleich ihren Lohn versoffen haben. Manche Frauen haben ihre Männer am Zahltag abgeholt, um ihnen die Lohntüte noch am Tor abzunehmen.

Der Martin ist immer gleich heimgekommen. Von der Schicht sofort in die neue Wohnung. Nur manchmal ist er ins Wirtshaus, aber auch dann hat er nie mehr als ein, zwei Gläser Bier getrunken. Dass ein guter Kontakt zu den Kumpels wichtig sei, hat er ihr gesagt, dass das Feierabendbier dazugehöre.

Kumpel, wie sie dieses Wort schon hasst. Alle sind sie hier

verkumpelt. Das ganze Haizendorf ein einziges Kumpelland. Und sie ist eine Kumpelfrau. Kein Wunder, dass die jungen Frauen heute alle weggehen.

Lieb war er, der Martin, als sie ihn kennengelernt hat. Wie er sie angehimmelt hat, jeden Samstag auf der Tanzfläche. Und gut ausgesehen hat er auch. Nur tanzen hat er nicht können. Was hat sie nicht gelacht, als er ihr ständig auf die Zehen gestiegen ist! Sie hat sich in den dünnen, schüchternen Buben verliebt. Vielleicht, weil von schüchternen Buben keine Gefahr ausgeht. Bei Martin hat sie die Fäden in der Hand gehabt, anders als bei Urs. Als er ihr erzählt hat, dass er gerne Lehrer geworden wäre, haben sie gemeinsam vom verpassten Leben geträumt. Da hat sie gedacht, dass Martin Köhler viel besser zu ihr passt als Urs Keller. Martin kommt aus derselben Ecke wie ich, dachte sie. Aber das war ein Irrtum. Martin kommt nicht aus derselben Ecke. Weil es zwischen schwarz und weiß noch eine Unzahl von Grauschattierungen gibt. Dass sie nicht Lehrerin werden konnte, hatte mit dem Krieg zu tun. Durch die ausbleibenden Aufträge in der Spenglerei mangelte es dem Vater an Geld. Deswegen ist sie ja dann in die Schweiz nach dem Krieg.

Wären ihre Brüder nicht gefallen und hätte der Anton die Spenglerei übernommen …

Edith klappt das Buch zu. »Wenn, wenn, wenn!«, zischt sie.

Sie nimmt den Wäschekorb und geht die Treppen hoch. An den plaudernden Männern vorbei in den Garten. Ob Martin die Pferde schon gefüttert hat?

Die Pferde sind seine Aufgabe. Sie wird sich nicht auch noch um die Asbirg und ihr Fohlen kümmern. Nicht, nachdem ihr die Stute einmal so hart gegen die Brust geschlagen hat, dass sie schon geglaubt hat, ihre Rippe sei gebrochen.

Sie öffnet die Stalltür. Das Fohlen liegt im Eck. Groß ist es geworden über den Sommer.

Edith geht hinters Haus, wo sie auf Plastikschnüren die Wäsche hängen hat. Von den Häusern am Anfang der Gasse hört sie eine Frau herüber schimpfen. Dann den Pfiff eines Buben. Sie muss nochmals mit Martin reden. Er muss sie endlich ernst nehmen. Die Pogatschnigs sind kein Umgang für den Kurt. Seit Wochen versucht sie, gegen diese Freundschaft anzukämpfen. Sogar mit der Nachbarin hat sie gesprochen, die Söhne der Buchmessers sind ja im gleichen Alter. Die Nachbarn sind anständige Leute. Aber was hat es für einen Sinn, Kurt am Nachmittag zu verbieten, zu den Pogatschnigs zu gehen, wenn ihr Mann am Abend doch bloß wieder sagt: »Ach was, lass ihn doch.«

Dieses vermaledeite Schloss, dort hat alles begonnen. Wenn sie nach Kanada gegangen wären ...

»Sei doch froh, dass du die Unfallrente hast«, sagt Therese immer zu ihr. Als wäre es ein Segen, eine verkrüppelte Hand zu haben. Sie würde viel lieber echtes Geld verdienen. Sie hatte sich schon ausgemalt, wie sie als Schreibkraft in Kanada arbeiten würde. Das Maschineschreiben hätte sie schon noch erlernt. Oder als Kindermädel, meinetwegen auch als Kindermädel, nur weg von hier, von diesem Dorf und seinen Bergarbeitern und Bergarbeiterfrauen. In Kanada hätten sie vorerst bei der Klara einziehen können. War ja schon alles ausgemacht. Da hätte der Kurt einen besseren Umgang gehabt. Hätte mit seiner Cousine gespielt statt mit diesen Pogatschnigs. Ein echter Kanadier wäre er geworden, der Kurt.

Hör auf jetzt, Edith! Es hat keinen Sinn. Ihr seid hier, und es geht euch nicht schlecht! Und es gibt ja auch nette Leute hier. Die Buchmessers. Die haben liebe Kinder. Und der Kurt ist ja noch klein. Mit seinen zehn, da ist es noch nicht zu spät. Wenn nur der Martin ein Einsehen hätte, dass die Kinder vom Schloss kein Umgang sind. Weil aus den Buben doch einmal etwas werden soll. Die sollen nicht wie ihr Vater und ihr Großvater in die Grube hinuntermüssen. Da hat sie den Martin auf ihrer Seite. Aber er ist anders, sieht die Dinge nicht so ernst. »Mach dir keine Sorgen«, sagt er. »Der Kurt ist gescheit. Wenn er mal ins Gymnasium geht, gibt sich das von allein. Dort hat er dann neue Freunde.«

Vielleicht hat Martin recht, vielleicht macht sie sich zu viele Sorgen. Sie versteht ihren Ältesten ja. Woher soll denn ein Kind wissen, welche Spielkameraden gut für es sind? Mit den Pogatschnigs hat Kurt Spaß. Sie muss zugeben: Lieb waren sie als kleine Kinder. Wie sie ums Schloss gelaufen sind und Ritter gespielt haben, mit Ästen und Kartonschildern bewaffnet. Aber in letzter Zeit wird es immer schlimmer. Eine richtige Terrorbande sind sie, die zwei Pogatschnigs und ihr Kurt. Dabei ist ihr Sohn nur ein Mitläufer, dessen ist sich Edith sicher. Aber dass sie ihrem Klassenkameraden aufgelauert haben – und wie der Arme ausgeschaut hat, ein ganz verschwollenes Gesicht hatte er. Am liebsten wäre sie am selben Abend noch fortgezogen, so geschämt hat sie sich. Die Tasche packen, die Kinder an der Hand nehmen und in den Bus steigen. Alles hinter sich lassen. Weg von hier und von vorne anfangen. So wie die Paula und die Klara damals. Einfach weg von hier, von den anderen und der Tratscherei. In einer Stadt wie Toronto kennt dich niemand. Da kannst du dir aussuchen, mit wem du redest und mit wem nicht.

Auf ihrer Schulter platzt ein Tropfen auf. Sie muss sich mit der Wäsche beeilen. Die Gewitter kommen hier schnell.

Das war immer schon so. Anders als in Rügen, wo sie einen Sommer für die Tochter der Hotelbesitzerin gekocht und die Kinder gehütet hat. Schöne Wochen waren das in Rügen, am liebsten wäre sie dortgeblieben und nicht wieder zurück nach Zürich gegangen. In Rügen hat man das Wetter immer schon von weitem kommen sehen. Hier bemerkt man es nur an den Kühen. Und an den Schwalben. Die Schwalben sind heute wieder niedrig geflogen. Und schwül war es auch den ganzen Tag. Edith hat mit den Kindern im Garten gespielt, als die Frau kam, um ihr das Gesicht ihres Buben zu zeigen. »Da, schauen Sie nur, was für einen Sohn Sie haben!«

Sie muss mit Martin reden. Jetzt wird er sie ernst nehmen müssen. Sie ist heute noch nicht dazu gekommen, mit ihm zu sprechen. Am frühen Abend kamen die Italiener, da war Martin gerade aus der Arbeit gekommen, und morgen werden alle aufgeregt sein wegen des Rennens. Sie sollte Kurt verbieten, hinzugehen. Sollte mit ihm zu Hause bleiben, aber wie sähe das aus vor den ausländischen Gästen? Was für eine Mutter gäbe sie denn ab, wenn sie sagen würde: Mein Sohn darf nicht mitgehen, weil er einen jüngeren Schulkameraden verprügelt hat?

Sie wird nichts sagen. Nicht, solange die Italiener da sind. Übermorgen Abend. Nachdem sie dem Fiat nachgewunken und die Kinder ins Bett gelegt haben. Dann wird sie Martin von der Frau und dem Buben erzählen.

19

Endlich ist Danijel da. Acht Stunden ist er gefahren, jetzt ist er müde von der Hitze. Gemeinsam haben wir seine Sachen ins Zimmer hochgetragen, dann sind wir zum Zirkusplatz unter der Brücke gefahren, um sein Auto abzustellen. Ich war aufgeregt, wollte ihn sofort durch den Ort führen, wie ich es mit Sana getan hatte, wollte sagen: »Hier ist meine Großmutter zur Volksschule gegangen«, und »Das war ihre Lieblingskonditorei«, wollte ihm den Parkplatz zeigen, auf dem früher die Werkstatt meines Urgroßvaters stand.

Danijel blieb stehen, hielt mich an der Hand, sodass ich abrupt gestoppt wurde. »Halt, zuerst brauche ich einen netten, schattigen Gastgarten.«

Jetzt zieht er mich an sich heran, legt seinen Kopf in meine Nackenbeuge, haucht mir seinen Atem ins Genick. Seine Hände auf meinem Bauch, so stehen wir am Gehsteig und lassen uns von den Leuten anstarren. Auf der anderen Straßenseite, vor dem Eissalon, sitzt das Paar mit den fettigen Haaren. Jeden Tag sitzen sie hier, rauchen ihre Zigaretten, trinken Kaffee und schauen auf alles, was sich bewegt. Oder was sich nicht bewegt, so wie Danijel und ich, die wie eingefroren in der Hitze stehen, ein eng umschlungenes werdendes Elternpaar. Ich lehne mich an seinen verschwitzten Körper und sauge seinen Geruch ein. Drehe mich um, küsse ihn auf die Lippen, knabbere, stecke ihm meine Zunge in den Mund. Halte meine Augen offen, schiele zur Seite, auf das Paar vor dem Eissalon. Sie schauen uns zu, schauen durch uns hindurch, paffen blauen Rauch in die Luft. Eine ältere Dame geht vorüber und schüttelt den Kopf. Ich beginne zu kichern. Wir lösen uns voneinander und gehen Arm in Arm weiter.

Ich führe Danijel in den Gastgarten am Hauptplatz und erzähle ihm, dass sich meine Urgroßeltern hier kennengelernt haben und dass die Wirtsleute ihnen auch später noch oft geholfen haben. Dass die Drechslers und die Kovacs ein bisschen wie eine Familie gewesen seien.

»Aber jetzt erzähl«, bremse ich mich selbst. »Wie geht's dir in Sarajevo?«

Danijels Schweigen dauert ein paar Sekunden zu lang.

»Was soll ich dir schon erzählen«, antwortet er schließlich, »du weißt doch alles.«

Ich schlucke. Manchmal sind es die nicht ausgesprochenen Sätze, die uns den Boden unter den Füßen wegreißen.

Vielleicht habe ich zu viel mit Darko gesprochen, vorigen Winter und den Sommer davor. Er hat es vorhergesehen.

Danijel wird sich schwerer tun als du. Für dich ist Bosnien ein fremdes Land, du fängst hier ganz von vorne an. Du kennst Sarajevo nur so, wie es heute ist. Du kommst, und wenn es dir nicht gefällt, gehst du wieder zurück und machst dort weiter, wo du aufgehört hast. Aber Danijel kennt das Sarajevo seiner Kindheit.

Ich rücke meinen Stuhl näher an Danijel heran und lehne mich an ihn.

Als er mir vor einem Dreivierteljahr eröffnete, dass er sich um eine Stelle in Sarajevo beworben hatte und in drei Tagen zu- oder absagen musste, stand ich wie gelähmt in der Küche. Ich hatte gerade Erdbeeren gewaschen, es war elf Uhr vormittags, und wir waren lange im Bett gelegen.

Ich legte die Erdbeeren in die Schüssel, trocknete die Hände ab und drehte mich zu ihm um. Er stand knapp hinter mir und sah mich an. Ich habe Danijel selten nervös gesehen, an diesem Morgen war er es. Sein stummes Dastehen machte mich wütend.

Warum kam er erst jetzt? Warum überfiel er mich so? Und warum hatte ich die Veränderung nicht wahrgenommen, diese erste kleine Veränderung, die alles in eine Richtung treibt? Wann hatte er begonnen, sich mehr für die bosnischen als die österreichischen Nachrichten zu interessieren? Wieso habe ich mir keine Gedanken darüber gemacht?

Während Danijels Zukunftspläne schon längst in Sarajevo lagen, war ich noch immer ahnungslos im Wohnzimmer gesessen und hatte mich auf meine neue Schulklasse vorbereitet.

Und jetzt verlangte er von mir, dass ich einfach alles liegen und stehen ließ. »Ich habe mich um eine Stelle in Sarajevo beworben.« Er hatte den Satz in meinen Rücken gesprochen, als würde er mir erzählen, dass er beschlossen hatte, ein Wochenende in den Bergen zu verbringen. Wann hatte er sich beworben? Man bewirbt sich doch nicht von heute auf morgen in einer anderen Stadt. Und man stellt sich nicht einfach hinter den Menschen, den man liebt, stößt ihm diese Tatsache in den Rücken und fragt dann ganz unschuldig: »Kannst du dir vorstellen, mit mir zu kommen?«

Und was, wenn ich nicht mitginge? Ich hatte vor sechs Wochen eine neue Klasse übernommen, das Schuljahr hatte gerade erst begonnen …

»Du gehst einfach weg, und ich hab die Wahl mitzukommen. Ist es das, was du mir sagen willst?«

Ich brachte meine Frage mit ruhiger Stimme vor, so wie ich es immer tue, wenn in mir gerade alles zerspringt und ich nicht weiß, wohin mit meiner Panik. Ich verschränkte die Arme vor der Brust und sah ihm in die Augen. *Emotionslos*, hatte Raul meine Reaktion immer genannt. *Deine Emotionslosigkeit ist unheimlich.* Raul hatte meine Angst dahinter nie erkannt. Vielleicht hat er mich deswegen so oft provoziert.

»Du hast doch selbst immer gesagt, dass du dich in Sarajevo wohlfühlst, dass du dir sogar vorstellen könntest, dort zu leben«, sagte Danijel.

Sein Blick erinnerte mich an den meiner Volksschüler, wenn sie mir gestanden, die Hausübung nicht gemacht zu haben. Was hatte er erwartet? Hatte er sich vorgestellt, ich würde ihm vor Freude um den Hals fallen?

»Katja, es kann genau so werden, wie wir es besprochen haben.«

Mein Herz raste.

»Wir haben nichts besprochen. Gar nichts haben wir besprochen. Wann denn?«

Ich ließ ihn stehen und schlüpfte in meine Jacke.

Er kam ins Vorzimmer und griff nach mir, ich wich ihm aus.

»Lass mich. Ich muss an die frische Luft, Danijel. Allein«, presste ich hervor.

»Aber wir haben doch davon geredet, wie es wäre, in Sarajevo zu leben. Du hast doch selbst gesagt, dass du meine Stadt magst, Katja!«

Meine Stadt. Seit wann war Sarajevo *seine* Stadt?

Ich band meine Schuhe und griff nach dem Schlüsselbund. Er stand in der Tür zwischen Küche und Vorzimmer und sah mir dabei zu.

»Nichts haben wir besprochen. Du kannst das nicht einfach für uns beide entscheiden. Das ist nicht fair!«

Ich öffnete die Tür, schlüpfte durch den Spalt und zog sie schnell zu.

Danijel sollte mich nicht so sehen. Durfte mich nicht so sehen. Ich kam mir vor wie ein angeschossenes Reh.

Renn nicht immer vor jedem Problem davon, kreischte Rauls Stimme in meinem Kopf.

Anders als bei Raul war ich während der ganzen sieben Jahren mit Danijel kein einziges Mal aus der Wohnung gerannt. Unser erster und einziger großer Streit lag fünfeinhalb Jahre zurück.

Ich rannte die Treppen hinunter. Hetzte die Straße vor und bog ums Eck. Erst, als ich mir sicher war, dass er mich nicht mehr sehen konnte, verlangsamte ich meinen Schritt.

Ich bog in den Park ein und setzte mich auf eine der Bänke. Es war Anfang Oktober und ein kühler Tag, aber die Sonne hatte noch Kraft. Ich schloss die Augen. Die Wärme lockerte meine angespannten Gesichtsmuskeln.

Und jetzt?

Es kann genau so werden, wie wir es besprochen haben.

Er konnte doch nicht unsere kindischen Träumereien meinen? Das waren doch nur romantische Vorstellungen gewesen, die mit der Realität nichts zu tun hatten. Geflüsterte Gespräche im Bett, meist sonntags, wenn wir länger liegen blieben. Wir kuschelten uns aneinander und stellten uns vor, wie es wäre, vom Gesang des Muezzins wach zu werden. War das nicht immer meine Vorstellung gewesen? Mein Tagtraum? Ich hatte mir Nusrets Garten vorgestellt. Dass ich meine Aquarelle und das geschöpfte Papier auf ihre Wäscheleine hängen könnte. Ich habe mir vorgestellt, wie schön es wäre, als Illustratorin in Sarajevo zu leben, und Danijel hatte vom Krankenhaus gesprochen, dass er eine gute Ausbildung habe, dass er dort mehr bewirken könne als hier.

Warum hatte ich das alles nie ernst genommen? Aber wie

ernst nimmt man solche Träumereien schon? Ich liebte Sarajevo, ich liebte Nusret und Danijels Oma, ich liebte unsere Urlaubswochen dort, ich träumte einen kleinen Traum von einem Leben, das es nicht gibt – so wie jeder seinen Tagträumen nachhängt.

»Ich würde keine Stelle als Lehrerin bekommen«, sagte ich immer an einer gewissen Stelle.

»Du könntest illustrieren«, sagte Danijel dann. Das war der Punkt, an dem ich ihn auslachte, ihn küsste und aus dem Bett krabbelte, um Kaffee zu machen.

Mein Handy klingelte. Ich ging nicht ran. Ich sah auf das Display und wartete. Danijel sprach nicht auf die Mobilbox.

In Bosnien würde ich kein Geld verdienen. Als Volksschullehrerin kannst du nicht so einfach das Land wechseln.

»Wieso bewirbst du dich nicht bei einer Agentur?«

Es war Danijels Idee gewesen. Er hat mir so lange Mut zugesprochen, bis ich nachgab und sämtliche Agenturen anschrieb, die er für mich herausgesucht hatte.

Seit ich bei meiner Agentin unter Vertrag war, kamen tatsächlich immer wieder Aufträge herein. Manchmal waren es in einem Monat drei oder vier Illustrationen, dann wieder wochenlang gar nichts. Im Herbst kam das Angebot eines Verlages, ein Bilderbuch zu illustrieren. Sie mochten meinen Stil und stellten mir in Aussicht, dass es weitere Bücher geben würde. Das Illustrieren bereitete mir Freude, und es tat gut, die Bestätigung zu bekommen, dass ich Talent hatte – aber ohne meine Stelle in der Schule würde ich von Danijel abhängig sein.

In diesem Augenblick, in dem ich auf der Parkbank saß

und zwei Kindern dabei zusah, wie sie immer wieder auf die Rutsche kletterten und hinunterrutschten, als ich in den Himmel schaute und den Wolken nachsah, in jenem Augenblick zwischen Wut, Hilflosigkeit und Angst blieb die Zeit stehen.

Ich hatte keine Angst davor, nach Sarajevo zu gehen, ich hatte Angst davor, die Sicherheitsseile zu kappen. Meine Wohnung, mein Einkommen, meine Freunde. Wenn ich mit Danijel gehe, dann sind es seine Wohnung, sein Geld und seine Freunde, sagte ich mir. Und wenn er sich von heute auf morgen entschied, mich zu verlassen? Immerhin hatte er mir gerade aus heiterem Himmel mitgeteilt, eine Stelle in Sarajevo annehmen zu wollen. In diesem Moment fragte ich mich, ob ich ihm wirklich vertrauen konnte. Was, wenn er dich verlässt? Dann stehst du ganz allein da – in einem fremden Land. Dann ist Liebeskummer dein kleinstes Problem.

Mach dich nie abhängig von einem Mann, hallten Magdas Worte durch meinen Kopf.

Als mein Handy abermals läutete, ging ich ran. Es war Sana, und ich begriff augenblicklich, dass sie alles wusste. Sie hatte gewusst, was Danijel vorhatte, und jetzt wusste sie, dass ich aus der Wohnung gelaufen war. Sana wusste immer Bescheid, und das war gut so, auch wenn ich mich in dem Moment von ihr verraten fühlte.

»Wie lang weißt du es schon?«, fragte ich sie.

»Seit zwei Wochen.«

»Und warum wusste ich nichts?«

»Weil Männer immer alles mit sich allein ausmachen. Alle Männer, bosnische sowieso und Danijel erst recht, das weißt du doch.«

»Und warum weißt du es dann?«

»Mich hat er bloß eingeweiht, um zu fragen, was du darüber denken würdest. Leider hat er sich nicht an meinen Rat gehalten.«

»Und was war dein Rat?«

»Nicht erst auf die Zusage der Klinik zu warten.«

Sie schlug vor, dass ich von der Parkbank aufstehen und zu ihr kommen solle. Sana kennt mich. Sie zweifelte nicht eine Sekunde, dass ich mit Danijel gehen würde, aber sie kennt meine Ängste, und sie kennt meinen Stolz. Sie wusste, dass ich nicht so einfach zurück in die Wohnung gehen würde, dass ich nicht so tun konnte, als sei nichts geschehen. Dass es reichen würde, eine Nacht bei ihr zu schlafen, mit ihr gemeinsam auf die Unfähigkeit der Männer im Allgemeinen und die Unfähigkeit Danijels im Besonderen zu schimpfen, dass wir gemeinsam lachend ins Bett fallen und ich mich am Morgen selbst fragen würde, warum ich aus der Wohnung gelaufen war.

Ich versprach, zu kommen, legte mein Handy wieder auf die Bank und blieb dennoch sitzen. Hatte ich Angst, Wien zu verlassen?

Ich musste an Urs Keller denken. Vielleicht würde Danijel mir zuliebe nicht nach Sarajevo gehen. Vielleicht würde er bei mir bleiben. Ich würde ihn zwingen, in einer Stadt zu leben, die mir nichts bedeutete.

Wovor hast du Angst, Katja?

Ich musste an Darko denken. »Von dir erwartet niemand etwas«, hatte er im Jänner zu mir gesagt. »Du bist der strahlende Engel, die Österreicherin, die mit ihrem Mann hierherkommt. Die Leute werden dich dafür lieben, Katja. Aber

Danijel werden sie nicht lieben. Auch wenn er ihre Kinder behandelt, wird er immer der sein, der in Sicherheit saß, während sie hier die Hölle durchmachten. Das ist die Frage, die hier zählt, wenn du in unserem Alter bist. *Wo warst du? Auf welcher Seite warst du?*«

Sarajevo. Das war mehr als die Stadt, die ich liebte. Mehr als Nusrets Bank. Mehr als der orientalische Charme in Baščaršija. Sarajevo. Mostar. Banja Luka. Zwei Länder in einem Land, drei Nationalitäten. Die riesigen Plakate mit den Wahlwerbungen am Straßenrand. Die Beschuldigungen der Politiker, die ihren nationalistischen Feldzug gegeneinander führten. Die Erinnerungen. Der Hass, der noch immer geschürt wurde. In Danijels Familie und Freundeskreis hatte ich nie etwas davon mitbekommen. Danijel kommt aus einer Mischehe. Sein Vater war im Kampf um Sarajevo gefallen. Obwohl er selbst Serbe war, ist er den Berg hochgestiegen, um gegen die serbischen Belagerer zu kämpfen. Danijels Mutter kam aus einer nicht praktizierenden muslimischen Familie. Beide sahen sich als Jugoslawen.

Ich bin nicht Serbe, ich bin Sarajlija!, soll sein Vater gesagt haben, als er sich dem frühen Widerstand anschloss.

Aber das war zu Beginn des Krieges. Sein Bruder Mihajlo, der sich geschworen hatte, nie eine Waffe in die Hand zu nehmen, wurde zur Armee der bosnischen Serben eingezogen.

»Geh nicht nach Bosnien!« So viele haben mir diesen Satz an den Kopf geworfen, nicht in Sarajevo, sondern hier, in Österreich. In Bosnien, so sagen sie, stehen die Frauen hinter dem Herd, und die Männer sitzen im Kaffeehaus. Warum die Männer im Kaffeehaus sitzen, das versteht hier keiner. Dass sie alles geben würden für eine feste Anstellung. Eine, wie Danijel sie hat.

Was haben sie schon für eine Ahnung vom Leben in Sarajevo? Was habe ich für eine Ahnung vom Leben in Sarajevo?

Ich kenne Amina und Dževad, ich kenne Darko, der sich jede Woche in eine andere verliebt. Ich kenne Jasmila und Adnan, und ich kenne Danijels Großcousine Nusret, die mit ihrem Mann und ihrem Sohn aus Deutschland zurückkam, weil sie das Roboterdasein, wie sie es nennt, nicht mehr aushielt. Nach der Geburt ihrer Tochter wollte sie nicht mehr vom Pyjama in die Arbeitskleidung springen und abends erschöpft nach Hause kommen, mit dem weinenden Kind auf dem Arm. Ihr Sohn Tom hatte seine gesamte Kindergartenzeit hindurch geweint. Jeden Tag, wenn sie ihn der Kindergärtnerin übergeben hatte, hatte er sich verzweifelt an ihre Hand geklammert und sie angefleht, nicht zu gehen.

Nusret gab ihre gut bezahlte Stelle in Nürnberg auf und wurde Hausfrau in Sarajevo. Dabei war sie aufgewachsen wie ich. »Lern fleißig, mach dich nie abhängig von einem Mann«, hatten ihre Mutter und ihre beiden Tanten ihr eingebläut.

Sarajevo war eine Stadt wie unsere. Der Rückschritt kam erst durch den Krieg – als die, die für Offenheit standen, die Stadt jenen überließen, die aus den Dörfern geflohen waren. Die Religion wurde erst in den Neunzigern wieder wichtig.

»Sarajevo hat sich so verändert«, sagt Darko. »Das, was du siehst, dieses Miteinander, das man als Tourist wahrnimmt – das ist heute alles nur Show. Früher hat es das wirklich gegeben. Heute gibt es Sarajevo und Ostsarajevo. Und schau dir Mostar an. Die Einzigen, die davon profitieren, sind die Politiker. Sie blockieren alles mit ihren Vetos, immer mit der Lüge, dass sie auf ihr eigenes Volk schauen. Dayton hat aus dem heißen Krieg einen kalten gemacht, Katja. Und während das Land immer weiter den Bach runtergeht, stopfen sich die Politiker das ganze Geld in ihre Taschen. Und der Rest der Welt blickt nach Bosnien und sagt: Selber schuld, ihr könnt ja auch anders wählen!«

Wie viele Stunden bin ich neben Darko und Danijel gesessen und habe ihren Wortgefechten zugehört.

»Scheiß auf Sarajevo!«, schrie Darko einmal. »Was ist Sarajevo schon anderes als eine Hure, die sich mit jedem ins Bett legt?«

Darko wohnt in Mostar. Im Frühjahr wurde er auf offener Straße zusammengeschlagen, weil er bei den Protesten ganz vorne dabei war.

»Hör nicht auf Darko«, warnt mich Danijel immer. »Darko ist paranoid, er übertreibt. Darko ist selbst schuld, er provoziert zu oft.« Und doch weiß ich, dass ich Darko vertrauen kann. Wie eine Hundert-Watt-Lampe tauchen seine Sätze die Realität in ein unfreundliches, hartes Licht, aber sie lügen nicht. Wenn ich nach Sarajevo ziehen will, muss ich auch diese Dinge sehen.

Beim Kaffee hellt sich Danijels Gesicht wieder auf. Vielleicht war es doch bloß die Müdigkeit nach der langen Fahrt. Jetzt erzählt er von dem kleinen Mädchen, das vorgestern eingeliefert wurde. Wenn Danijel von den Kindern auf der Station redet, dann erzählt er mir immer, welche Spielsachen sie mitbringen und welche Fernsehserien sie besonders gerne schauen. Und manchmal erzählt er mir von den Krankenschwestern, die mit den Kindern spielen und die Infusionen wechseln, als wäre es das Normalste auf der Welt, einem vierjährigen Kind Chemie in die Venen zu träufeln.

Das Mädchen, das vorige Woche eingeliefert wurde, ist sieben. Danijel sagt, sie sehe aus wie die Kleine unserer Nachbarin.

»Die, die immer mit der Diddl-Maus herumrennt!«

Ich frage nicht nach, wie hoch ihre Chancen sind und ob es einen Knochenmarkspender gibt. Seit ich schwanger bin, will ich nicht über krebskranke Kinder reden.

Therese wartet schon gespannt. Ich musste sie anrufen, dass wir später kommen. Danijel ist müde, er kann kaum die Augen offen halten. Ich schlage ihm vor, sich schlafen zu legen, dass ich Therese auch allein besuchen kann, aber er winkt ab, er müsse doch die wunderbare Therese kennenlernen, sagt er und nimmt mich in den Arm, versenkt seine Nase in meinen Haaren und gibt Schnarchgeräusche von sich. »Du könntest mich tragen. Und wenn du mich schon nicht tragen willst, dann versprich mir wenigstens, dass wir keinen Malzkaffee dort trinken.«

Auf dem Weg zum Heim erzähle ich ihm, wie anders Therese heute aussieht, dass sie in meiner Erinnerung viel dicker und größer war, eine, an deren Busen man sich lehnen, an deren Körper man sich vor der Welt verstecken konnte. »Die, die uns Schutz bieten, schrumpfen ein«, sage ich, und Danijel erzählt, dass es ihm mit seiner Oma ähnlich gehe. Alt sei sie geworden in den letzten Monaten. Jeden Abend versuche sie die Katze nach Hause zu rufen. Das habe sie früher nicht getan, ihre Katzen waren oft tagelang nicht nach Hause gekommen. »Mac, Mac!«, ahmt er sie nach, »Mac, Mac, Mička … hodi 'vamo!«, aber die Katze komme natürlich nicht.

»Sie ruft nach der Katze, weil es keine Enkelkinder mehr gibt, nach denen sie rufen kann«, sagt Danijel.

Wir gehen durch die Glastür und steigen in den Lift. Eine Plastikwanne mit Wäsche steht vereinsamt in der Kabine.

»Weißt du, dass ich nervös bin?«, sage ich, und Danijel lacht: »Wieso denn das?«

»Na ja, ich habe meiner Großtante so viel von dir erzählt, schau nur, dass du sie jetzt nicht enttäuschst!«

Eingehängt trippeln wir durch Solburg. Zu dritt nehmen wir den gesamten Gehsteig ein, sodass ich immer wieder nach hinten ausweichen muss. Therese hat sich hübsch gemacht. Während Danijel ihr Bad aufsuchte, zwickte sie mich in Wange. »Einen feschen Kerl hast du dir da ausgesucht!«, kicherte sie. Seit Danijel da ist, hat sie nur noch Augen für ihn. Als wir auf den Korbstühlen unter dem Sonnenschirm Platz nehmen und Danijel für Therese den Stuhl zurückschiebt, zwinkert er mir über ihren Kopf hinweg zu. Danijel ist der perfekte Charmeur, wenn es um alte Damen geht.

Therese erzählt von den wöchentlichen Konditoreibesuchen mit meiner Großmutter.

»Das haben wir uns nicht nehmen lassen! Wir waren keine von diesen Hausfrauen, die immer nur fad zu Hause sitzen«, sagt sie. »Aber sonst waren wir ganz brav. Unsere Männer haben nichts zu meckern gehabt mit uns. Und wir mit ihnen auch nicht, Gott sei Dank!«

Testet sie Danijel, oder bilde ich es mir ein?

Danijel legt seine Hand auf die ihre und flüstert ihr – so laut, dass auch ich es hören kann – ins Ohr: »Ich weiß, wie ihr Kovac-Mädels seid. Ich hab doch selbst so eine.«

Test bestanden. Ich kann mein Grinsen nicht verbergen und fühle mich wie ein Teenager.

Ich beobachte die beiden über meinen Eisbecher hinweg.

Löffle Schlagobers, Früchte und süßes Milcheis in mich hinein und wundere mich wieder einmal, wie Danijel es schafft, mit so wenig Worten und Gesten so viel Zuneigung zu schenken. Therese ist restlos begeistert von ihm, sie zwickt ihn, scherzt mit ihm und sieht immer wieder mit leuchtenden Augen zu mir herüber. *Verlass diesen Mann ja nie*, sagen ihre Augen, *einen besseren findest du nicht.*

Ich weiß, Therese, ich bin nicht dumm, antworte ich stumm.

Wieder muss ich an die Minuten denken, die ich auf der Parkbank saß.

Als ich Danijel am Abend von Sana aus anrief, entschuldigte er sich. Er hatte mich nicht nervös machen wollen, er hatte sich vorgenommen, mir erst von der Stelle in Sarajevo zu erzählen, wenn er sicher sein konnte, dass er sie tatsächlich bekommen würde. Dass auf einmal alles so schnell gegangen sei. Zuerst habe er es nur ausgesprochen, um zu schauen, wie es sich anfühlte. *Es gibt da eine Stelle in der pädiatrischen Onkologie*, sagte er zu Dževad, und später sagte er es zu Darko, und dann sagte er den Satz zu Nusret …

Kannst du dir vorstellen, dass Katja mitgeht?, hatte er alle gefragt, nur nicht mich. Er fragte Darko und Nusret, und zuletzt fragte er Sana. Er wollte es zuerst aus ihrem Mund hören, falls ein *Nein* kommen würde.

»Du hättest mit mir reden müssen«, warf ich ihm vor. »Mit mir, nicht mit Dževad und Darko und Nusret und Sana und weiß Gott noch wem. Du hättest mir sagen müssen, dass du diese Stelle an der Uniklinik in Sarajevo annehmen willst!«

Mein Eis ist geschmolzen. Ich verrühre es mit dem Schlagobers und den Erdbeerstücken zu einem hellbraunen Brei. Danijel lächelt mir zu, und Therese spielt mit der Brosche auf ihrer Brust. Wieder frage ich mich, was passiert wäre, hätte ich Danijel gesagt, dass ich mir nicht vorstellen könne, in Bosnien zu leben. Ich versuche, mir den Gedanken daran zu verbieten, doch er drängt immer wieder nach oben, wie mein Gummitier, das ich als Kind unter Wasser tauchte und das immer wieder in die Höhe schnellte. Mein Gummitier platzte irgendwann. Vielleicht platzt auch mein Gedanke.

20

»Wieso eigentlich Curd Jürgens?«

Wir liegen auf dem Hotelbett, mein Kopf ruht in Danijels Armbeuge, während er auf seinem Smartphone den Namen des Schauspielers googelt.

»Weil mein Opa ihm ähnlich sah. Nach dem waren damals alle Frauen verrückt.«

»Ich dachte, dein Opa sah aus wie Woody Allen?«

»Den kannte damals doch niemand.«

»Trotzdem – du kannst doch das Aussehen von Curd Jürgens nicht mit dem von Woody Allen vergleichen!« Danijel hält mir das Display vors Gesicht. »Bitte, Curd Jürgens. Keine Ähnlichkeit mit dem Stadtneurotiker. Übrigens hab ich den als Kind gesehen. Der hat den Nazi-General in *Bitka na Neretvi* gespielt! Meine Oma hat den Film geliebt. Mir hat *Partizanska eskadrila* besser gefallen.«

Er legt das Handy beiseite, streicht mir übers Haar und gähnt.

»Aber jetzt erzähl weiter von deinem Onkel. Wie war das mit dem berüchtigten Kurt, vor dem alle Angst hatten?«

Ich weiß nicht viel über Kurts Kindheit. Da ist der kleine Kurt, den meine Großmutter herumträgt. Dem sie alles durchgehen ließ, wie Therese sagt. (»Eine Affenliebe war das. Das war schon nicht mehr normal!«) Und dann ist da der zehnjährige Kurt, der den Sohn der Nachbarn verprügelt. Damals hat es begonnen, richtig arg zu werden. Die Pogatschnig-Brüder. Die waren das, die haben den Kurt beeinflusst, hat es immer geheißen. Der Kurt wäre nicht so geworden, wenn die Pogatschnigs nicht gewesen wären.

Und die Pogatschnigs? Von wem waren sie beeinflusst worden? Was haben ihre Eltern gesagt, die wohl genauso hilflos zugesehen haben wie meine Großeltern?

Meine Großmutter hat nie darüber gesprochen. »Einen schlechten Umgang hatte er, der Kurt«, sagte sie. Mehr wollte sie mir nicht erzählen.

Im Gegensatz zu anderen Eltern ihrer Generation haben meine Großeltern ihre Kinder nicht geschlagen. Gegen Schläge hatte sich Edith immer gewehrt. Die gesunde Tracht Prügel – meine Großmutter glaubte nicht daran. Und mein Großvater stimmte ihr zu. Bis dann Kurt nach Deutschland abhaute und Albert den dritten Abend hintereinander sturzbetrunken nach Hause kam. Da hat sich mein Großvater nicht mehr zu helfen gewusst. Zuerst soll er mit der Hand ausgeholt haben, dann mit der Reitgerte. Immer und immer wieder. Albert war sechzehn und wehrte sich nicht. Und meine Großmutter? Stand sie die ganze Zeit daneben? Vielleicht dachte sie zu dem Zeitpunkt, dass die anderen vielleicht doch recht hatten, dass ihren Buben Strenge und Disziplin fehlten. Aber dann, als mein Großvater nicht und nicht aufhörte, als die Haut auf Alberts Rücken aufplatzte und er nicht mehr schrie, sondern nur noch kraftlos wimmerte, ist meine Großmutter dann doch dazwischengegangen. »Um Himmels willen, hör auf, du schlägst ihn ja noch tot!«

»Das war jetzt aber Albert, dein Vater«, sagt Danijel. »Ich dachte, du wolltest von Kurt erzählen?«

»Kurt, ja.«

»Bitte chronologisch«, sagt Danijel, »zum Mitschreiben.« Seine Hand streicht über mein Haar, mein Kopf hebt und senkt sich bei jeder seiner Atembewegungen. Danijel war mir immer ein guter Zuhörer. Er fragt dort nach, wo er es für notwendig erachtet, stellt aber nichts in Frage. Er lässt die Dinge so stehen, wie sie sind.

Kurt also. Der Onkel, der starb, bevor ich zur Welt kam. In jener Nacht 1977, als alle zum Musikfestival fuhren.

»Eine kleine Hippie-Orgie in Iltendorf«, sage ich.

»Klar, mein Hippiemädchen«, sagt Danijel. An seiner Stimme erkenne ich, dass er fast am Einschlafen ist.

Eine Orgie, ja. So habe ich es mir immer vorgestellt. Langhaarige junge Männer und Mädchen mit Glockenhosen und blumenbestickten Blusen. *Let's Iltendorf, Baby,* hatte Magda immer gesagt, wenn wir von Wien kamen und an dem Ortsschild vorbeifuhren. Natürlich war es nur ein kleines Festival, nicht ansatzweise vergleichbar mit Woodstock. Zwei, drei Bands, ein paar Jugendliche und Bier, natürlich Bier. Und Schnaps. Drogen? Nein, sagt Albert. Ein wenig Gras vielleicht, die Pogatschnigs und Kurt haben ja geraucht.

Kurt und die Pogatschnigs kamen auf den Motorrädern,

Albert und Magda im Auto. Sie campierten am Wiesenrand, es war ja Hochsommer. Sogar ein Zelt hatten sie dabei. Aber dann kam es in den frühen Morgenstunden zu einem Streit, und sie brachen noch vor Sonnenaufgang auf. Kurt kletterte aufs Motorrad und stieg nicht mehr herunter. Er fuhr frontal gegen einen Baum, hundert Meter vom Zelt entfernt.

Ohne die Pogatschnigs wäre Kurt noch am Leben, hat es in meiner Familie immer geheißen. Obwohl sie in Deutschland gar nicht dabei gewesen sind.

»Halt«, sagt Danijel. »Spring nicht schon wieder. Du hast mir noch nicht einmal verraten, wie Kurt überhaupt nach Deutschland kam.«

Gut, noch einmal zurückspulen.

Kurt, der Erstgeborene, 1953. 1956 kam Albert, als Letztes, 1959, Silvia. Zwei Jahre später war das Haus bezugsfertig. Das Haus, dessen Ziegel meine Großeltern eigenhändig gebrannt hatten. Das Haus meiner Kindheit. Mein Großvater war im Bergwerk, meine Großmutter zu Hause bei den Kindern. Auf einem der Fotos sitzt sie mit allen dreien auf der Wiese. Dahinter sieht man schon die Hollywoodschaukel. Neben der Picknickdecke der weiße Korbwagen mit den Holzrädern. Gerumpelt muss das haben, wenn Edith mit ihm über den Feldweg ins Dorf spaziert ist.

»Kein Bugaboo«, sagt Danijel.

»Nein, kein Bugaboo«, schmunzle ich und muss daran denken, dass der Kinderwagen, den ich bestellt habe, schon da sein müsste.

»Jetzt sind wir schon wieder nicht bei Kurt«, lacht Danijel.

Kurt. Der tote Onkel. Dass da immer etwas Dunkles war, sage ich. Etwas nicht Greifbares.

»Ein Geheimnis?«

»Kein Geheimnis, nein. Aber die Beziehung meines Vaters zu seinem verstorbenen Bruder war immer irgendwie seltsam.«

»Jetzt erzähl endlich – wie war das nun mit Kurts Flucht nach Deutschland?«

Mit dem Motorrad ist er geflüchtet. Nicht mit den Pogatschnigs, sondern mit einem Schulkollegen. Paul? Albert glaubt, dass er Paul geheißen hat. Ein Spinner auf jeden Fall. Ein Träumer. Ganz anders als Kurt.

Die Idee kam ihnen spontan, kurz nach der Matura, nachdem der Musterungsbefehl im Postkasten gelegen war. *Und was, wenn wir einfach abhauen?*

Sie sind mit Pauls Motorrad los. Nein, kein Motorrad, ein Moped. Sind losgetuckert, haben sich irgendwie durchgeschlagen, von einer billigen Pension zur anderen, bis ihnen das Geld ausging. Kurt kam dann auf die Idee, bei seinem Cousin zu läuten. Er kannte die Adresse von den Billetts, die er hatte schreiben müssen. Darauf hatte meine Großmutter immer bestanden, zu Ostern, Weihnachten und an den Geburtstagen eine Glückwunschkarte nach Deutschland. Der Onkel war ein Bruder meines Großvaters. Kurt hatte als Ältester die Pflicht, zu schreiben, von den anderen Kindern hatte meine Großmutter immer nur eine Unterschrift eingefordert.

Der Cousin wohnte mittlerweile siebzig Kilometer vom Elternhaus entfernt. Also haben Kurt und sein Freund erst einmal beim Bruder meines Großvaters übernachtet und sind am nächsten Tag weiter. Der Onkel hat sich nicht viel dabei gedacht, junge Burschen eben, es waren ja die Siebziger. Die Jugend musste sich ausleben, bevor der Ernst des Lebens begann. Natürlich dachte der Bruder meines Großvaters nicht eine Sekunde lang, dass mein Großvater nichts davon wusste. Kurts Cousin arbeitete als Maler und Anstreicher. Stand täglich um fünf Uhr früh auf und fuhr zur Arbeit.

Warum blieb Kurt? Ich weiß es nicht. Paul blieb nicht lang. Nach einer Woche ist er mit dem Moped wieder zurück ins Lusniztal gefahren. Ging brav zum Bundesheer, studierte Pharmazie und übernahm die Apotheke seiner Eltern, wie es seit eh und je vorgesehen gewesen war.

»Der Paul wäre ein guter Umgang gewesen für den Kurt«, sagte meine Großmutter einmal. »Gegen ein bisschen Über-die-Stränge-Schlagen hätte ja niemand etwas gehabt. Wenn Kurt damals zurückgekommen wäre mit dem Paul ...«

Kurt wurde schließlich von der deutschen Polizei aufgegriffen. Er war in dem kleinen Betrieb angemeldet, in dem auch sein Cousin arbeitete. Kurt hatte dort als Hilfskraft begonnen, weil ihm das Geld ausgegangen war. Ob es ihm dort gefiel? Eher war er wohl aus Sturheit geblieben. Hätte er reumütig nach Hause zurückkehren sollen? Das hätte nicht zu Kurt gepasst.

»Hat dein Großvater nie nach ihm suchen lassen?«, fragt Danijel.

Nein. Nachdem Paul zurückgekehrt war, hat er meinen Großeltern verraten, wo sich Kurt aufhielt. Daraufhin rief mein Großvater seinen Bruder in regelmäßigen Abständen an, um sich zu versichern, dass es Kurt gutging. Sprechen wollte er seinen Sohn nicht. Er befürchtete, Kurt könnte sich weigern, ans Telefon zu gehen, das wollte er sich ersparen. Der Polizei verriet Martin Köhler dennoch nichts, er sagte, er habe keinen Sohn mit Namen Kurt mehr und wisse daher auch nicht, wo dieser sei.

Wehrdienstverweigerung. Das war in den Siebzigern noch ein schweres Vergehen. Damals bist du als junger Mann nicht so leicht entkommen. Kurt war tauglich, folglich hatte er seine Monate abzudienen. Alles andere verstieß gegen das Gesetz.

Das haben sie ihn dann auch spüren lassen, als er auf dem Truppenübungsgelände in den Bergen den Krieg übte. Angeblich soll er auch dort seinen Mund nicht gehalten haben. Das Revoltieren war Kurt angeboren, eine Art Defekt. Kurt tat es nicht aus Überzeugung, er konnte einfach nicht anders. Musste gegen alles und jeden ankämpfen. Stellte die Vorgesetzten bloß, indem er sich auf den Boden setzte. Dabei soll er immer freundlich geblieben sein, das war sein Trick. Ja nie lachen und nicht schimpfen, dann können sie dir nichts anhaben. Wie ein kleiner Dorfdepp saß er am Boden und sah den Wachtmeister aus unschuldigen Augen an.

Natürlich haben sie gewusst, dass Kurt kein Depp war. Hilflos waren sie dennoch. Haben ihm den Ausgang gestrichen und ihn mit dem Marschgepäck durch den Wald laufen lassen. Kurt hat die Ausrüstung geschultert und ist losgezogen, mit einem Pfeifen auf den Lippen.

Jahre später, als Albert seinen Wehrdienst absolvierte, erzählte man einander noch immer von seinem Bruder. Kurt war unter den Rekruten zu einem Heiligen geworden, zu einer Art Mythos. Dass Albert der Bruder des mittlerweile verstorbenen Helden war, brachte ihm den Respekt der Kameraden und die Ablehnung der Vorgesetzten ein. Bald aber war klar, dass Albert nicht Kurt war. Ein Antiheld, das eher, aber waren das nicht alle? Man zählte die Tage, führte heimlich Strichlisten und wartete auf den nächsten Ausgang.

Albert lag auf dem Bett und dachte an Magda. Damals wohnte meine Mutter wieder bei ihren Eltern und bereitete alles für meine Rückkehr vor. Vielleicht war das der Grund, warum Albert sein Studium abgebrochen hatte. Mir gegenüber gab er als Begründung an, dass ein Studium einen Künstler bloß verderbe.

Albert behauptet, auf dem Truppenübungsgelände erwachsen geworden zu sein.

»Dein Vater wird nie erwachsen werden«, sagt Danijel.

Als ich wieder aufwache, ist es dunkel. Es ist schön, Danijels Atem neben mir zu hören. Das Kleine in meinem Bauch strampelt, wie immer, wenn ich ruhig liege. Ich schaue auf mein Handy und stelle fest, dass es noch nicht einmal acht Uhr ist. Ich knipse das Lämpchen neben dem Bett an, nehme den Ausstellungskatalog, den mir der Leiter des Stadtmuseums gegeben hat, und blättere durch die Seiten. Stelle mir vor, wie das gewesen sein muss in den Wäldern. Wie sie von Almhütte zu Almhütte sind, immer in der Angst, entdeckt und verraten zu werden. Ohne den österreichischen Widerstand hätte es den Staatsvertrag nicht gegeben. So haben wir es gelernt. Der Bruder meiner Großmutter hat sich nicht als Held gesehen. Er hat die erstbeste Möglichkeit zur Flucht ergriffen und ist in den Wald hinein. Ein Fahnenflüchtling, der ungewollt zum Freiheitskämpfer wurde.

»Was machst du da?«

Danijel reckt sich, gähnt und legt seinen Kopf auf meine Brust.

»Oje«, stöhne ich, »jetzt wird es langsam zu schwer für mich.«

Ich lege den Katalog beiseite und streiche Danijel übers Haar.

»Geht's dir gut?«, frage ich.

»Ja«, sagt er. »Jetzt geht es mir gut.«

21

Am nächsten Vormittag führe ich Danijel am Stadtturm vorbei, die alte Stadtmauer entlang und durch das kleine Tor hinaus zu den Almwiesen. Von Solburg ist es nicht weit bis zur nächsten Kuh. Dass es hier an jeder Ecke nach Kühen riecht, dass es dieser Geruch sei, der mich so an meine frühe Kindheit erinnert, habe ich auch Therese gegenüber erwähnt. »Kann nicht sein«, sagte sie, »Solburg ist eine Stadt. Die Letzte, die hier eine Kuh hielt, war unsere Mutter.«

Danijel lacht. »Klar riecht es nach Kühen. Das ganze Lusniztal ist ein riesiger Kuhfladen!« Bereits eine halbe Stunde vor Solburg habe sich der Geruch in sein Auto geschummelt. Außerdem sei es verwegen, Solburg als Stadt zu bezeichnen.

»Pst«, warne ich ihn. »Wenn dich einer hört, fliegst du hier raus. Solburg war im Mittelalter eine bedeutende Handelsmetropole!«

In Haidhofen zeige ich Danijel den Innenhof des Schlosses. Vor zwei Tagen war ich schon einmal hier und habe mit dem Smartphone Fotos für Sana geschossen. Hinter dem Gebäude liegt ein schöner Gemeinschaftsgarten mit einem Biotop und Liegestühlen.

»Wenn ich nach Solburg ziehen würde, würde ich hier wohnen«, sage ich.

»Wie kommst du denn auf die Idee, hierherzuziehen?«, fragt Danijel.

»Keine Ahnung. Einfach so. Hier ist es schön grün.«

»Du würdest dich langweilen«, sagt Danijel.

Er hat recht. Obwohl ich mich in Wien zwischen den hohen Betonmauern immer eingesperrt fühle, brauche ich die Stadt. Sarajevo ist die perfekte Mischung. Zwischen den Neubauten findet man alte kleine Häuser und ländliche Gassen. Katzen streifen durch die Innenhöfe, und viele Leute, so wie Nusret, ziehen in ihren Gärten Gemüse. In den Innenhöfen wachsen Paprika, Zucchini, Tomaten und Kräuter. Die Gärten in Sarajevo sind, wie der Garten meiner Urgroßmutter es war, eine Überlebensgarantie. Nusret hat zwei kleine Gewächshäuser für ihre Tomaten.

»In der Not lernst du biologisch kochen«, sagte sie einmal zu mir. Sie bietet uns selbstgemachten Ingwersaft mit Minze an, wenn wir sie besuchen.

Dass es hier neben dem Schloss vielleicht auch einmal ein Gemüsebeet gegeben hat, denke ich. Dort, wo jetzt das Biotop ist.

In Wien beginnt man wieder, Gemeinschaftsgärten anzulegen. Am Donaukanal kann man Gemüse ernten und im Augarten ein Hochbeet bepflanzen. Rund um die Stadt pachten die Stadtbewohner kleine Felder, auf denen sie ihre Kartoffeln, Radieschen und Karotten hegen.

Vor zwei Jahren waren Danijel und ich kurze Zeit Mitglieder bei Food Coop. Kaufen ohne Zwischenhändler, direkt beim Bauern. Du bestellst das Gemüse und Obst und holst es dir eine Woche später im Laden ab. Schließlich sind wir dann doch draufgekommen, dass wir nicht damit umgehen können, eine Woche im Vorhinein zu planen, welche Lebensmittel wir in ein paar Tagen essen wollen. Das bestellte Gemüse landete zur Hälfte in der Biotonne, weil wir zu faul zum Kochen waren und lieber essen gingen.

Wird es anders sein, wenn wir ein Kind haben? Wenn ich zu Hause bin? Werde ich mir die Zeit nehmen, täglich frisch zu kochen, so wie Nusret es tut?

»Wenn du hier wohnst, holst du dir das Gemüse von mir!«, sagte sie. Ich muss an ihre gefüllten Zucchini denken, die wir alle so gern essen. Vor allem ihr Sohn Tom ist vernarrt in die Küche seiner Mutter. Ich sehe ihn im Wohnzimmer sitzen, wie er den leeren Teller von sich schiebt, die Packung Zigaretten holt und Nusrets Schultern massiert, als er wieder an den Tisch zurückkehrt. Wie er aus ihrer Kaffeetasse trinkt (nie trinkt er aus einer eigenen Tasse) und die *Drina*-Packung aufreißt. Die *Drina* hätten ihn immer an die Heimat erinnert, sagt er. Obwohl in Sarajevo keiner *Drina* raucht, alle mögen sie *Marlboro*. Aber die gab es in Deutschland auch.

Als Nusret und Senad zurück nach Sarajevo kamen, war Tom sieben. Mit sechzehn ist er abermals nach Deutschland gegangen, um dort eine Lehre zu beginnen. Auch er ist zurückgekommen. »Deutschland ist nicht mein Land«, lacht er. Seine Schwester Azra beneidet ihn darum, in Nürnberg und nicht in Sarajevo auf die Welt gekommen zu sein.

In den Medien sprechen sie immer nur von denen, die ihr Land verlassen. Keiner spricht von denen, die zurück in ihre Heimat gehen.

Wieder muss ich an Omas Schwester Klara denken, die vierzehn Jahre nach ihrer Emigration das erste Mal wieder ins Lusniztal kam. Damals war das Haus meiner Großeltern gerade bezugsfertig, und auch Therese und ihr Mann bauten. Mit Tränen in den Augen stand Klara vor dem Rohbau.

»Wenn ich gewusst hätte, dass das auch hier einmal möglich sein würde, wäre ich nicht nach Kanada gegangen.«

Klara hatte zeit ihres Lebens Heimweh. Kanada war ein schönes Land, es ging ihnen gut, aber Klaras Herz war im Lusniztal zurückgeblieben, bei meiner Großmutter und Therese. Mit Paula hatte sie sich nie so gut verstanden, abgesehen davon, dass auch Toronto eine Tagesreise entfernt war. Die Strecke von Wawa nach Toronto ist weiter als die Strecke von Wien nach Sarajevo.

Ich ziehe Danijel unter die Arkaden, dorthin, wo die kleine Bank steht. Danach gehen wir zurück zum Stadtturm. Danijel wundert sich, dass die Aussichtsterrasse nicht vergittert ist, da könne ja jeder hinunterspringen, meint er. Ich muss an Therese denken, die mir erzählte, in die Strumpfhose gepinkelt zu haben, als mein Urgroßvater sie an ihrem sechsten Geburtstag über die Brüstung hob.

Mit dem ausgestreckten Finger zeige ich Danijel den Ortsteil am Stadtrand, in dem Therese wohnte. Mitten durch ihren Garten plätscherte der Bach. Die Umgebung um Thereses Haus war eine andere als die im flachen Haizendorf. Am Fuße des Berges war alles wilder, dunkler, geheimnisvoller. Ich erzähle Danijel von dem Tag, an dem meine Großcousine Yvonne und ich mit dem Kompass in den Wald liefen. Im Wald hinter Thereses Haus war es leichter, sich zu verlaufen, als im Maisfeld. Therese und ihr Mann haben uns zwei Stunden lang gesucht. Als Yvonne und ich feststellten, dass wir uns verlaufen hatten und dass uns auch der Kompass keine Hilfe war, suchten wir nach dem nächsten Wanderweg und setzten uns einfach hin. Wir hielten uns an den Händen, erzählten abwechselnd Schauergeschichten von Waldgeistern und Dämonen und versteckten unsere Angst hinter dummen Witzen. Als uns zwei Wanderer aus dem Wald herausführten, waren Therese und ihr Mann gerade mittendrin. Die Wanderer gaben uns bei den Nachbarn ab, wo wir mit Kuchen und Kakao bewirtet wurden, bis Therese aufgelöst zurückkam, um die Polizei anzurufen. Ihr Mann suchte noch eine Stunde länger im Wald.

»Du warst eigentlich ganz schön schlimm«, sagt Danijel.

»Stimmt nicht«, entgegne ich. »Ich war ein braves, ruhiges und angepasstes Kind.«

Das ist es, was Oma einmal zu mir sagte. »Du warst so verschlossen, dass ich Angst hatte, du würdest werden wie dein Vater.«

»Sei mir nicht böse, aber ich kann mir Albert einfach nicht als schüchternen kleinen Jungen vorstellen«, sagt Danijel.

22

Albert, eingequetscht zwischen großem Bruder und kleiner Schwester. Der ewig Zweite, nicht König, nicht Hofnarr, nicht geliebter Stammhalter, nicht Nesthäkchen. Zwischen den Kindern lagen nur ein paar Jahre. Lief meine Großmutter nicht gerade mit einem dicken Bauch herum, so dauerte es bis zum nächsten Mal nicht lange. Mitte der Sechziger, nach ihrer Fehlgeburt, presste sie die Beine endgültig zusammen.

Der Schatten Kurts legte sich über Albert wie ein großer, schwerer Mantel. Darunter war es stickig, blieb kaum Luft zum Atmen.

Dennoch war Kurt eifersüchtig, fühlte sich entthront, da folgte er dem klassischen Muster. Erst Silvia war dann das Geschwisterl, das er innig liebte, die kleine Schwester, die unter seinem persönlichen Schutz stand. Nicht so Albert, zumindest nicht anfangs. Kurt verachtete den Bruder, der an den Brüsten der Mutter hing und mit seinem Schreien die ganze Welt für sich beanspruchte. Und er hasste den Vater, der den Kleinen hochhob, in die Luft warf und mit einem Jauchzen wieder auffing. Kurt stand unten, sah hinauf, streckte die Arme hoch, doch der Vater sah ihn nur kurz an. »Du bist doch kein Baby mehr, du bist jetzt der große, tapfere Bruder.« Da war Kurt gerade einmal drei. Ein Mann zu sein, des Vaters Stolz zurückzuerobern, das wurde fortan zu seiner Bestimmung.

Während Kurt zum furchtlosen Kämpfer wurde, zog sich Albert in seine Höhle zurück. Er hatte die untere Etage des Stockbetts mit Leintüchern verhängt, alles dichtgemacht, hörte den Bruder nachts oben poltern. Albert saß in seinem Versteck und zeichnete. Ein billiger Block, ein altes Schulheft, manchmal auch ein Stück Packpapier aus der Küche. Zwei Bleistifte. Auf den weichen war er stolz, den hütete er wie ein kostbares Kleinod. Die Mutter spitzte die Mine mit einem Gemüsemesser, schnitzte das Holz weg und legte den Graphit frei. Bald entdeckte Albert auch die Kohlebrocken, die der Vater nach Hause brachte, für sich.

Albert in der Küche, Albert im Kinderzimmer, im Sommer saß er im Garten, neben den Kühen. Er mit dem Block im Gras, die Kühe mit dem Gras im Maul daneben.

Kurt war der unerreichbare Bruder, der Starke, der Mutige. Albert beobachtete ihn von seiner Ecke aus, ohne dass Kurt es je bemerkt hätte.

Albert vertiefte sich in seine Stillleben, weil sie ihm die Möglichkeit gaben, nicht aufschauen zu müssen. So saß er mit gesenktem Kopf und versteckte die leuchtenden Wangen, wenn er angesprochen wurde. Albert, der Sonderling, hieß es bald. Man ließ ihn in Ruhe, lachte hinter vorgehaltener Hand – aber nicht zu laut, denn da war Kurt. Und der ließ seltsamerweise nichts über seinen Bruder kommen. Gegen Albert durfte nur Kurt etwas sagen und sonst niemand. Blut ist dicker als Wasser, und Blut war es auch, das jenen aus den Nasenlöchern kroch, die zu laut lachten. Kaum einer, der nicht im Schwitzkasten Kurts landete oder in dem der Pogatschnigs.

Dank Kurt durfte Albert der sein, der er war. Trotzdem eiferte er seinem Bruder nach, wäre gerne der Held gewesen, einer, der mit Schwert und Ross auszog, einer, dem die Mädchen ihr strahlendstes Lächeln zuwarfen. Albert träumte sich in eine Welt hinein, die es für ihn nicht gab, hinter seinen Augenlidern spielten sich die wunderlichsten Dinge ab. Da gab es mehr als nur tausend und eine Nacht, mehr als nur tausend und einen Tag.

Während Kurt draußen seinen Mann stand und sich die Haare und den Bart wachsen ließ, um so wild wie nur möglich auszusehen, saß Albert mit dünner Pergamenthaut und ausgebleichten Sommersprossen drinnen. Die Mutter trieb ihn hinaus. »So geh doch wenigstens ein bisschen in den Garten«, seufzte sie, also setzte sich Albert in den Schatten des Baumes neben der Hollywoodschaukel, in jenes Eck, das nicht einsehbar war. Keiner sollte ihn sehen, keiner sollte mitbekommen, dass er hier war. Albert wollte seine Ruhe, und Ruhe hatte man an diesem Ort nicht oft. Nicht, dass die Kinder scharf darauf gewesen wären, mit ihm zu spielen, aber da waren die Eltern, die auf guter Nachbarschaft bestanden und ihre Kinder hinüberschickten. »Schau, da sitzt dein Schulkollege, magst nicht ein wenig mit ihm spielen?«

Meine Großmutter mischte sich nur selten ein. Albert war anders, das wusste sie bald. Ein stiller, sensibler Bub. Zart, verletzlich. Sie umsorgte ihn wie ein schwächliches Vogeljunges, selbst zu scheu, um sich an ihn heranzuwagen. Alles, was sie tun konnte, war, für genügend Papier zu sorgen und ab und an einen neuen Bleistift zu kaufen. Mein Großvater hieß die Tätigkeit seines Sohnes nicht gut. »Das ist doch nicht normal, mit dem stimmt doch etwas nicht«, sagte er, und dass meine Großmutter sein Verhalten nicht noch fördern sollte, indem sie ihm teures Zeichenpapier besorgte.

Kurts Schlägereien waren meinem Großvater weniger unheimlich als Alberts Rückzug. Das Wilde an Kurt würde sich auswachsen, er hatte eben viel überschüssige Energie, das würde von allein verschwinden, spätestens am Ende der Pubertät. Aber Albert? Einen wie Albert hatte mein Großvater noch nie gesehen. Er schämte sich für seinen blassen, stummen Sohn. Man sprach ihn an, im Gasthaus, in der Schicht. »Dein Kurt, der hat es faustdick hinter den Ohren«, sagten sie, »aber dein Albert ist zu still. Der sollte mehr unter andere Kinder.« Kurt, so tuschelte man, habe aus Edith die ganze Stärke gesaugt, da war für den Albert nichts mehr übrig geblieben.

Nur ein Glück, dass das Dritte ein Mädchen war. Und was für ein Mädchen! Martin liebte Silvias Geruch, ihr goldenes Haar, ihre speckigen Beinchen, ihr Lachen, ihr freundliches Gemüt. Die ganze Nachbarschaft war verrückt nach der Kleinen.

In der Schule war Kurt intelligent, aber widerspenstig. Der Schreck aller Lehrer. Aus Albert hingegen wurden die Lehrer nicht schlau. Ein außergewöhnliches Talent besaß er, aber sollte man ihn etwa dafür loben, dass er während des Unterrichts immer irgendwelche Zeichnungen in seine Bücher kritzelte? Man ließ ihn gewähren, denn Albert störte nicht. Er war ein ruhiges Kind und ein guter Schüler. Albert saß allein auf einem Zweiertisch. Der Klassenvorstand versuchte das zu ändern, aber letztendlich gab er den Versuch, andere Schüler neben ihn zu setzen, auf. Albert war ein Einzelgänger, ein Sonderling. Immer sah man ihn allein, in den Pausen, auf den Ausflügen, im Klassenzimmer. Da Albert gute Noten hatte, ließen die Lehrkräfte ihn in Ruhe. Es reichte, dass sie seine Eltern wegen Kurt in die Schule zitieren mussten, da wollten sie nicht auch noch mit Albert kommen.

Im Gegensatz zu den Brüdern, die in Solburg das Gymnasium besuchten, ging meine Tante Silvia in die örtliche Hauptschule. Ein fröhliches Kind mit wehenden blonden Zöpfen und ständig aufgeschlagenen Knien, das war Silvia. Später ein rotzfrecher Teenager, der stolz auf dem Moped hinter dem Bruder saß. (Irgendwoher hatte Kurt doch immer ein Moped.)

Albert war nie mit den beiden unterwegs. Mein Vater entwickelte sich zu einem Misanthropen, genau wie meine Großmutter befürchtet hatte.

Wie kam es, dass Albert, der nie mit jemandem etwas zu tun haben wollte, schließlich in eine WG zog, die fast schon an eine Kommune erinnerte?

Mein Vater, zusammengesetzt aus tausend kleinen Mosaiksteinchen. Ich nehme das Kaleidoskop, drehe es. Das Muster fällt in sich zusammen, die bunten Steine sammeln sich in der Mitte. Ich drehe weiter, ein neues Muster entsteht.

Da ist Alberts erste unschuldige Liebe. Manuela, eine Psychologiestudentin mit rotblondem Haar, das sie immer zum Pferdeschwanz gebunden trug. Sie leitete eine Testreihe und holte die Schüler einzeln aus dem Unterricht. Albert ging in die zweite Klasse Gymnasium. Keine Ahnung, warum meine Großmutter ihn angemeldet hatte. Insgesamt nahmen nur sieben Kinder aus Alberts Klasse an den Tests teil.

Albert musste zeichnen, einmal einen Baum, dann eine Familie. Er wurde in der vorgegebenen Zeit nicht fertig, denn er wollte Manuela (der es um die Verwurzelung des Baumes ging und die Richtung, in welche er sich neigte) ein Kunstwerk schenken. Dann wiederum musste er Zahlenreihen fortsetzen und Sätze rückwärts sprechen. Albert legte Manuela seine Zahlen und Wörter zu Füßen, während ihre Finger über seine Wange und sein Haar strichen. Bei Manuela senkte er den Blick nicht.

Manuela mochte Albert, so viel war klar. Vielleicht sah sie in ihm, was alle anderen nicht mitbekamen: Sie sah Alberts Einsamkeit auf den Grund.

Albert Köhler wurde ein Intelligenzquotient von 124 bescheinigt, danach verschwand Manuela aus seinem Leben, und alles war wieder wie zuvor.

Von Manuela erzählte mir mein Vater in einer jener Nächte, in denen wir beieinandersaßen und uns mit Rotwein betranken. Die einzige Weise, an meinen Vater heranzukommen, ist, das Rotweinglas zu schwenken. Voraussetzung: Du musst mit ihm allein sein.

Ich bin Alberts Manuela. Einmal sprach er es aus. »Katja, du siehst mir auf den Grund«, sagte er. »Das ist, weil du bist wie ich.« Der Satz mit einem Zungenschlag ausgesprochen, dass ich dreimal nachfragen musste.

Als ich Albert nach Hause brachte, wurde ich von seiner Frau beschimpft. Wir waren lange aus gewesen, zuerst in einem Lokal, in dem man neumodische Küche in Klecksform auf riesigen Tellern servierte, danach in einem Vorstadtbeisel, in dem wir uns eine Portion Specklinsen mit Knödel geteilt hatten, danach noch in drei Weinlokalen. Wie betrunken Albert war, erkannte ich vor allem an seinen Liebesbekundungen. Sissi fauchte mich an, ob ich denn nicht wisse, dass mein Vater krank sei (sie spielte auf sein nie diagnostiziertes Magengeschwür an) und dass ich seine Trinkerei nicht auch noch unterstützen müsse.

»Er ist mein Vater, nicht mein Kind«, sagte ich und drehte mich ohne ein weiteres Wort um. Albert lag in den Armen seiner Sissi, beschwichtigte sie, lallte ihr Liebesworte ins Ohr, wie er es immer tut, wenn sie böse auf ihn ist.

Silvia hat recht. Sissi tut meinem Vater gut, er scheint sein Glück gefunden zu haben. Eine Art belebten Frieden. Er braucht nur die Tür zwischen Wohnzimmer und Atelier zu öffnen, schon dringt ihm ihr fröhliches Gezwitscher ans Ohr. Curd nennt Sissi Papas Wellensittich. Ein kleines Tierchen, das es zu umsorgen gilt. Alle glauben immer, Sissi würde für unseren Vater sorgen (weil sie die Wohnung sauber hält, für frische Kleidung an Alberts Körper und für warmes Essen in seinem Körper sorgt), aber in Wahrheit ist er es, der sich um Sissi kümmert. Mit Hingabe gibt er ihr, was er mir vorenthielt. Vielleicht mag ich Sissi deswegen nicht. Albert kann nicht mehr von mir erwarten, als dass ich seine Frau höflich grüße und mich nach ihrem Wohlergehen erkundige. Danach ist unser Gesprächspotential erschöpft. Curd sagt: »Worüber willst du dich mit einem Wellensittich unterhalten?« Das habe nichts mit Eifersucht zu tun, sagt er, Sissi sei strohdumm, und Vater stehe nun einmal auf strohdumme Frauen. »Strohdumm und am besten rotblond, wie Manuela«, sagt Curd.

Magdas Haar hatte dieselbe Farbe wie Manuelas. War sie es, die er in meiner Mutter sah? Magda hockte auf dem Boden, das kupfergolden leuchtende Haar zum Pferdeschwanz zusammengebunden. Er hielt sie für eine Studentin, obwohl sie keinen Tag älter aussah, als sie war.

Was macht eine Gymnasiastin aus dem dreizehnten Bezirk in einer Studentenbude im siebenten?

Magda stellte sich Albert mit ihrem ganzen Vornamen vor. Magdalena, Manuela – so groß war der Unterschied nicht. Vielleicht deutete Albert es als Zeichen.

Magda saß auf dem Boden und saugte an einer Bierflasche. Ich stelle mir vor, dass sie heimlich ihren Mund verzog, denn Magda kann den Geschmack von Bier nicht ausstehen. Damals gehörte er dazu. Wenn du das Leben, das dir deine Eltern verwehren, trinken willst, musst du auch das Bittere auf der Zunge ertragen.

Der Geruch in der WG. An den erinnert sich Magda noch heute. Schweiß- und Biergeruch, vermischt mit Terpentin und dem Geruch der Ölfarben. Dabei habe Albert nie nach Schweiß gerochen. Das war das Seltsame: Als sie sein Hemd aufknöpfte, roch er nach nichts. Sein Körper war genauso schüchtern wie Albert selbst.

Alberts weiße Hühnerbrust, bloßgelegt. Mein Vater stand mit hängenden Armen vor Magdalena, wusste nicht, wohin er schauen sollte, als sie ihre Bluse (natürlich eine Bluse!) aufknöpfte. Als die kleinen festen Bälle hervorsprangen, denn sie besaß keinen Büstenhalter, und das weiße Unterleibchen hatte sie zuvor in die Tasche gesteckt, weil es ihr unangenehm gewesen wäre, wenn er gesehen hätte, aus welch biederen Verhältnissen sie stammte.

Rührend soll er gewesen sein, der junge Albert. Anfangs zumindest, wie Magda immer betont. Sie schliefen nicht miteinander, und Magda war gleichzeitig enttäuscht und erleichtert, dass es nicht *zum Äußersten* gekommen war. Sie stellte sich Sex als etwas Großes vor, etwas Befreiendes, Erhabenes, aber sie musste auch an den Schmerz denken.

Wie war sie überhaupt in die Studentenwohnung gekommen? Magda zuckt mit den Schultern, wenn sie davon erzählt. Ilse habe Trudpert um eine Zigarette angebettelt. Ilse, Magdas Schulkollegin. Sie waren in die Stadt gefahren, zum Tanzunterricht, zu dem sie die Mutter angemeldet hatte. Das Tanzen lag Magda nicht und Ilse noch weniger, also waren sie mit der Stadtbahn gefahren, und in einem der Bögen am Ausgang war Trudpert gestanden. Offenes Hemd, Vollbart, langes Haar. Sein Hemd fleckig. Die Ölfarbe auf seinem Hemd, sagt Magda, sei nur selten auf der Leinwand gelandet, und auch dahin hatte er sie nur geschüttet. Klaus, Trudpert und Albert, die drei Schütter. Aktionskünstler nannten sie sich und sprachen davon, sich auf den feuchten Bildern zu wälzen, in Ekstase. Magda saß am Boden und hörte zu, doch als sie mit Albert in einem der Zimmer verschwand, stand er hilflos vor ihr, die Ekstase eingesperrt in seinen schmächtigen Bubenkörper.

Das Leben meines Vaters. Bunt, schillernd, grau und traurig. Heute gehört sein Name zur Allgemeinbildung.

Damals war Albert das Aushängeschild der WG. Ein echter Arbeitersohn, Sprössling eines Grubenarbeiters. Klaus und Trudpert kamen aus bürgerlichem Elternhaus. Die Eltern Professoren, Altnazis, wie Trudpert nicht müde wurde zu betonen. Mit Albert ließ sich gut gegen das Verlogene ankämpfen. Ein Arbeitersohn aus Haizendorf, das hatte etwas Ehrliches. Der schwarze Kohlenstaub, der nie an Albert gehaftet hatte, wurde zum Symbol für den Klassenkampf. Diesen trugen sie grölend nach draußen, indem sie sich mit Transparenten in die Menge begaben. Die Achtundsechziger waren Vergangenheit, zehn Jahre danach hatte man bereits das Gefühl, zu spät auf die Welt gekommen zu sein. Man ritt auf der letzten Welle, ließ sich aufs offene Meer der neuen Lebensart hinaustreiben und wusste nicht, wie diese auszusehen hatte. Hauptsache, nicht so, wie die Eltern es vorgelebt hatten. Raus aus den verstaubten Bibliotheken, hinein in die Welt. Die Hemdsärmel auf- und die Gesellschaft umkrempeln. Sie zogen aus, zertrampelten Leinwände und leerten den Inhalt der Farbtöpfe darauf.

»Wir haben die Welt verarscht«, gibt Albert zu, »mehr steckte da nicht dahinter.« Dass er es im Grunde noch heute tue, vielleicht sogar noch mehr als damals. Dass er sich innerlich jedes Mal kaputtlache, wenn einer der feinen Herren vor seinen Installationen stehe, die Stirn in Falten lege und sich am Kinn kratze.

»Wenn du den Status eines Künstlers hast, kannst du dir alles erlauben«, sagt er. »Dann kannst du Farbe in den Mund nehmen und gegen die Wand spucken, und sie werden mit ihren Sektgläsern davor stehen, sich am Kinn kratzen und nach einer Antwort suchen. Das mit der Kunst ist wie mit dem nackten Kaiser. Jeder sieht den Nackten, aber keiner will als Erster zugeben, dass er dumm ist. In dem Moment, in dem du deine Kunst teilst, verliert sie ihren Wahrheitscharakter. Das ist wie mit deinen Gefühlen. Sobald du sie zu beschreiben versuchst, verfälschst du sie schon. Sieh dir den nackten Kaiser an, Katja. Erst, wenn du den wahrnimmst, hast du verstanden.«

Mein Vater schlitterte in alles hinein. Sein angeblich so exotisches Leben, als das es von anderen wahrgenommen wurde, war eine Kette aus zufälligen Begebenheiten. Albert wählte nicht, Albert ließ sich mitschleifen. Die einzige Entscheidung, die er je selbst traf, war die, nach Wien zu kommen.

Albert war kein Rebell, anders als Kurt, der gerne schockierte. Darin, dass ausgerechnet Albert in die Rolle des Revoluzzers getrieben wurde, zeigt sich die Ironie des Lebens. Letztendlich begann mein Vater, sich darin zu gefallen. Nur wenn er mit mir zusammen ist, wenn wir zu viel Rotwein getrunken haben, bricht der wahre Albert aus ihm heraus. Jener unsichere Jüngling, den Magda kennenlernte. »Auf andere zu scheißen«, sagt Albert, »ist auch nur ein Weg, sich nicht selbst bis aufs Kreuz anzumachen. Du kannst den Menschen alles vorspielen, Katja. Oder glaubst du, irgendjemand fragt nach, wie es tatsächlich in dir aussieht? Solange der Kaiser selbst so tut, als trage er Kleider, werden ihn die anderen nicht bloßstellen. Das Leben ist eine einzige große Schaubühne, meine Kleine.«

Wenn du einen nicht ganz unbekannten Künstler zum Vater hast, wirst du von deinen Mitschülern um ihn beneidet. Sie fragen dich: »Wie ist es, Albert Köhlers Tochter zu sein?«, aber keiner erwartet eine ehrliche Antwort. Alle wollten sie etwas über meinen Vater wissen, über seine drei Frauen (man kannte sie ja aus den *Seitenblicken*), aber niemand fragte nach mir. Keiner fragte mich: »Wie ist es, seinen Vater erst mit zwölf kennenzulernen? Wie fühlt es sich an, bis dahin nicht wichtig genug gewesen zu sein?«

Eines Tages stand Albert vor dem Gartentor meiner Großmutter. Nach zwölf Jahren war ihm, aus welchem Grund auch immer, wieder eingefallen, dass er eine Tochter hatte. Damals war mein Halbbruder Curd bereits vier Jahre alt. Vom Fenster im ersten Stock aus beobachtete ich die drei. Ich sah hinunter und hasste sie. Den Mann, von dem ich augenblicklich wusste, dass er mein Vater war, die Frau mit dem grünen Kleid (Grete – auch ihre Haare waren rotblond), und den hellen kleinen Blondkopf (Curd) hasste ich erst recht.

Ich sah meine Großmutter, die verzweifelt vor ihnen stand. Sah sie mit den Händen gestikulieren und besorgt zu mir heraufschauen. Sah, wie sie sich mit dem Zeigefinger gegen die Stirn tippte. Ich konnte sie regelrecht hören, wie sie »Du spinnst ja« fauchte.

Dann verschwand sie im Haus. Ich hörte sie im Erdgeschoß klappern. Fünf Minuten später kam sie mit einem Tablett wieder heraus und stellte das Kaffeeservice sowie ein Glas Himbeersaft auf den Gartentisch.

Meine Oma saß vor meinem Vater und seiner neuen Familie und spielte Kaffeetrinken. Sie spielte es, wie sie es mit meiner kleinen Cousine tat. Sie hatte denselben verlogenen Gesichtsausdruck aufgesetzt, nur das Lachen fehlte, das sie für Karo immer aufs Gesicht zauberte, wenn sie mit ihr aus den kleinen Puppentassen trank.

Das dort unten war kein Spiel. Das, was dort unten stattfand, würde alles verändern. Ich erinnerte mich an Magdas Warnungen. »Sollte jemand am Telefon sein und seltsame Fragen stellen, dann legst du sofort auf, hörst du?« Natürlich hatte ich immer gewusst, dass der, vor dem sie mich warnte, mein Vater war.

Und jetzt saß er dort unten und trank mit meiner Großmutter Kaffee. Seltsam, dass mir erst an diesem Tag bewusst wurde, dass Oma die Mutter jenes fremden Mannes war. Die Person, die mir am nächsten stand, hatte jene Person, die mich im Stich gelassen hatte, aus ihrem Leib herausgepresst.

Wenn du plötzlich auf deinen Vater schaust, nach dem du dich insgeheim immer gesehnt hast, denkst du die seltsamsten Dinge.

Er sah nicht so aus, wie ich ihn mir vorgestellt hatte. Dabei hatte ich mir niemand Bestimmten vorgestellt.

Albert war klein und drahtig und trug einen dichten hanffarbenen Vollbart. Sein Haar war kurz und wirr und stand vom Kopf ab. Sein Blick war stechend, das sah ich sogar von oben. Ein bisschen wie einer der Wurzelseppen, die bei Tante Therese im Regal saßen. Nur der graue Filzhut fehlte. Plötzlich musste ich lachen. Die Angst und die Wut, all die gemischten Gefühle, die mich in den ersten Minuten wie ein liebestoller Hund angesprungen hatten, waren auf einmal weg. Hier oben war ich sicher. Ich wusste, was es zu bedeuten hatte, dass meine Großmutter nicht heraufkam, um mich zu holen. Sie hatte mich ja am Fenster stehen gesehen. Indem sie unten saß und höflich mit ihren Gästen Kaffee trank, gab sie mir zu verstehen: Wir meistern diese Situation, Augen zu und durch, und am Abend lachen wir darüber.

Der Abend kam, und Albert ging. Diesmal war er es, der mit den Händen gestikulierte. Der Mund meiner Großmutter ein Strich, die Arme vor der Brust verschränkt. Alberts Frau, die meine Großmutter auf die Wangen küssen will, Oma hält ihr steif die Hand hin. Nur dem blonden Kind streicht sie über den Kopf.

Wieso kam meine Großmutter den ganzen Nachmittag über nicht zu mir hinauf? Erst heute fällt mir auf, wie absurd ihr Verhalten war. Vielleicht hatte sie Angst. Da stand ihr Sohn plötzlich und beanspruchte mich für sich. So, wie Magda acht Jahre zuvor gekommen war. Die Angst meiner Großmutter muss noch größer gewesen sein als meine. Ich war ihr Nesthäkchen. Nachdem man ihr den Mann und den ältesten Sohn genommen hatte, hatte sie ihr ganzes Herz an mich gehängt. Edith war zur Mutter geworden, wo es keine Mutter gegeben hatte. Als Magda die Stelle für sich beanspruchen wollte, war sie in meinem Herzen bereits besetzt gewesen. Die Vaterstelle jedoch war noch frei. Ein riesiges klaffendes Loch. Ein Stück unerforschtes Gebiet auf der Landkarte meines jungen Lebens.

Ich verheimlichte meine Anwesenheit nicht, ich versteckte mich nicht hinter dem Vorhang, auch ließ ich die Jalousien nicht hinunter, und nicht einmal, als Albert zu mir hinaufsah, huschte ich verschreckt um die Ecke. Seinem auffordernden Lächeln begegnete ich mit starrem Gesichtsausdruck und gab ihm damit zu verstehen: Wenn du mich erobern willst, dann musst du schon mehr tun, als einmal hier aufzukreuzen.

So begann ein Spiel zwischen meinem Vater und mir, das dem Verhalten zweier Liebender glich. Mein Vater umgarnte mich, und ich ließ ihn gewähren.

Albert kam wieder. Am zweiten Tag ließ ich mich zu einem Spaziergang überreden, am dritten Tag stieg ich in sein Auto und fuhr mit ihm, Grete und dem kleinen Curd an einen See. Als er mich spätabends wieder bei meiner Großmutter absetzte, heulte ich wie ein Schlosshund.

Ja, wir waren Liebende. Ich liebte meinen Vater, wie fast alle zwölfjährigen Mädchen ihre Väter lieben, nur dass für mich diese Liebe so plötzlich losbrach wie ein Sturmgewitter. Das Bild, das er mir gegeben hatte (ein grässliches, überbelichtetes Passfoto aus dem Automaten), trug ich ständig bei mir. Untertags versteckte ich es in der Hintertasche meiner Jeans, nachts legte ich es unter das Kopfkissen.

Mein Vater wiederum sah in mir einen Teil seiner selbst. Er schüttete sein Innerstes über mich aus, seine Vergangenheit, Gegenwart und Zukunft. Alles, was Albert war, fand Eingang in mich. »Unsere Seelen sind verbunden, waren es immer schon«, sagte er damals, und er sagt es noch heute in unseren Rotweinnächten. Dass er eine Zwölfjährige mit seiner Seele überrumpeln könnte, kam ihm nie in den Sinn.

23

Die Angestellte vom letzten Mal steht heute nicht an der Rezeption des Seyrer Schlössels.

»Wir wollen unsere Flitterwochen hier verbringen«, flüstert Danijel der Älteren der beiden Damen zu, als würde er sie in ein schmutziges Geheimnis einweihen. Ich frage mich, ob sie mehr ist als nur eine kleine Angestellte. Vielleicht die Geschäftsführerin? Sie durchschaut uns, trotzdem spielt sie das Spiel mit.

»Die Hochzeitssuite ist im Moment gerade frei, da haben Sie jetzt aber wirklich Glück!«, flötet sie und setzt ein falsches Lächeln auf.

Sie nimmt einen Schlüssel aus der Lade und geht voran. Der dicke honigfarbene Knödel auf ihrem Hinterkopf erinnert mich an die Internatsleiterin in dem Mädchenbuch, das mir meine Wiener Oma geschenkt hatte. Sie schließt eines der Zimmer auf. Das Maisonette-Appartement mit den gelben Tapeten und den weißen Möbeln ist nur eine der vielen Räumlichkeiten, die wir uns ansehen müssen. Die Dame schlägt zurück und zeigt uns sämtliche Möglichkeiten für den schönsten Tag des Lebens. In jedem Raum bleibt sie stehen, gibt uns ausführlich Zeit und fingert an ihrer Kette mit den großen Lavasteinperlen. Im Festsaal, der aussieht wie der Ausstellungssaal eines Kunstmuseums, hängen an jeder Wand fünf großformatige Gemälde. Auch hier finde ich keinen Albert Köhler. Ob wir schon einen Termin ins Auge gefasst hätten, fragt sie und sieht Danijel herausfordernd an. Danijel schaut ihr direkt in die Augen und sagt: »Ja, wir wollen im August heiraten.«

»Oh«, sagt die Dame. Nun wird sie doch stutzig.

»August 2035«, sagt Danijel und legt seinen Arm um mich. Die Dame schaut ihn so dumm an, dass ich ein Lachen unterdrücken muss.

Ich habe Danijel vor zwei Jahren klargemacht, dass ich nichts vom Heiraten halte, und er hat nie wieder gefragt. Bevor er im November nach Sarajevo ging, überreichte er mir dennoch einen Ehering. Er sah aus wie der, von dem ich als Teenager immer geträumt hatte: ein schmaler Ring ohne Schnörkel und Streifen. In die Innenseite ließ er unsere Namen eingravieren.

»Man muss nicht verheiratet sein, um zu wissen, dass man zusammengehört«, flüsterte er mir ins Haar, als er ihn mir eine halbe Stunde vor seiner Abschiedsparty an den Finger steckte. Diesmal stand ich nicht mit Erdbeeren in der Küche, sondern hatte gerade Pinienkerne über den fertigen Nudelsalat gestreut.

Wir spazieren weiter, gehen über die schmale Holzbrücke

hinüber auf die andere Seite des Baches, dann die Felder entlang. Ein Mann mit Hund starrt mit offenem Mund in unsere Richtung. Er geht an uns vorüber, ohne zu grüßen, und auch wir bleiben stumm. Wer dumm schaut, hat keinen Respekt verdient, sagte Oma immer.

Das kleine schmutzig-graue Haus meiner Kindheit, das Haus, das einmal so riesig und weiß war. Wie schon zuvor Sana zeige ich auch Danijel, wo die Hollywoodschaukel stand, und natürlich zeige ich ihm die Stelle, an der sich mein Friedhof befand. Wie oft habe ich von meinen Schmetterlingen erzählt, wenn ich in seinen Armen lag?

Danijel stellt sich hinter mich und legt die Hände auf meinen Bauch. Er hört mir zu. Das haben wir immer gekonnt, uns Geschichten erzählen. Danijel hat mir vom Garten seiner Oma in Vogošća erzählt und ich ihm von Haizendorf. Schöne Geschichten mit einem Hauch Melancholie und Wehmut.

»Was, wenn ich die falsche Entscheidung getroffen habe?«, flüstert Danijel. »Bist du dir wirklich sicher, dass du nach Sarajevo willst? Jetzt, wo du schwanger bist?«

Seine Stimme ist so leise, dass ich ihn kaum verstehe. Seine Arme fesseln mich von hinten. Ich verschränke meine Finger in den seinen.

Wann hat mir meine Oma erklärt, warum meine Schmetterlinge starben? Hat sie es schon am zweiten Abend getan oder erst am fünften? Ich weiß nur noch, dass wir mit der Kaffeebüchse ins Haus gingen. Dass ich sie besonders vorsichtig trug. Am Vormittag hatten wir noch gemeinsam Luftlöcher in den Plastikverschluss gebohrt. Ich stellte die Dose auf den Tisch. Plötzlich nahm mich meine Oma an beiden Händen und sah mich an.

»Jetzt sind deine Schmetterlinge zwar bei dir, aber du

kannst sie nicht sehen, weil es in der Büchse dunkel ist. Wenn du sie aufmachst, fliegen sie davon, aber sie werden leben. Und morgen kannst du sie im Garten fliegen sehen.«

Mit fünf bekam ich meine erste große Lektion erteilt. Damals verstand ich sie nicht. Statt der Schmetterlinge fing ich Raupen und Marienkäfer.

Es hätte keinen Sinn gehabt, gegen Sarajevo zu kämpfen. Ob wir wirklich dortbleiben oder ob wir in zwei Jahren zurückkehren, wer weiß das schon?

Als ich erfuhr, dass ich schwanger bin, hatte ich Angst, Danijel könnte mir vorwerfen, ihn mit dem Kind in Österreich halten zu wollen. Ich war zu Hause gesessen und hatte geheult. In Sarajevo zogen die Leute auf die Straße, um für ein menschenwürdigeres Leben zu demonstrieren. In den Medien sprach man von Hooligans und Ausschreitungen. Ich sah die Bilder im Fernsehen, den Rauch, die Polizisten, und ich sah Danijels leuchtende Augen. Wie sollte ich ihm sagen, dass ich ausgerechnet jetzt schwanger war?

Danijel hatte sich immer Kinder gewünscht. »Wir zwei und eine ganze Fußballmannschaft«, sagte er gerne, um mich zu ärgern. Im Gegensatz zu ihm hatte ich Angst vor der Verantwortung.

Als ich schwanger wurde, war ich fünfunddreißig. Als Danijel mir im Oktober eröffnet hatte, eine Stelle in Sarajevo angenommen zu haben, wusste ich, dass sich unser Leben verändern würde. Wenn ich mit ihm ging, entschied ich mich nicht nur für eine neue Stadt.

Trotzdem hatte ich nicht damit gerechnet, dass ich ausgerechnet jetzt schwanger werden würde. Ich hatte mir erst drei Monate zuvor eine neue Spirale einsetzen lassen. Ich dachte, dass ich mich erst in der Stadt einleben wollte.

Als ich Danijel Anfang März das erste Ultraschallbild von unserem Kind schickte, weinte er in den Bildschirm.

Ich spüre seinen Atem. Er hat seinen Kopf in meiner Nackenbeuge vergraben, die Nase in meinem Haar. Da stehen wir. Ein Mann, eine Frau und ihr ungeborenes Kind. Eine kleine Familie. Eine kleine Familie, die gerade nicht weiß, wohin sie gehört.

»Es gibt keine falsche Entscheidung«, sage ich. »Wir schauen, ob wir uns wohlfühlen. Und sollten wir in zwei oder drei Jahren zurückwollen, dann steht uns dieser Weg ja offen.«

24

Ich steige in den Bus und fahre bis zur Endstation. Ich war noch nie in Iltendorf. Ich muss an Magdas Spruch denken: *Let's Iltendorf, Baby!* Iltendorf ist das Ende der Welt. Ich schlendere durch die Stadt. Ich kaufe Sportschuhe und eine Zehnerpackung Unterhosen. Hässliche weiße Unterhosen mit blauen und rosafarbenen Schmetterlingen darauf. Ich stelle mir vor, wie ich sie Danijel über das Skype-Fenster zeige. Wie wir darüber lachen. »Wie erotisch«, höre ich ihn sagen, »die musst du unbedingt mitnehmen, ich steh auf Reizwäsche!«

Vor zwei Tagen ist er wieder nach Hause gefahren. Gestern Abend hat es geregnet, seitdem ist es ein wenig kühler.

Iltendorf ist so hässlich wie die Solburger Unterstadt. Geduckte Neubauten, gerade Straßenzüge. Hier findet man nichts mehr, das von früher zeugt. Iltendorf wurde am Ende des Krieges vollständig zerstört. Kein Haus blieb stehen. Eine Stadt in nur fünf Minuten ausgelöscht.

Und trotzdem leben hier Menschen, sage ich im Stillen zu Magda. *Sieh dir Iltendorf an und sieh dir Sarajevo an und sag mir, wo du lieber leben möchtest.*

Let's Iltendorf, singe ich im Takt meiner Schritte und kichere. *Let's Iltendorf, Let's Iltendorf.* Magdas Verachtung wird zu meiner. Plötzlich sehe ich, was sie sah. Was mein Vater und auch Silvia sahen. Omas Haus am Rande von Haizendorf ist nichts weiter als eine Kindheitserinnerung. Nimm das Gefühl heraus, und es bleibt nichts übrig. Iltendorf liegt am Ende der Welt, und Haizendorf liegt dahinter. Was hätte ich hier schon gemacht? Wäre Oma hiergeblieben, hätte Magda mich nicht zu sich genommen? Was wäre passiert, wenn mein Opa nicht verunglückt wäre? Wäre ich bei meinen Großeltern aufgewachsen? Oder hätte Albert mich erst gar nicht hierhergebracht?

Ich versuche mir meinen Großvater vorzustellen. Da gibt es den Großvater auf dem Foto in Omas Schlafzimmer. Den Großvater in Thereses Nähkörbchen, der aussieht wie Woody Allen. Im Bergwerk nannten sie ihn Curd Jürgens, weil alle in seiner Familie Kurt hießen und er den Frauen den Kopf verdrehte. So hat es Bachler erzählt. Hat Albert also doch recht, wenn er behauptet, sein Vater habe eine Geliebte gehabt? Angeblich sei er jede Woche mit dem Pferd zu ihr geritten.

Auf jedem von Thereses Fotos sieht mein Großvater meine Großmutter an wie ein verliebter Schuljunge. Sogar knapp vor seinem Tod tat er es noch. Er sah sie an, und Oma sah in die Kamera.

»Der Martin, der hat die Edith geliebt, und wie er sie geliebt hat«, sagt Therese und will von der Wahrheit meines Vaters nichts wissen.

Der treuherzige Welpe. Und was, wenn es doch stimmt?

Blieb am Ende ein räudiger Hund, der ins Nachbardorf ritt? Der Hengst von Haizendorf, so nennt ihn Albert und lacht. Da gibt es keine Sentimentalität in seiner Stimme. Mein Vater gesteht der Beziehung seiner Eltern keinerlei Romantik zu.

Ich fahre mit dem Bus zurück und stelle den Rucksack im Hotel ab. Dann schlüpfe ich in die Sportschuhe und beschließe, eine Runde spazieren zu gehen, bevor Sana kommt. Sie nimmt den Zug am späten Nachmittag und will über Nacht bleiben. »Es hat mir dort gefallen!«, erklärte sie, und ich musste lachen. »Ich dachte, Kühe und Berge seien etwas für Bauerntölpel?«, habe ich sie gefragt.

Jetzt freue ich mich auf ihre Ankunft.

In neun Tagen ist die Untersuchung beim Frauenarzt, bis dahin muss ich wieder in Wien sein. Danijel hat gestern angerufen – Mihajlo wird schon zwei Wochen früher als geplant kommen. Danijel hofft, seinen Dienst tauschen zu können.

Es ist gut, dass Sana kommt. Ich brauche sie, um mich selbst wieder zu spüren. Mein eigenes Leben ist mir abhandengekommen, Solburg ist der Mond, auf den ich geflüchtet bin.

Der würzige Duft des zum Trocknen ausgelegten Heus kitzelt in der Nase und hinterlässt ein warmes Gefühl im Magen. Meine Füße gehen, Schritt für Schritt führen sie mich weiter, ohne dass ich darüber nachdenken muss. Ab und zu bekomme ich einen Tritt, so, als würde mein Kind Angst haben, ich könnte es vergessen.

Mein Telefon klingelt. Es ist Albert. Er und Magda wechseln einander ab. Noch nie habe ich so viele Anrufe von den beiden erhalten. Meine Eltern unterstellen ihrer schwangeren Tochter einen drohenden Nervenzusammenbruch.

Ich lasse das Handy läuten. Ich will jetzt nicht reden, und schon gar nicht will ich mich aufs Neue rechtfertigen. Ich gehe weiter. Über den Almwiesen hängen dichte Wolken. Hoffentlich kommt kein Regen.

25

Mein Vater floh mit den Ermahnungen und dem Geld seines Vaters nach Wien. Martin Köhler hätte es lieber gesehen, wenn sein Sohn etwas Anständiges studiert hätte. Er stellte sich seinen jüngeren Sohn als den Lehrer vor, der er selbst gerne geworden wäre. Meine Großmutter sah es anders. »Erfüll dir deine Träume«, sagte sie, »aber mach etwas draus.«

Sie schickte Albert nach Wien und hängte ihm die eigenen Illusionen ans Gepäck. Wenigstens ihre Kinder sollten ein selbst gewähltes Leben führen. Die Zeiten hatten sich geändert. Die Zeiten ändern sich immer. Du kannst dich darüber freuen oder von der Angst auffressen lassen. Oder vom Neid. Meine Großmutter kannte den Neid, sie kannte ihn von den Nachbarn und den Eltern der Nachbarn. Sie kannte ihn vom Vater ihres Mannes. Sie selbst hatte ihn ihren Kindern gegenüber nie empfunden.

»Der Albert weiß, was er tut, anders als der Kurt. Er mag sensibler sein, leichter zu verletzen, aber er wird seinen Weg gehen«, sagte sie zu ihrem Mann.

Sie wusste Albert tausendmal lieber auf der Kunstakademie als im Bergwerk. Alles war besser als das Bergwerk.

So stieg Albert mit dem Segen seiner Eltern in die Bahn. Er trug einen alten Lederkoffer und einen blauen Wanderrucksack mit weißen Lederriemen. Darin waren seine Jause, ein

Buch, ein Skizzenblock, vier verschiedene Bleistifte und ein Kuvert mit Geldscheinen.

Als er im Abteil saß, stopfte er sich das Kuvert in die Unterhose, dann schaute er aus dem Fenster. Er wartete auf große Gefühle, die nicht kamen. Er sah langgestreckte Felder, wie mit dem Lineal gezogen, eines neben dem anderen, ein riesiger grün-brauner Flickenteppich, das war Niederösterreich. Die Weite stieß ihn in ihrer Gleichförmigkeit ab.

Natürlich kannte er Wien, er war mit seiner Schulklasse drei Tage auf Klassenfahrt gewesen. War die Treppen hinauf in den Turm des Stephansdoms gestiegen, hatte das Belvedere gesehen, Schönbrunn und den Tiergarten. War im Kunsthistorischen Museum gestanden und danach im Naturhistorischen, wobei er Letzteres lieber gemocht hatte. Im Grunde genommen interessierte sich Albert nicht für die Kunst. Nur weil er gern zeichnete, hieß das nicht, dass er sich von den riesigen Ölschinken beeindrucken lassen musste. Im Kunsthistorischen Museum hatte er nach Dürers *Walross* gesucht und es nicht gefunden. (Erst später erfuhr er, dass es sich im British Museum befand.) Danach war er lustlos hinter den anderen durch die Räume geschlichen, vor Meisterwerken von Vermeer, Rembrandt, Caravaggio, Velázquez und Brueghel gestanden und hatte sich gelangweilt.

Trotzdem wollte er nach Wien. In der Bundeshauptstadt musste es mehr geben als das Kunsthistorische Museum. In Wien war das Leben, und er würde im Leben untertauchen. In der Masse fällt ein Einzelner nicht auf.

Angeblich wurde nur ein kleiner Teil der Bewerber an der Kunstakademie aufgenommen. Albert fragte sich, was er tun würde, wenn die Wahl nicht auf ihn fiel. Dann konnte er zeichnen, was ihm in den Sinn kam. Andererseits konnte er sich nicht vorstellen, dass die Eltern ihn ohne Studium in Wien bleiben ließen.

Und dann passierten zwei Dinge: Albert wurde tatsächlich an der Kunstakademie aufgenommen, und er lernte Trudpert kennen. Dazwischen lagen neun Wochen im Studentenheim. Ein kleines Zimmer, das Albert für sich hatte, da der Zweite erst später aus den Ferien zurückkam. Im Zimmer packte er seine Zeichensachen aus, starrte aufs leere Papier, setzte hier und da mit dem Bleistift an, nur um ein Blatt nach dem anderen zu zerknüllen und in den Eimer zu werfen. Schließlich holte er die gesammelten Zeichnungen, die er aus Haizendorf mitgenommen hatte, hervor und datierte sie. Fing mit einer Kuh an, die er mit acht gezeichnet hatte und die er noch immer besonders mochte, legte ein paar Pferde bei, dann die Profile seiner Mitschüler und schließlich den Haizendorfer Förderturm aus verschiedenen Blickwinkeln, gemalt mit Haizendorfer Kohle, die genau in diesem Turm aus der Tiefe geholt worden war. Danach setzte er sich drei Tage lang ins Naturhistorische Museum und zeichnete Tiere. Er hatte seinen Eltern versprochen zu studieren, also musste er etwas abgeben. Wenn er nicht aufgenommen wurde, sollte es nicht seine Schuld sein. Weiter wollte er nicht denken. Als Kellner konnte er nicht arbeiten, dafür war er zu ungeschickt, außerdem hasste er es, unter Menschen zu sein. Wie verdient ein junger Mensch sein Geld in der Stadt? Automechaniker, fiel ihm ein, aber er war kein Automechaniker. Im Notfall konnte er sich noch immer an einer anderen Universität einschreiben. Sinologie, Paläontologie, irgendetwas Ausgefallenes, Hauptsache, er studierte. Und dann würde er weitersehen.

So saß er in seinem kleinen Zimmer, schaute auf die gegenüberliegende Fensterfront und fühlte sich endlich frei. Befreit von der Mutter und ihren Geschwistern, befreit vom Vater, der ihn immer so seltsam anschaute. Befreit von allen Haizendorfern. In Wien war er endlich der Niemand, der er immer sein wollte.

Sieben Wochen nach Alberts Ankunft zog der neue Mitbewohner ein, ein unsympathischer junger Mann mit Seitenscheitel. Da hatte Albert bereits seinen ersten Tag an der Akademie hinter sich.

Wie mein Vater Trudpert kennenlernte, ob Trudpert über Albert stolperte oder umgekehrt, wer weiß das heute schon noch genau? Mein Vater spricht von gleicher Weltanschauung, aber das ist Schwachsinn. Damals hatten Trudpert und er so viel gemein wie ein zitternder Terrier und ein kläffender Rottweiler. Der Rottweiler war Trudpert, der Terrier mein Vater. Dass Trudpert in der Weigerung meines Vaters, sich an die Vorgaben der Lehrenden zu halten, den gleichen rebellischen Zug sah, der in ihm selbst steckte, hatte mit seinem Unwissen um Alberts Innenleben zu tun. Woher sollte Trudpert ahnen, wie es in meinem Vater aussah? Wie es in Trudpert aussah, war leicht zu durchschauen. Trudpert erinnerte Albert an Kurt. Trudpert redete immer und überall dagegen. Der Bruder, den mein Vater in seinem Kommilitonen sah, war es auch, der Albert anzog. Jetzt hatte er wieder einen, unter dessen Mantel er kriechen konnte. Im Schatten von Trudperts Rampenlicht hoffte Albert ungesehen zu bleiben. Er zog im Schlepptau von Trudpert ins Beisl ein, ließ sich einen Spritzer hinstellen, von der Sinnlosigkeit der Gegenständlichkeit erzählen und landete so im Dunstkreis der Schütter.

Trudpert und Klaus, die Jackson Pollocks von Wien, mit

ihnen stets Wilfried, der selbsternannte Dadaist. Während Wilfried Wortfetzen in den öffentlichen Raum schmetterte, tropften, spritzten und schütteten die anderen Farbe auf Leintücher, die sie an öffentlichen Plätzen ausgebreitet hatten, oder (wenn ihnen die Leintücher ausgegangen waren) direkt auf die Gehsteige. Einmal mussten sie die Gehsteige von ihrer Hinterlassenschaft säubern, also hängten sie sich Tafeln mit den Worten »Querdenker unerwünscht« um und erinnerten an eine Zeit, die das Land lieber vergessen wollte. Sie provozierten, sie beleidigten, sie legten sich mit jedem an, landeten immer wieder in Ausnüchterungszellen und gaben das Geld von Trudperts Eltern für Ordnungsstrafen aus. Manchmal rannten sie auch schnell genug, dann holte sie der dickbäuchige Polizist nicht ein, vielleicht aber wollte er sie gar nicht erwischen, vielleicht war er zu faul oder selbst ein subversives Element in einem Amt der Ordnung. Wenn mein Vater erzählt, taucht stets derselbe Polizist auf.

Albert übertreibt gerne. Höchstwahrscheinlich wird es fünf, sechs Aktionen dieser Art gegeben haben, nicht mehr. Dass er immer wieder ein paar Nächte im Gefängnis verbrachte, entspricht tatsächlich der Wahrheit. Meine Großmutter hat es mir oft genug erzählt, später, als wir über meinen Vater sprachen, als er kein Tabu und keine wunde Stelle im Herzen meiner Großmutter mehr war, sondern vernarbtes Gewebe.

Ins Gefängnis brachten Albert jedoch nicht die Schüttaktionen, sondern die Demonstrationen, in die er regelmäßig geriet. Er ließ sich mitschleifen, links Trudpert, rechts Wilfried, Klaus dahinter oder davor. So nahm Albert nach und nach die Philosophie seiner Freunde an und brachte sie zur Perfektion, während sie für Wilfried, Klaus und Trudpert nur

Ausdruck ihres jugendlichen Überschwangs war. Heute sind die einstigen WG-Genossen meines Vaters unbedeutende Namen in seiner Biografie. Wilfried ist pensionierter Mittelschullehrer, Trudpert arbeitet als Portier in einem Amtsgebäude und hält Malkurse an der Volkshochschule. Von Klaus hat mein Vater nie wieder etwas gehört.

Geschichten, Geschichten, Geschichten. Alberts Anekdoten, Tausende kleiner Mosaiksteinchen, die über die Jahre, seit wir uns wieder sehen, angewachsen sind, und aus denen ich mir meine eigene Geschichte zusammenreime. Wenn ich wissen will, wer Albert tatsächlich ist, muss ich Silvia fragen. Sie hat ihn gesehen, als er im Gras saß und sich nicht traute, hochzuschauen. Silvia, die immer mit aufgeschürften Knien nach Hause kam, ganz anders als ihr Bruder, der stets allein saß und zeichnete. Natürlich darf Albert nichts davon wissen, das ist ein Geheimnis zwischen uns Frauen. Die Frauen, sie beobachten und deuten, nehmen wahr und vermuten. Reden ist Silber, sagen die Väter, Schweigen ist Gold. Die Anekdoten sind das Familiensilber. Das Gold hingegen wird in einen Safe gesperrt, dessen Zahlenkombination niemand kennt.

So weit bin ich gekommen, auf meinem Weg durch den Wald, jetzt hänge ich im Jahr 1977 fest. Auch dafür hat Albert eine Anekdote bereit, den Liebesnachmittag im Altersheim, in dessen Büro er ein paar Wochen aushalf. In einem Nebenraum stand eine Liege, dort soll ich entstanden sein – weit weg vom Einflussbereich der Schütter.

Mein Vater schildert mir den Liebesakt mit Magda in allen Einzelheiten, bis hin zur Musik, die er aufgelegt hatte. Magda erhebt Einspruch: »Aber so war es doch gar nicht.«

Andere zittern bei dem Gedanken an die Vereinigung ihrer Eltern wie Espenlaub und bekommen Atembeklemmungen, ich hingegen habe immer um das Sexualleben meiner Eltern Bescheid gewusst. Magda und Albert wollten kein verklemmtes Kind, zumindest in diesem Punkt waren sie sich einig. Albert schmückt seine Eroberungen aus, dabei hätte er es nicht nötig, anzugeben. Allein die Tatsache, dass er mit drei Frauen in einer Art Lebens- und Liebesgemeinschaft lebte, weicht so gewaltig von der Norm ab, dass er sich nicht erst bemühen müsste, den Exoten herauszukehren.

Als ich das erste Mal bei meinem Vater und seinen Frauen schlief, bekam ich den Platz im Doppelbett. Das erhob mich zur Erstfrau, und ich muss zugeben, dass mir das gefiel.

Erst viele Jahre später erkannte ich, dass Alberts Leben mit seinen drei Frauen nichts Revolutionäres in sich barg. Vielmehr lag es an den Frauen selbst, *eine gestörter als die andere*, sagt Curd immer, wenn wir von ihnen sprechen.

Curd und ich jagen der Monogamie nach, die wir von unseren Eltern nie vorgelebt bekommen haben. Wir wünschen uns ein gemeinsames Älterwerden, eine gemeinsame Vergangenheit, wir träumen von Treue bis in den Tod. Etwas, das es laut Alberts Meinung nicht gibt. Obwohl er laut Silvia selbst einmal so gedacht haben soll, aber in Wien hat sich alles ins Gegenteil gekehrt. Die Kombination aus Magda und den Schüttern sei es gewesen, die Albert zu dem gemacht habe, der er heute sei.

Ich muss umkehren, wieder aus dem Wald hinaus, sonst schaffe ich es nicht mehr rechtzeitig zum Bahnhof. Der Finsterwald mit seinen Geschichten hat mich verschluckt, wenn ich mich jetzt verlaufe, wird Sana vergeblich warten.

Ich stapfe vor mich hin. »Du trampelst wie ein Elefant«, sagte Magda immer. »Kannst du nicht ein wenig mädchenhafter gehen?«

Als ich vierzehn war, kaufte sie mir die ersten Stöckelschuhe, als ich sechzehn war und die Absätze immer höher wurden, sagte sie: »So, wie du gehst, machen Stöckelschuhe keinen Sinn.«

Für jeden Schritt, den ich tat, benötigte Magda zwei, sie zappelte neben mir her, ihr Tick-Tock-Tick machte mich jedes Mal nervös. Ich holte aus, warf meine Beine nach vorne, lief ihr voraus, aber ständig holte sie mich mit ihrem Geklapper ein. Mit siebzehn entschied ich, dass Stöckelschuhe nichts für mich waren. Die feminine Zappelei liegt mir nicht, außerdem habe ich Angst, die Leute mit dem Geklapper nervös zu machen, weil ich es selbst nicht leiden kann, mich jedes Mal verfolgt fühle und stehen bleiben muss, bis die Nervensäge an mir vorbeigestöckelt ist. Danijel amüsiert sich darüber, er spürt die Spannung in meinen Schultern, wenn wir umarmt gehen und hinter uns ein Tick-Tock-Tick stattfindet. »Was soll an diesem Klang erotisch sein?«, frage ich ihn, dann zieht er die Augenbrauen hoch, sieht mich herausfordernd an und sagt: »Nun ja, wenn man sie richtig trägt …«

Vor drei Jahren habe ich mir Schuhe im Stil der zwanziger Jahre gekauft, mit einem Steg am Rist und gefühlten zwanzig Zentimeter Absatz. Ich habe sie genau dreimal getragen, danach standen sie hinter den Winter- und Gummistiefeln. Erst vor einem Monat habe ich sie schweren Herzens in den Altkleidercontainer geworfen. Vielleicht freut sich jemand darüber, es sind wirklich schöne Schuhe, ich musste, wenn ich sie sah, immer an die Gemälde von Tamara de Lempicka denken.

Als ich am Bahnhof ankomme, bin ich durchgeschwitzt.

Ich setze mich auf eine Bank und strecke die Beine von mir. Ich bin viel zu schnell gegangen, habe mich zu einem Tempo gezwungen, das gar nicht notwendig gewesen wäre. Sanas Zug kommt erst in zwanzig Minuten, spätestens beim Schloss Haidhofen hätte ich mein Tempo also zügeln können. Das Kleine tritt gegen meine Bauchdecke, wie immer, wenn ich mich besonders viel bewegt habe und endlich stillsitze. Als würde es spüren, dass mein Kopf mit anderen Dingen beschäftigt ist, will mich mein ungeborenes Kind darauf hinweisen, dass andere Mütter Babykleidung kaufen, statt durch die Vergangenheit zu hetzen.

Ich habe mir die Schwangerschaft immer als etwas Bedeutsames vorgestellt. Höchstwahrscheinlich ist es das auch, nur ich tue mir wieder einmal schwer, das ernst zu nehmen.

Ich würde Magda gerne fragen, wie sie sich damals gefühlt hat, ob ihr bewusst gewesen ist, was auf sie zukommt, aber wie kann man unsere Schwangerschaften vergleichen, Magda war siebzehn, ich bin mehr als doppelt so alt wie sie damals. Wäre ich wie Magda mit siebzehn schwanger geworden und hätte eine Tochter bekommen, die wiederum mit siebzehn schwanger geworden wäre, wäre ich heute Großmutter.

26

Als Magda bemerkte, dass sie schwanger war, zog sie zu Albert. Natürlich gegen den Willen ihrer Eltern. Mein Wiener Großvater stand eines Tages in der Tür der WG, neben ihm eine kleine Waschmaschine. Ein bisschen ratlos stand er da, als Trudpert ihm öffnete. Wo Magda sei?

»Nicht zu Hause.«

»Sie müssen dann also der Mitbewohner sein?«

So wirklich gefiel er meinem Großvater nicht, der bärtige junge Mann mit den langen Haaren. Aber dann war er wiederum froh, dass nicht der es war, der seine Tochter geschwängert hatte.

Was hätte er tun sollen? Magda wurde bald achtzehn, und sogar, wenn sie mit ihren siebzehn noch minderjährig war, konnte er sie doch schlecht in Ketten legen und nach Hause schleppen. Er stellte sich vor, wie es wäre, sie in den Lieferwagen zu sperren, in dem der Nachbar saß, der ihm geholfen hatte, die Waschmaschine auf die Rodel zu kippen, und der jetzt unten wartete, weil mein Großvater befunden hatte, dass es besser sei, wenn er allein bei Magda anklopfte.

»Wo ist meine Tochter denn?«, fragte er.

Der Bärtige zuckte mit den Schultern. Hinter ihm tauchte ein anderer auf, im offenen weißen Hemd. Sein dichtes wirres Haar sah aus, als hätte er einen semmelfarbenen Chihuahua auf dem Kopf hocken. So viel war klar: Weder der Wilde noch der Chihuahua wussten, wo Magda oder Albert (oder beide zusammen) waren. Trudpert (nun hatte er sich Magdas Vater doch vorgestellt, eigentlich war er ja ein höflicher Junge) meinte, Magda sei in der Schule. Wilfried wiederum stellte fest, dass es schon halb fünf sei, da könne kein Unterricht mehr abgehalten werden. Die beiden wollten den Besucher auf einen Kaffee einladen, doch der lehnte ab, unten warte sein Nachbar.

»Na, dann soll er doch mit heraufkommen«, schlug Trudpert vor, doch mein Großvater wollte das nicht. Aber sie könnten ihm mit der Waschmaschine helfen. Sie hätten doch noch keine Waschmaschine, oder? Daran habe er nämlich nicht gedacht, das solle jetzt kein Vorwurf sein, nicht, dass er denke, sie wären nicht reinlich, nur weil sie in einer WG wohnten, das wolle er damit nicht ausdrücken, eigentlich habe er gar nicht so weit gedacht, was die Herren (der Ausdruck *Herren* sollte die WG noch jahrelang in Lachkrämpfe ausbrechen lassen) im Haushalt hätten, er habe nur an seine Tochter gedacht und dass sie ja keine Waschmaschine besitze, solche Teile seien teuer, sie selbst hätten schließlich auch erst seit Ende der Sechziger …

Trudpert soll ihn gestoppt haben, sonst wäre mein Großvater noch stundenlang im Türrahmen gestanden, um sich immer tiefer in ein Wirrwarr aus gestammelten Sätzen hineinzureden.

Ich kenne die Geschichte aus dem Mund meines Vaters, und ich kenne sie von Magda, und die beiden kennen sie wiederum von Trudpert und Wilfried, die sie an diesem Abend und noch viele weitere Male danach zum Besten gaben. Ich sehe meine jungen Eltern und ihre Mitbewohner um den Küchentisch sitzen, Kaffee trinken und rauchen. Ja, Magda rauchte, trotz oder vielleicht sogar wegen der Schwangerschaft fing sie erst jetzt damit an. Ich sehe sie über meinen Großvater lachen, der verlegen im Türrahmen gestanden war, hinter ihm die kleine Waschmaschine, die man oben öffnen konnte. Die Waschmaschine sollte Magda später überallhin folgen, von der Tigergasse in die Miesbachgasse und von dort zu meinen Großeltern, wo sie dann zwei Jahre im Keller stand, bis Magda und ich in unsere erste Mietwohnung in der Alserbachstraße zogen.

Mein Vater lacht heute noch, wenn er von meinem Großvater erzählt, Magda hingegen fühlt sich peinlich berührt, wenn sie an ihren auf der Türmatte stehenden Vater denkt.

»Was hätte er denn tun sollen, er hat es ja nur gut gemeint«, sagt sie.

Mein Großvater starb, als ich vierzehn war.

»Ein feiner Kerl, das war er«, sagt Albert. Damit meint er vor allem Großvaters Einverständnis in unsere Treffen. Wenn Magda und ihre Mutter schimpften, »Jetzt, nach zwölf Jahren, kommt er plötzlich drauf, dass er eine Tochter hat«, sagte Großvater nur: »Er ist ihr Vater, und besser, er kommt spät als nie.«

Mein Großvater war immer der, der für Harmonie sorgte. Ein Vermittler zwischen den Fronten, zwischen seiner Frau und seiner Tochter, später dann zwischen meiner Großmutter und mir. »Um Himmels willen, so lass sie halt.« Wie oft habe ich diesen Satz aus seinem Mund gehört.

Sonst tat Opa, was Oma sagte. Wenn Oma sein Akkordeonspiel zu laut war, legte er die Bajan weg, und wenn sie aus dem Fenster in den Garten rief, legte er die Heckenschere ins Gras, wusch sich die Hände und setzte sich an den Tisch. Stets lobte er Omas Küche und nahm sich einen kräftigen Nachschlag. Nach dem Essen, wenn sie mit dem Abwasch begann, hörte er Radio. Er liebte es, an den Knöpfen zu drehen, nahm unzählige Kassetten auf, die er ihn Schuhkartons aufbewahrte. So bastelte er sich seine eigene Jukebox. Das Aufnehmen war Opas Hobby, er drückte auf den Record-Knopf und auf die Aus-Taste, spulte zurück und hörte sich das Ende an, ob nur ja nicht die Stimme des Radiomoderators ein Seufzen entließ. So endete ein Schlager mitten in der Textzeile, während der nächste oft erst im fünften Takt begann. Nach Opas Tod rettete ich die Kartons und stellte sie unter meinen Schreibtisch, und sogar als ich aus Magdas Wohnung zog, nahm ich sie mit. Erst als ich in meinen Regalen Platz für Danijels Bücher schaffte, warf ich sie schließlich doch weg.

Jetzt stelle ich mir vor, wie er im Türrahmen der WG steht,

vierzehn Jahre jünger, als ich ihn in Erinnerung habe. In seiner graublauen Anzugshose und dem weißen Hemd wirkt er ein wenig deplatziert. Ich sehe Trudpert in einem zerknitterten, mit Ölfarben verschmierten Hemd, er steht meinem Opa gegenüber und mustert ihn von oben bis unten.

Ich kenne meinen Opa als Opa, und ich kenne Fotos aus seiner Jugendzeit. Dazwischen gab es unzählige Dias, die meine Oma in einer Schachtel unter dem Fernseher gehortet hatte. Ich kann mich erinnern, dass mein Opa den Diaprojektor anwarf, da muss ich an die zehn gewesen sein. Ich sah Magda als Kleinkind und meine Oma als junge Mutter, aber von Opa fehlte jede Spur. Opa war auf den Dias genauso wenig zu sehen wie auf den späteren Fotos, da er immer derjenige gewesen war, der hinter der Kamera gestanden war. Nur zu Weihnachten drückte er auf den Selbstauslöser und rannte los, um sich hinter das Sofa zu stellen, auf dem wir drei saßen.

Magdas frühe Schwangerschaft stürzte meine Wiener Großeltern in eine tiefe Ratlosigkeit. Eben noch Schülerin in weißen Kniestrümpfen (auf dem Foto ist Magda dreizehn), plötzlich eine schwangere junge Frau, die das elterliche Haus ohne Einverständnis verlässt und in eine WG mit lauter Verrückten zieht.

»Hätte dein Vater bloß einen anderen Umgang gehabt«, sagten meine beiden Großmütter gerne, »dann wäre vielleicht alles anders gekommen.«

Mit den Schüttern hatte Albert das fortgesetzt, was Kurt nicht mehr möglich war.

Wäre Albert nicht zu Trudpert, Wilfried und Klaus gezogen (*seinen* Kumpels, auch wenn sie die Kohle für andere Zwecke benutzten), wäre ich heute nicht am Leben.

Wenn das liebe Wenn nicht wär, wär der Kinderwagen leer,

das war Opas Lieblingsspruch, vielleicht hat er ihn sich sogar in jener Zeit zum Leitspruch gemacht. Meist schmetterte er ihn meiner Oma entgegen, wenn die wieder einmal über Dinge klagte, die man ohnehin nicht mehr ändern konnte.

Rechne ich neun Monate vor meine Geburt zurück, so kann die Behauptung meines Vaters, ich sei in jenem Bürozimmer des Altersheims entstanden, nicht stimmen, denn er begann erst im September 1977 dort zu arbeiten. Ich jedoch muss im August entstanden sein, vielleicht sogar in jenem Zelt in Iltendorf. *Let's Iltenzelt*, summt es in meinem Kopf, wenn ich mir vorstelle, wie die fünf vor dem Zelt sitzen, sich betrinken und einen Joint weiterreichen. (*Pass the Dutchie on the left hand side!* – das Lied gab es damals allerdings noch nicht.)

Albert hat mir einmal von jener Nacht erzählt, und ich habe Magda danach gefragt. Kurt und die Pogatschnigs seien mit den Motorrädern gefahren, sie und Albert mit dem Auto. Hätten auf einer Wiese das Zelt aufgeschlagen. »Wir waren jung und dumm«, sagte Magda mit harter Stimme.

Wenn ich ihr zuhöre, habe ich das Gefühl, selbst nie jung gewesen zu sein. Im Vergleich zu ihr hielt ich mich von verrückten Jungs fern, vielleicht lernte ich aber auch erst gar keine kennen. In den Neunzigern sah das Leben anders aus als in den Siebzigern. Wir wuchsen in einer Art Niemandsland auf. Weder hatten wir große politische Statements auf Lager, noch wussten wir, wogegen wir protestieren sollten. Das Leben in den Neunzigern war so grottenlangweilig, dass wir uns ausgestellte Hosen kauften und durchs Bermudadreieck zogen, immer auf der Suche nach etwas, von dem wir nicht wussten, wie es auszusehen hatte. Wir waren die Kinder der einstigen Rebellen. Wir hassten unsere Eltern, wir verachteten sie für ihre angeblich so wilde Jugend und das verlogene Bürgerliche, das sie sich letztendlich alle übergestülpt hatten – aber vor allem hassten wir ihre Erwartungen in uns, gegen sie zu protestieren. 1993, als das Ausländervolksbegehren das Land spaltete, hatten auch wir endlich unser Vietnam und zogen mit Lichtern in die Innenstadt. Tags darauf lebten wir wieder wie zuvor.

»Wo es keine Ketten zu sprengen gilt, fehlt es an Aussagen«, sagt Albert. »Das ist das Problem der heutigen Generation. Sie wollen alle malen, schreiben oder Filme drehen, aber sie wissen nicht, was und worüber.«

Manchmal frage ich mich, wie aus dem Kind, das so gerne Kühe zeichnete, der aggressive Künstler wurde, den man heute kennt. Trug Albert die Wut von Anfang an in sich, wie er selbst behauptet, oder hat er sie sich in seiner Zeit mit den Schüttern wie eine Verkleidung übergestülpt?

Ich denke an meine eigene Wut, die sich immer nur in Angst und Tränen entlud. Curd und ich tobten nie, uns erstickt eine Sehnsucht nach etwas, das man uns als Kinder vorenthalten hat. Unsere Eltern stießen die Gesellschaftsordnung um, und wir Kinder blieben dabei auf der Strecke. Wir sind die Verwundeten auf dem Schlachtfeld einer wütenden Generation, die gegen all das ankämpfte, was wir uns heute wieder wünschen. Die freie Liebe war eine Idee, die wie eine Seifenblase platzte und Kinder zurückließ, die sich genau nach jenen Fesseln sehnten, die ihre Eltern gesprengt hatten.

Magda protestierte gegen ihre Mutter, die für sie mit ihrer Häuslichkeit ein abschreckendes Beispiel war. Opa arbeitete als Anlageberater in der Bank, Oma war seit Magdas Geburt zu Hause und wischte täglich alle Böden. Magdas Flucht zu Albert war der Versuch, anders zu leben. Während ich in ihr wuchs, lernte sie am Küchentisch der WG für ihre Matura. Zwischen den Lernphasen presste sie mich zwischen ihren Beinen hervor. Drei Tage später lernte sie weiter, als sei nichts geschehen. Das war die einzige Zeit, in der meine Wiener Großmutter zum Zug kam. Während Magda die schriftliche Matura mit Bravour bestand, wickelte mich meine Großmutter und gab mir die Milch, die Magda am Morgen abgepumpt hatte. Magda brachte mich nach Hietzing, weil Albert nicht zurechtkam, weil »du angeschissen bis aufs Kreuz in den Windeln lagst, als ich von den Vorbereitungsstunden nach Hause kam«, wie Magda sagt.

Am ehesten konnte sie sich noch auf Trudpert verlassen, er soll in mich vernarrt gewesen sein. Albert stand vor mir, wie mein Großvater mit der Waschmaschine in der Tür gestanden war, machte ein ratloses Gesicht und kratzte sich am Kinn. Ein riesiger Bub, der nicht wusste, was er mit dem Kind, das da plötzlich vor ihm lag, anfangen sollte.

Magda bestand auch die mündliche Matura, und drei Monate lang spielten sie Väter, Mutter und Kind. Da war Trudpert, da war Wilfried – Klaus war der, der am wenigsten begeistert war über das Geschrei in der Nacht. Albert kündigte seine Stelle in der Geriatrie noch vor Ablauf der Probezeit, zog sich zurück und zeichnete wieder ganz einfache, schlichte Zeichnungen, nur dass er sie diesmal am Tag darauf alle mit dunkelgrüner Ölfarbe übermalte. Vielleicht war das schon der Einfluss von Arnulf Rainer, vielleicht entsprang der Wunsch, die Dämonen der Nacht unkenntlich zu machen, tatsächlich einem inneren Antrieb. Am ehesten wird es wohl eine Mischung aus beidem gewesen sein. Trudpert und Klaus fanden seine Arbeiten dieser Wochen gut und klatschten in die Hände (wenn sie nicht gerade mich trugen).

Drei Monate nach meiner Geburt legte Albert mich in einem Wäschekorb auf die Rückbank von Trudperts Wagen, setzte sich hinter das Steuer und fuhr nach Haizendorf. Magda kam nicht mit. Keine Ahnung, was sie machte, ob sie im Bett lag und weinte, oder ob sie Erleichterung empfand oder einfach nur dumpfe Leere. Heute sagt sie, sie hätte sich von Albert nicht beeinflussen lassen dürfen, sie hätte sich wehren sollen und dass es der größte Fehler ihres Lebens gewesen sei, sich von mir trennen zu lassen. Trotzdem lebte sie noch dreieinhalb Jahre weiter, als sei nichts geschehen, als hätte sie keine Tochter – abgesehen von den immer spärlicher werdenden Besuchen bei ihrer Schwiegermutter, bei denen sie mich unbeholfen in die Arme nahm.

Ich habe aufgehört, mich zu fragen, ob es wirklich so war, dass Albert über Magdas Kopf hinweg entschieden hat. Vor allem frage ich mich nicht mehr, warum Albert mich zu seiner Mutter und nicht zu Magdas Eltern (die doch viel naheliegender gewesen wären) brachte. Vielleicht lag es daran, dass die Mutter meines Vaters allein in einem großen Haus wohnte, während meine Wiener Großeltern wenigstens einander hatten. Vielleicht aber dachten die beiden gar nicht so weit und wollten mich einfach nur weit weg wissen, damit ich sie nicht täglich an ihre Schuldgefühle erinnerte. Ich habe lange gebraucht, zu begreifen, dass es genau jene Schuldgefühle sind, die meine Eltern so handeln lassen, wie sie es heute tun. Magda, die sich ständig um meine Zukunft ängstigt, und Albert, der meint, mir die Freiheit beibringen zu müssen. Sie wollen die Eltern sein, die sie während meiner Kindheit nicht waren.

27

Im Haizendorfer Haus der Großmutter. Das Bild der traurigen Katze, die an eine rote Ziegelmauer geschmiegt stand. Die Bank mit dem ockerfarben bezogenen Schaumstoff. Von dem flog ich ins Badezimmer. Meine Oma war der Flugkapitän, jeden Tag nach dem Abendessen. Von der Bank ging es in die Badewanne, wo sie mir die Kleider vom Leib schälte und mich duschte, danach zum gemeinschaftlichen Zähneputzen und schließlich ins Bett. Ich schlief auf der Seite am Fenster, Oma kam später dazu, schlüpfte unter die Decke, da war ich schon längst im Tiefschlaf. Die Bilder der Nacht erzählten wir uns am Morgen, und wenn wir uns nicht erinnerten, schmückten wir unsere Träume aus, verliehen ihnen die schönsten Farben. Danach lasen wir Bücher, große Bücher mit bunt angezogenen Igeln, die zur Schule gingen, Heuschrecken, die über Wiesen hüpften und *Puckerl* und *Muckerl* auf dem Rücken trugen. Oder war das schon später? Es muss später gewesen sein, denn da konnte ich bereits lesen.

Der Keller: ein mystischer Ort. Das Spucken und Prasseln, wenn Oma das Ofentürl öffnete. Das Feuer: gefährlich. Im Bett: *Paulinchen war allein zu Haus*, jeden Morgen dieselbe Geschichte. Oma und ich unter die Decke gekuschelt, auf unseren Knien das Mädchen aus dem *Struwwelpeter*, das mit dem Feuer spielte und verbrannte. Oma dachte weniger an den Kohleofen als an die Streichhölzer, mit denen ich mich angezündet haben soll. Auf dem Topf sei ich gesessen, vor mir die Spielkiste. Oma war im Keller. Dass sie ein Kreischen gehört habe. Sie sei die Treppe hochgelaufen, mit der Hand am Geländer und rasendem Herz. »Wie am Spieß«, sagte sie, »hast du geschrien.« Als sie ins Badezimmer kam, standen meine

Beine in Flammen, also riss sie den Bademantel vom Haken und stürzte auf mich zu. Nicht eine einzige Brandblase soll ich gehabt haben. Nur die Strumpfhose war versengt.

Dass Albert, der Idiot, seine Streichhölzer in die Kiste geworfen haben musste. So hatte es mir meine Großmutter erzählt. Eine Schauergeschichte mit dem Untertitel: *Nach einer wahren Begebenheit.*

Und dann war da das Erdbeben im Jahr meiner Geburt, das die Gläser in der Vitrine zum Klirren und den Tisch zum Wackeln brachte, ganze zehn Minuten lang. In Haizendorf gab es immer wieder kleinere Beben, die meisten bemerkten wir nicht einmal, nur der Inhaber des kleinen Lebensmittelladens wies uns jedes Mal darauf hin. »Haben Sie es auch gespürt, Frau Köhler?« Und natürlich sagte Oma nie *Nein.*

Ich wuchs inmitten einer blühenden Wiese aus Geschichten heran, die mir meine Großmutter ins Ohr flüsterte. Während ich auf ihren Knien saß, ließ sich Magda für die nächste Vorlesung eintragen. Und während ich lernte, die Geschichten wiederzugeben, begann Albert seine Vorlesungen zu schwänzen.

Nur die Kühe standen teilnahmslos hinter dem Zaun und kauten jeden Tag aufs Neue vor sich hin.

Magda lernte Vokabeln und grammatikalische Sonderfälle, Albert saß vor der leeren Leinwand und rauchte Kette. Klaus war vor einem halben Jahr ausgezogen, vier Monate später verließ auch Wilfried die WG. Magda war es recht, so blieb mehr Platz für die dicken Wörterbücher und Karteikästen und mehr Raum für sie und Albert. Trudpert störte nicht, im Gegenteil. In den Nächten, in denen Magda neben ihm saß, hockte Albert bewegungslos in seinem Zimmer. Magda stritt sich mit ihm, er solle etwas tun, sie wollte nicht schon wieder zu den Eltern gehen und um Geld betteln. Schließlich gab sie auf und nahm eine Stelle als Kartenabreißerin in einem kleinen Theater an, wo sie während der Vorstellung lernen konnte. Unter ihren Augen wuchsen Schatten, aber noch immer wollte sie in der WG bleiben. Sie begleitete Trudpert und Albert auf Demonstrationen und in fremde Wohnungen, in denen junge Männer und Frauen saßen, die ihre Haare seit neuestem kurz und bunt trugen. Das gefiel Magda, denn das war der letzte Rest Revolution, zu dem sie noch fähig war. Vor allem, wenn bei ihrem Nachhausekommen wieder einmal mein Großvater am Küchentisch gesessen war und Trudpert mit seinem Dackelblick angesehen hatte, brauchte sie diese Zusammenkünfte. Trudpert mochte den Bankbeamten, der nach der zweiten Flasche Bier die Krawatte lockerte und den obersten Hemdknopf öffnete. »Er ist doch ganz okay«, hielt er Magdas Schnauben entgegen, wenn sie sich über ihren Vater beschwerte, was er eigentlich denke, einfach so hereinzuschneien, es gebe doch ein Telefon. Sie sah die Besuche ihres Vaters als Einmischung in ihr Leben, vermutete ihre Mutter dahinter. »Und sogar wenn es so ist«, sagte Trudpert. »Vielleicht kommen ihm diese Besuche bei uns ja entgegen, mir scheint, er fühlt sich ganz wohl bei uns.«

Albert sah die Sache wie Magda, er wollte den Schwiegervater nicht in der Wohnung haben. Natürlich wusste er, dass mein Großvater in ihm einen Versager sah, und hoffte, seine Tochter würde über ihn hinweg und endlich zur Vernunft kommen. Als wären er und seine Mitbewohner bloß eine Torheit, die sich mit der Zeit auswachsen würde. Und so unrecht hatte er ja letztendlich nicht damit, mein Großvater.

Manchmal frage ich mich, was meinen Großvater in die WG trieb. Ob seine nachmittäglichen Besuche tatsächlich eine Flucht darstellten, wie Trudpert glaubte? Vielleicht floh Opa aus demselben Grund, aus dem Magda geflohen war. Meine Wiener Oma war eine tüchtige Frau, die jeden Tag gründlich alle Regale vom Staub befreite, die Böden wischte und immer ein warmes Essen bereithielt. Und auch ihren Busen hielt sie bereit, an den lehnte ich mich, saugte ihren *Nivea*-Duft ein und holte mir Geborgenheit und Nestwärme. Ich lernte sie schnell lieben, schneller als Magda, doch als ich älter wurde, stand zwischen uns eine Mauer aus Hilflosigkeit. Oma sehnte sich nach dem Kind mit den blonden Zöpfen, und ich wollte ernst genommen werden.

Erst knapp vor ihrem Tod fanden wir uns in den neuen Rollen zurecht. Oma begann, mir die Torheiten ihrer Jugend und die Enttäuschungen ihres Erwachsenenlebens anzuvertrauen. Bald wusste ich Dinge, die Magda nie erfuhr und die vielleicht nicht einmal mein Großvater erfahren hatte. Die Erzählungen flutschten meiner Wiener Großmutter aus dem Mund, danach fuhr sie sich erschrocken mit der Hand an die Lippen und kicherte.

Als mein Großvater in der WG auftauchte, hatte ich noch keine Ahnung von meinen Großeltern in Wien, und auch an Magda und Albert dachte ich nicht. Meine Mutter hieß Oma, und mein Zuhause war neben den Kühen.

Mein Großvater saß in der Küche der WG und stieß mit Trudpert an und freute sich, dass er nicht sofort nach Hause musste. Seine Frau hatte ihn zur Wohnung in der Tigergasse geschickt (»Schau nach, ob es der Magdalena gutgeht«, wird sie gesagt haben, »mit dir redet sie wenigstens noch«), und er freute sich, dem Alltag für eine Stunde zu entkommen. Vielleicht freut man sich immer, dem Alltag zu entkommen, wenn er seit zwanzig Jahren gleich verläuft. Und wenn es bedeutet, sich an einen Tisch in eine Wohnung zu setzen, in der junge Leute versuchen, es anders zu machen als man selbst. Vielleicht hat Opa Magda sogar verstanden, auch wenn er es natürlich nie zugegeben hat. Im Gegensatz zu meiner Oma, die später immer wieder über meinen törichten Vater und ihre noch törichtere Tochter schimpfte, schwieg er sich über Magdas Zeit mit Albert aus.

28

Der Zug fährt ein. Ich stemme die Füße gegen den Boden, stoße mich mit den Händen an der Sitzfläche der Bank ab.

Bis auf Sana klettert nur eine weitere Frau aus dem Zug. Wir gehen einander entgegen, grinsen.

»Na du?«

Sana nimmt mich in den Arm, drückt mich fest an sich. Immer kommt mir ihre Umarmung so groß vor, obwohl sie die Kleinere von uns beiden ist.

Auf ihrem Rücken trägt sie einen dicken Rucksack, diesmal hat sie Wanderschuhe mitgenommen. Wir gehen über die Brücke und steigen die Treppen zur Altstadt hoch. »Wie geht es dir?«, fragt Sana, und ich sage »Gut«, erzähle von den Kühen, den Wiesen und Hügeln. Dass ich mich hier seltsam ruhig fühle, dass das mit Heimat zu tun haben müsse.

Sana hört mir zu, dann legt sie ihre Hand auf meinen Oberarm. »Danijel hat angerufen«, sagt sie.

Es braucht keine Worte. Keine Erklärungen.

Immer war Sana Vermittlerin, Vertraute, Eingeweihte. Oft genug auch Verräterin.

»Was gibt dir das Recht, dich einzumischen?« Wie oft hat Danijel ihr diesen Satz entgegengeschleudert. Vor allem am Anfang, als ich, weil er selbst nicht darüber sprach, in Dokumentationen und Büchern nach Antworten suchte.

Natürlich wusste Sana, was ich tat. Warum ich es tat. Sie durchschaute uns beide. Sana kennt Danijel, wie keine andere ihn kennt. In den zwei Jahren, in denen sie ihr Zimmer mit ihm teilte, wurde sie zu seiner Schwester. Die Einzige, mit der er reden konnte. Die Einzige, die verstand.

Sana war elf, als sie nach Wien kam, Danijel war fünfzehn. Ein verbitterter Jugendlicher, der gegen seinen Willen von seiner Mutter in ein Land entführt worden war, in das er nicht wollte. Er wollte kämpfen, so, wie sein Vater gekämpft hatte.

Während er eine Sprache perfektionierte, die ihm wie ein Verrat an seiner Heimat erschien, begann sich Sana als Wienerin zu fühlen. Noch heute hasst sie die Fahrten nach Sarajevo, sie kann mit der Stadt ihrer Kindheit nichts anfangen. *Erinnerungen*, sagt sie, *sind wie abgespeicherte Bilder, auf denen alles stillsteht.*

Sana hängt nicht an ihrer Vergangenheit. *Heimat ist dort, wo du gerade bist*, sagt sie. Wenn Sana sagt: *Ich gehe nach Hause*, kann sie damit auch ein Hotelzimmer meinen, das sie für eine Nacht gemietet hat.

Natürlich meinte ich, die ich nie einen Krieg erlebt hatte, ihn in Danijels Augen zu sehen. Ich sah ihn in diesem Bus sitzen und alles zurücklassen, sah aus seinen Augen durch das trübe Fenster, sah die gepanzerten Fahrzeuge der UNPROFOR, die ausgebrannten Straßenbahnwaggons, sah verwundete Kinder und Frauen über eine Kreuzung laufen. Ich hörte das Pfeifen der Mörsergranaten, sah Menschen rennen, hörte das Wimmern einer Mutter, das Jaulen eines Hundes.

»Hör auf, in Danijel das Kriegskind zu sehen«, warnte mich Sana, als sie mitbekam, dass ich mir auf YouTube eine Dokumentation nach der anderen ansah. Ich fragte sie, quetschte sie aus, bat sie, mir zu erzählen. »Wie war das damals, wie genau?« Und Sana erzählte, geduldig zerpflückte sie ihre eigenen Erinnerungen, holte ein Bild nach dem anderen hervor. Sie ließ mich teilhaben an etwas, das sie begraben wissen wollte, holte die alte Blechschachtel aus dem Schrank, zeigte mir ein altes Kinoprogramm, die Briefchen, die sie mit ihrer Banknachbarin ausgetauscht hatte, und ein Foto, auf dem sie hinter einem Pappbaum steht (die letzte Aufführung ihrer Klasse, bevor Sana nach Wien floh).

Das war es, was uns zu den Freundinnen machte, die wir heute sind. Sana ließ mich in den Raum eintreten, den Danijel vor mir verschlossen hielt. Sie erzählte mir auch von Danijels Wut. Eine Wut, die schließlich einem Schuldgefühl gewichen war, das bis heute nicht ganz verschwunden ist.

Der alte Hotelbesitzer nickt nur mit den Schultern, als ich sage, dass meine Freundin ein paar Tage bleiben wird. Er kassiert fünfundzwanzig Euro mehr pro Nacht, das Zimmer müssen wir nicht wechseln, da ich ohnehin in einem Zimmer mit Doppelbett wohne. Nur nach frischen Handtüchern müssen wir fragen.

Da Sana den ganzen Tag über nichts gegessen hat, setzen wir uns in den Gastgarten der Drechslers. Wieder muss ich mir vorstellen, wie mein Urgroßvater hier saß. Ich stelle mir vor, wie er schüchtern vom Teller aufsieht, während die anderen hinlangen. Dass sie einander wirklich geliebt hätten, verriet mir Oma einmal. Dass die Ehe ihrer Eltern keine gewesen sei, die in aller Eile geschlossen worden war. Dass mein Urgroßvater meine Urgroßmutter noch nicht einmal geküsst habe, als er ihr den Heiratsantrag machte. Nur abendelang nebeneinander gesessen seien sie. Nachdem meine Urgroßmutter mit ihrer Arbeit fertig war, hatte mein Urgroßvater ihr erzählt. Von Sarajevo, von den Minaretten, den Kirchen und dem Markt. Von den türkischen Läden und den neuen Boutiquen mit Damenmode. Dann schwenkte er nach Solburg und erzählte vom Spenglermeister Huber, bei dem er als Lehrling eine Stelle gefunden hatte, und von den Kunden, die zu ihnen kamen. Er imitierte sie, ihre Stimmen und den Lusniztaler Dialekt, den er selbst nicht beherrschte. So habe er meine Urgroßmutter erobert. Mit seiner Phantasie und seinem lustigen Deutsch entführte Rudolf Kovac sie in eine Welt, die ihr kein anderer bieten konnte.

»Schön«, schwärmt Sana. »Ich hätte auch gerne einen, der sich Geschichten für mich ausdenkt und mir viele Kinder macht und ihnen eine eigene Stadt baut …«

»Hör auf, Sana, du willst keine neun Kinder. Und alltagstauglich war mein Urgroßvater auch nicht. Er hat schöne Geschichten erzählt und sich den Schnurrbart gewichst, aber das Leben hat meine Urgroßmutter bestritten.«

»Alltagstauglich … Wie unromantisch zu bist. Wird man so, wenn man schwanger ist?«

Ich muss lachen. Habe ich mich tatsächlich so verändert? Sana hat recht, das Wort *alltagstauglich* hätte mir früher nicht zugesagt. Wenn sie gesagt hätte, »Danijel ist alltagstauglich«, wäre ich in Eilschritten davongelaufen.

Norbert war alltagstauglich. Norbert konnte mit einer

Waschmaschine umgehen, konnte die Wäsche perfekt zusammenlegen und wusste immer, welcher Handyvertrag gerade am günstigsten war. Norbert wechselte den Stromanbieter, um zwanzig Euro im Jahr zu sparen, und er studierte die Prospekte sämtlicher Supermärkte.

Und dann war da Raul. Der leidenschaftliche Liebhaber, der mir aus Büchern vorlas, für mich kochte und die Pfanne mit den kalten Resten ans Bett stellte, sodass wir, wenn wir erschöpft vom Liebesakt waren, nicht einmal aufstehen mussten. Raul, der einmal da war und dann wieder verschwand, nicht ans Telefon ging, nur um drei Wochen später mit einem Strauß Maiglöckchen und einem Bund Spargel an der Tür zu läuten. Meine Liebe zu ihm brannte heiß, verzehrte, laugte aus, bis sie schließlich nur noch wehtat. Norbert war die Folge von Raul. Ein Mensch, bei dem ich zur Ruhe kommen konnte, nur dass ich bei ihm fast eingeschlafen bin.

Sana zwickt mich in den Unterarm, wie sie es gerne tut, wenn ich meinen Gedanken nachhänge.

»Ist Danijel alltagstauglich?«, fragt sie mich.

Ja. Danijel ist fürsorglich, zart, aufmerksam. Er schafft es, mich zum Lachen zu bringen. Sein Rückzug findet immer im richtigen Moment statt und tut nicht weh. Nicht mehr. Danijel mag nicht ganz so romantisch sein, wie Raul es in unseren guten Zeiten war, aber er ist auch nicht wie Norbert. Danijel kann mir Geschichten ins Haar flüstern und mit mir in Tagträume flüchten und fünf Minuten später aufstehen und das Leben in die Hand nehmen. Danijels Furchtlosigkeit weiß meine Angst zu zähmen.

»Das ist reinster Kitsch«, sagt Sana.

»Ja«, sage ich. »Alltagstauglicher Kitsch.«

Sana wünscht sich das, was wir haben. Betont, wie satt sie

es habe, von einem zum anderen zu hetzen, immer auf der Suche nach etwas, von dem sie selbst nicht weiß, wie es sein soll.

»So wie bei euch eben«, sagt sie.

Und doch ist Sana anders als ich. Sie ist stets von Menschen umgeben. Ich beobachte sie, seit ich sie kenne. Ihr fröhliches Lachen, das immer eine Reihe weißer Zähne zeigt. Ihre Art, sich zu bewegen. Sie strahlt so viel Lebendigkeit aus. Sana ist keine, die die Abende zu Hause verbringt, sie kennt eine Unmenge von Leuten, trifft sie in Kaffeehäusern, auf Parkbänken oder in dem kleinen persischen Lokal am Ende der Gasse, in der sie wohnt. Wenn man Sana trifft, sprudelt alles aus ihr heraus, kein Thema, zu dem sie keine Meinung hat, kein Erlebnis, das es nicht wert wäre, erzählt und kommentiert zu werden. Dabei raucht sie und trinkt türkischen Kaffee oder Espresso, schwarz, mit zwei Löffeln Zucker.

Wenn sie mich mitnahm, blieben wir nie lange allein, jedes Mal kam irgendjemand vorbei, den sie kannte. Ich habe sie immer um ihre Selbstsicherheit beneidet. Ich, die ich mich als zu scheu, zu schüchtern empfinde. Kam jemand an unseren Tisch, bat sie ihn dazu, und so wuchs die Runde, stets mussten neue Sessel dazugestellt werden. Trotzdem waren mir die Treffen in ihrer Wohnung lieber. Ich habe Sana gerne für mich. Wenn wir allein sind, kommt die wahre Sana zum Vorschein. Eine Sana, die ganz anders ist als die, die man in den Lokalen trifft. Eine melancholische, verträumte Sana, manchmal auch eine zutiefst einsame und verletzte Sana. Dann merke ich, wie ähnlich wir einander trotz all der Unterschiede sind.

Ich frage sie nach Christian. Dem Mann, den sie liebt und den sie seit zwei Jahren nicht aus ihrem Kopf bekommt, sosehr sie sich auch anstrengt. Sanas Bekanntenkreis ist voll sympathischer junger Männer, aber ausgerechnet Christian ist es, der sie schon siebenhundert Morgen mit einem Klumpen aus Trauer aufwachen lässt. Seit zwei Jahren diskutieren und analysieren wir Christians Verhalten. Dabei gibt es nichts zu diskutieren. Christian ist achtzehn Jahre älter als Sana und lebt bei seiner geschiedenen Frau. Jener Frau, die er vor zwei Jahren für Sana verließ, wie er damals behauptete. Ich unterstelle ihm, dass Sana nur ein Vorwand war. Ohne Sana wäre es eine andere gewesen. Für Christian sind die Begegnungen mit Sana wie ein Spielbrett, auf das er sich begibt und das er verlässt, wann immer er gerade Lust dazu hat. Sana ist sein Ass im Ärmel, nicht mehr, aber auch nicht weniger. »Die Zeit heilt alle Wunden«, sagt Sana, sie sagt es jetzt seit anderthalb Jahren. »Irgendwann kommt der Nächste, dann werde ich mich von ihm lösen können.« So schiebt sie eine endgültige Entscheidung hinaus und legt sich täglich mit Lügen ins Bett, die am Morgen einen bitteren Geschmack auf der Zunge hinterlassen.

Die Zeit heilt gar nichts. Christian ist zu ihrem Suchtmittel geworden. Der Schmerz am Morgen ist besser als das Nichtfühlen.

Sana steht auf, brüht Kaffee und stellt sich mit der ersten Zigarette ans Fenster. Dann nimmt sie das kupferne Kännchen vom Herd, gießt kochendes Wasser auf den schäumenden Kaffee, damit sich der Sud senkt. Stellt sich unter die Dusche, schlüpft in frische Kleider und malt sich ein Lächeln mit blassrotem Lipgloss auf. Mit der kleinen Schale stellt sie sich abermals ans Fenster und raucht die zweite Zigarette. Das Kaffeekochen und die zwei Zigaretten, die sie jeden Morgen aus dem Fenster raucht, sind ihre Trostrituale geworden.

Trotz der vielen Bekannten, mit denen sie sich umgibt,

neigt Sana schnell zur Langeweile. Manchmal, so gab sie mir gegenüber einmal zu, sitzt sie da, hört die anderen reden und stellt fest, dass die Menschen um sie nichts als Geräuschkulisse sind. »Sie dringen nicht in mich ein, ihre Stimmen streifen meine Haut und steigen auf, wie der Zigarettenrauch, der sich zur Decke hochschraubt. Blauer Dunst, der auseinanderstiebt, wenn ich hineingreife. Da ist nichts Wahres, da sind nur Belanglosigkeit und Lüge.«

»Ich mache mir Sorgen um Sana«, sagte Danijel, als wir neulich über sie sprachen. »Was wird sie tun, wenn wir nicht mehr hier sind?«

Ich muss an meine Großmutter denken. Die Fröhlichkeit, die sie ausstrahlte. Wenn du erzählt bekommst, klingt immer alles prall und voller Leben. Niemand erzählt dir von der Leere.

»Du musst den Kontakt zu ihm endlich abbrechen, Sana«, sage ich – zum wievielten Mal?

Ich weiß, dass meine Sätze nichts bewirken, Sana ist nicht dumm, sie weiß selbst, dass sie den Abschied nur hinauszögert.

»Reden wir nicht mehr drüber«, sagt sie. »Wie soll ich ihn aus dem Kopf bekommen, wenn du mich ständig nach ihm fragst? Gehen wir lieber eine Runde spazieren, die gute Landluft genießen, so sagst du doch immer?«

»Du hast recht, Kuhscheiße ist gut gegen Probleme.«

Manchmal reicht ein Satz, um Sana zum Lachen zu bringen. Sie hat ein so schönes Lachen, und es tut mir weh, dass sie es an einen wie Christian verschenkt.

Wir trinken unsere Gläser leer und zahlen. Ich führe Sana die Stadtmauer entlang, hinaus zu den Almen.

»Danijel hat dich also angerufen«, sage ich.

»Ja.«

»Wollte er etwas Bestimmtes?«

»Er denkt, dass du flüchtest.«

»Und du? Denkst du das auch?«

»Ja, ich denke das auch. Ich kenn dich doch. Immer, wenn du mit etwas nicht klarkommst, steigst du in einen Zug.«

»Na und? Was ist so schlimm daran? Dieser Ort hier tut mir gut, Sana. Du kennst mich doch, ich brauche das Grüne, die Hügel. Den Kuhgeruch! Ich brauch ein bisschen Ruhe, bevor ich nach Sarajevo gehe, das ist alles.«

Sana hat sich immer lustig darüber gemacht. Sana ist vernarrt in Wien. Sie liebt all die Orte, die mir fremd geblieben sind. Sie liebt es, an der Alten Donau entlang zu spazieren, sie liebt die Silhouetten der modernen Hochhäuser, die sich im Wasser spiegeln. Sana liebt sogar den Wind, der mir jedes Mal, wenn wir dort spazieren gehen, Ohrenschmerzen bereitet.

Sana liebt die Gürtelbögen, sie quetscht sich in volle Lokale, schiebt sich an den jungen Leuten vorbei, es stört sie nicht, dass die Musik so laut ist, dass man sich nicht unterhalten kann. Sana genießt es, jeden Abend die Möglichkeit zu haben, unter Leute zu kommen, etwas zu erleben. Die Betonwände bedeuten für sie Zivilisation, sie fühlt sich nicht eingeengt. Bergkulissen und Almwiesen sind etwas, das Sana für entbehrlich hält. Lieber sitzt sie in einer belebten Einkaufsstraße im Café und schaut den Vorbeieilenden zu. Vor allem aber liebt sie die Anonymität. *In Wien kannst du wochenlang niemanden treffen*, sagt sie, und ich muss lachen, weil sie zu jenen gehört, die an jeder Ecke auf Bekannte treffen.

Vielleicht habe ich tatsächlich Angst. Vielleicht war meine Reise hierher eine Flucht vor dieser Angst. Trotzdem weiß ich, wenn ich irgendwo zu Hause bin, dann dort, wo Danijel ist.

Und wenn ich mir eine Familie für mein Kind wünsche, so ist es Danijels Familie.

Magda und Albert. Die kann ich dir bieten, mein Kind. Du wirst sie sehen, sie werden dich liebevoll in ihre Arme schließen, dessen bin ich mir sicher. Aber es gibt einen Ort, der ist perfekt für dich. Das weiß ich, weil ich es selbst gespürt habe. Sarajevo ist wie Haizendorf, als ich klein war, dort gibt es Liebe ohne Leistung, Zuneigung ohne Schranken. In Danijels Familie fand ich, wonach ich seit meinem fünften Lebensjahr gesucht habe.

Ich werde von vorne beginnen müssen. Werde alle Wege neu gehen, lernen müssen, mich zurechtzufinden. Ich werde mutig sein müssen, werde neue Menschen kennenlernen. Ich werde es tun, weil die Tage lang werden, wenn ich mit dem Kind allein zu Hause bin.

Wenn die Tage gar zu lang werden, werde ich mich in einen der Busse setzen. Ich habe die Una gesehen und das Neretva-Tal. Die Flüsse Bosniens sind um so viel schöner als das Pannonische Becken.

»Dann ist es ja gut«, sagt Sana. »Aber sag das, was du soeben mir gesagt hast, auch Danijel. Mir kommt vor, ihr sprecht in letzter Zeit über die falschen Dinge.«

29

Sana schläft noch. Ich sehe ihr zu, wie sie zusammengerollt auf der Seite liegt, die Bettdecke zwischen ihre Beine geklemmt. Sie liegt mit dem Gesicht zu mir, die braunen Stirnfransen haben sich ein wenig eingekringelt und stehen wie kleine Hörner von ihrem Kopf ab. Wenn sie später vor den

Spiegel tritt, wird sie wieder stöhnen und sofort nach dem Glätteisen greifen, das sie überallhin mitnimmt. Sana hasst ihre Naturlocken, obwohl sie jede andere Frau darum beneiden würde.

Ich höre ihr leises Ausatmen. Ich würde sie am liebsten einpacken und nach Sarajevo mitnehmen.

Ich stehe auf und tapse ins Bad. Putze mir die Zähne und streife das Nachthemd vom Körper. Betrachte meinen Bauch und frage mich, ob er wieder dicker geworden ist. An manchen Morgen habe ich sogar das Gefühl, dass er weniger wird. Vielleicht hat es mit Verdauungsgasen zu tun oder mit dem, was ich am Vortag gegessen habe. Ich stelle mir meine Gedärme zusammengedrängt vor, sie machen Platz für die Fruchtblase, die unter ihnen wächst. *Du musst jetzt für zwei essen*, höre ich Therese sagen, aber wie soll das gehen, wenn das Kind in meinem Bauch immer größer wird, wo soll da das viele Essen Platz haben? Jetzt ist es noch klein, aber in zwei Monaten werde ich einen riesigen prallen Ball vor mir hertragen. Bis das Kleine kommt, ist in Sarajevo vielleicht schon der erste Schnee gefallen.

Ich stelle mich unter die Dusche. Schließe die Augen und lasse das Wasser über meinen Kopf rinnen.

Heute habe ich seltsam geträumt. Im Traum stand ich am Zugfenster. Oma, Therese und Klara standen am Bahnhof und sangen ein bosnisches Kinderlied. Dazu drehten sie sich im Kreis und ließen weiße Taschentücher im Wind flattern.

Natürlich war klar, dass Danijel Sana anrufen würde. Wir skypen fast täglich, wir schreiben einander kleine Zeilen via Smartphone, aber Sana hat recht. Kein einziges Mal hat er mich gefragt: »Katja, was machst du noch hier, wieso kommst du nicht einfach jetzt schon?«

Wir umkreisen einander in unseren Gesprächen, es ist wie ein vorsichtiges Beschnuppern, als hätten wir Sorge, dem anderen zu nahe zu treten, ihn zu verletzen. Ich traue mich nicht nachzufragen, wie es ihm in Sarajevo geht, und er fragt mich nicht, wie es sich für mich anfühlt, mein Land zu verlassen. Stattdessen erzähle ich von Therese und beschwere mich bei ihm über Magdas Anrufe, obwohl sie und Albert die einzigen sind, die die Frage ganz klar formulieren. *Katja, was tust du in Solburg? Wieso gräbst du in alten Geschichten, statt dein neues Leben zu beginnen?*

Ich habe es mir einfacher vorgestellt. Habe mich mit meinen Bekannten zum Abschied Kaffee trinken gesehen, habe mir vorgestellt, wie ich die Schachteln eine nach der anderen packen werde, habe mich dem Tag entgegenfiebern gesehen, an dem Mihajlo kommen wird, um uns zu holen – mich und das kleine Wesen in meinem Bauch.

Stattdessen habe ich die Kartons schon Wochen zu früh gepackt, bin in meiner leeren Wohnung gesessen und hatte auf nichts mehr Lust.

Die Tage hier sind voll und fröhlich, ich treffe Therese, wir verheddern uns in alten Geschichten, lachen und spazieren durch die kleine Stadt. Was könnte ich Besseres mit meiner Zeit anfangen, mit dem Niemandsland zwischen Vergangenheit und Zukunft, als hier zu sein?

Meine Treffen mit Therese sind ein Stück Ewigkeit, das ich bewahre. Ihre Erinnerungen sind wertvoller als die Schachteln, die Mihajlo in den Lieferwagen stapeln wird, sie sind wertvoller als der Schreibtisch und die Stehlampen. Sie sind wertvoller als das Daunenbett für den Winter, und sie sind wertvoller als der teure Kinderwagen, den wir bestellt haben.

Thereses Erzählungen gehören zu mir, und sie werden zu meinem Kind gehören. Vielleicht wird es fünfzig Jahre dauern, bis ich von meinem Kind nach unseren Verwandten im Lusniztal gefragt werde, dann werde ich so alt sein wie Therese heute. Aber die Geschichten sind gespeichert, die einzelnen Begebenheiten in meiner Erinnerung einsortiert wie alte Schwarzweißfotografien in einem brüchigen Fotoalbum. Und sie werden wieder eine Spur anders sein, gefärbt durch meine Erinnerung, die manche Dinge auslassen und andere ausschmücken wird.

»Woran denkst du?«

Sana reibt sich den Schlaf aus den Augen und gähnt. Als ich sie an meinen Gedanken teilhaben lasse, lächelt sie. »O Mann, du bist ja jetzt schon eine verdammte Bosnierin«, sagt sie. »Sentimental bis zum Gehtnichtmehr.«

30

Svjetlana und Mihajlo, der Garten in Vojkovići. Als ich das erste Mal zu ihnen kam, schlachteten sie ein kleines Schaf. Mir zu Ehren sollte es Lammbraten geben, aber ich saß unter dem Maulbeerbaum und heulte. Das Gesicht verquollen. Das Schnappen nach Luft. Ich stieß Danijel weg. »Verschwinde!«, schrie ich und schimpfte seine Tante eine Tiermörderin.

Mit dem Messer die Kehle entlang. Schnitt. So einfach machen sie es hier. Zuerst darfst du das Lamm noch streicheln, und eine Stunde später riechst du sein würziges Fleisch. Die Blutlache hinter dem Schuppen. Die Rosmarinzweige auf dem Rost.

Danijel ließ mich sitzen. Ging einfach davon und setzte sich zu den anderen. Svjetlana sah herüber. »Was hat sie?« Ich sah Danijel, der seine Hand auf ihren Arm legte und sie aus meinem Blickfeld schob.

»Ihre Katze ist vor vier Tagen gestorben, und ihre Großmutter hat Krebs. Das ist ein bisschen viel in letzter Zeit, sie meint es nicht böse.« So oder so ähnlich muss er es ihr erklärt haben. Ich habe ihn nie danach gefragt. Mein erster Nachmittag bei Danijels Verwandten ist ein Thema, das wir nie wieder anschnitten. Ich wollte darüber reden, entschuldigte mich. »Lass es«, sagte er, »es ist geschehen. Reden wir nicht mehr darüber.«

Ganze zwei Stunden saß ich unter dem Maulbeerbaum. Mihajlo kam und brachte mir Zigaretten. Hielt mir das Feuerzeug unter die Nase. Setze sich neben mich, rauchte mit mir, dann ließ er die Packung und das Feuerzeug wortlos liegen und ging wieder zu den anderen. Die Zigaretten ließen mich wieder im normalen Rhythmus atmen.

Eine Stunde später sah ich den anderen beim Essen zu. Danijels Oma reichte den Krautsalat, die Zwiebeln und das Brot über den Tisch. Alle lachten und ließen sich Stücke vom Lamm auf ihre Teller legen. Ich stellte mir Isidor vor. Stellte mir vor, wie man ihn vom Fenster nimmt, häutet und auf den Grill legt. Ich habe Isidor geliebt, und ihr esst ihn einfach auf. Für euch ist es nur ein Stück Fleisch, nichts weiter.

Ich hatte dieses Schaf gestreichelt, hatte in seine Augen geschaut. Fühlte noch das Fett seines Fells an meinen Fingerkuppen haften.

Das Schaf war dunkelbraun gewesen. Ein kleines Tier, das seinen Kopf an meinen Schenkeln gerieben hatte.

Ich hasste sie. Ich hasste Svjetlana, und ich hasste Danijels

Großmutter. Ich hasste Danijel. Wie er dort saß und sich das Fleisch hineinstopfte. Sein Essen war wie ein Verrat.

Der Einzige, den ich an diesem Tag nicht hasste, war Mihajlo. Nach dem Essen stand er auf und kam abermals zu mir. Hielt mir die Rakija-Flasche unter die Nase, mit der seine Frau vorhin um den Tisch gegangen war. Nickte mir zu. Ich nickte zurück und trank.

Wir saßen nebeneinander, rauchten und reichten einander die Flasche. Meine Schminke war verlaufen, meine Wangen übersät mit roten Flecken. Noch immer entfuhren mir Schluchzer. Mihajlo fuhr mir übers Haar, dann stand er wieder auf. Den Schnaps ließ er im Gras liegen wie zuvor die Zigaretten.

Ich trank und sah heimlich zu den anderen hinüber. Sie hatten mich vergessen. Mihajlo spielte Akkordeon, Svjetlana und die Großmutter sangen. Danijel saß mit dem Rücken zu mir.

Ich kam mir so dumm vor unter dem Baum. Wie ich da saß, betrunken und rotgefleckt. Wusste nicht, wie aufstehen, wie hinübergehen. Dass jetzt sowieso alles zu spät wäre. Wir würden schweigend zurück nach Sarajevo fahren, und Danijel würde mich in den nächsten Bus zurück nach Wien setzen.

Irgendwann las ich meinen Mut vom Boden auf, sammelte die Kippen ein und warf sie in die leere Schachtel. Schraubte die Schnapsflasche zu und ging zu den anderen. Mihajlo sah von seinem Instrument auf und warf mir ein aufmunterndes Lächeln zu. Ich setzte mich neben Danijel. Seine Oma rutschte ein Stück zur Seite, um mir Platz zu machen. In ihren Augen lag ein mildes Lächeln. Ich machte mich schmal und knetete meine Hände im Schoß. Danijel legte seinen Arm um mich, zog mich heran und küsste mich auf die Stirn. Mihajlo stimmte das nächste Lied an. Svjetlana beobachtete uns aus scharfen Augen, dann sah sie zu ihrem Mann und begann zu singen. Ich schloss die Augen und ließ mich einlullen. Spürte Danijels Hand, die meinen Rücken hinauf glitt und sich in meinem Nacken niederließ.

Er setzte mich nicht in den nächsten Bus. Am nächsten Tag spazierten wir durch Sarajevo. Wir schlenderten die Ferhadija entlang, setzen uns in ein Café und tranken Fruchtcocktails. Danach spazierten wir die Miljacka entlang, und Danijel zeigte mir das Haus seiner Kindheit – ein hässlicher siebenstöckiger Bau mit Einschusslöchern in der Fassade.

Mit der Straßenbahn fuhren wir zurück in die Stadt, gingen über die Brücke und die Gasse hoch. Danijel öffnete ein großes Holztor. Wir gingen durch den Innenhof, vorbei an Kräutern und Tomaten. Ein Hund bellte hinter einem Zaun. Eine rothaarige Frau blickte auf, zuerst fragend, dann begannen ihre Augen zu leuchten. Sie kam auf uns zu. Nahm Danijels Gesicht zwischen ihre Hände, lachte und weinte zugleich.

Nusret.

Wie viele Stunden saß ich auf der selbstgezimmerten Bank im Oberstock ihres Hauses. Das war im Herbst, als ich schon wusste, dass Danijel hierblieben würde. Die weichen Sitzkissen im Rücken, die Beine auf dem orientalischen Teppich verschränkt, Kaffee und Kekse, selbstgemachter Ingwersaft.

Letzten Winter, als Danijel schon im Krankenhaus arbeitete, erzählte sie von den drei Jahren in der belagerten Stadt. Wie sie täglich den langen Weg zur Mutter und wieder zurück zu den Schwiegereltern ging, im Rucksack Wasser und Konserven. Manchmal war der Rucksack auch leer, sie ging die Strecke trotzdem, ging sie langsam, hinter der Mauer geduckt, dann rannte sie. Dass sie das Gehen in normalem Tempo erst wieder erlernen musste, in Deutschland.

Sie war kein Flüchtling. Kein *refugee from Bosnia*. Als sie in Deutschland ankam, bestand sie darauf. Sie war nicht vor dem Krieg geflohen, sondern ihrem Mann gefolgt. Senad hatte als Elektriker Arbeit gefunden, ein halbes Jahr bevor alles begann, bevor die ersten Granaten fielen und die Snajper auf die Jagd gingen.

»Wie euer Kronprinz, der fünfzig Hirsche an einem Tag geschossen haben soll«, sagte sie.

Franz Ferdinand, auch so eine Figur, die in Sarajevo noch zählt. Ich fragte auch sie nach dem *Warum*. Wie hatte es so weit kommen können?

Nusret nahm eine Zigarette aus der Packung. »Da gibt es nichts zu verstehen.« Sie inhalierte, blies den Rauch gegen die Decke. »Natürlich kann ich dir die Hintergründe erklären. Ich kann dir von Tito erzählen und dass die jugoslawische Volksarmee zunehmend unter serbische Kontrolle geriet. Nach Titos Tod begann die Propaganda. Das ging so schleichend, dass wir es gar nicht bemerkt haben. Eines Abends, als wir von einem Ausflug heimkamen, sahen wir Panzer. Truppenübungen, hieß es, das war schon Wochen bevor alles begann. Trotzdem haben wir nicht an einen Krieg geglaubt, nicht einmal, als Vukovar beschossen wurde. Kroatien, das war etwas komplett anderes für uns. Wir saßen vor den Fernsehern und sahen fassungslos zu, aber nicht fassungsloser als ihr. Das waren die Nachbarn. Nie und nimmer würde man zulassen, dass man Sarajevo angreift.«

Nusret erzählte mir alles. Sie sprach von der fünften Kolonne. Menschen, die mit Spiegeln an den Fenstern standen und den Scharfschützen in den Bergen anzeigten, wann die Schlange um Wasser anstand.

»Serbe, was soll dieses Wort?« Nusrets Wut. »Wir sind Bosnier. Wir sind Christen, katholische und orthodoxe, wir sind Muslime, wir sind Juden. Aber vor allem sind wir Bosnier. Was soll das, dass sich einer als Serbe oder Kroate bezeichnet, obwohl seine Großeltern und Urgroßeltern hier geboren wurden?«

Ich denke an meine Urgroßväter, die beide nicht in Österreich zur Welt kamen. Oder doch? Sarajevo war annektiertes Land der Donaumonarchie, Böhmen gehörte sowieso dazu.

»Siehst du?«, sagt Nusret. »Das ist alles Blödsinn. Du bist Österreicherin. Und ich bin Bosnierin. Ich lasse mich nicht instrumentalisieren.«

Und doch sind da ihre Hassreden auf Ostsarajevo. »Was ist Lukavica schon? Das ist doch keine Stadt! Das ist ein Versteck, Katja, nichts anderes.«

Ich sitze auf Nusrets Sofa und bin aufgewühlt. Ich mag sie, aber ich will mich nicht hineinziehen lassen. Danijels Vater war Serbe. Danijels Onkel Mihajlo und seine Frau Svjetlana wohnen heute in jenem Teil Bosniens, der sich Republika Srpska nennt. Früher hatte es diese Trennung nicht gegeben. Man hatte einander gegenseitig zu den Festtagen eingeladen.

Jetzt wird unser Kind eines der wenigen sein, das alle Feste kennenlernen wird. An den katholischen Weihnachtsfeiertagen werden wir in Wien sein, an den orthodoxen bei Danijels Verwandten. An Bayram wird uns Nusret einladen und unserem Kind Süßigkeiten zustecken.

Danijels Großcousine ist Muslima. Wie viele in Sarajevo hat sie erst im Krieg zu beten begonnen. Manchmal, wenn ich lange mit Nusret zusammensitze, lässt sie mich für zehn Minuten allein, um in einen Nebenraum zu gehen.

Nusrets Großmutter war eine jener muslimischen Frauen, die sich in den dreißiger Jahren für die Rechte der Frauen einsetzten. Später war sie glühende Kommunistin. In Nusrets Schlafzimmer hängt ein Bild von ihr. Sie war die Schwester von Danijels Oma. Danijels Mutter wuchs, ebenso wie Nusret, ohne Religion auf. Nusret sagt, ihr Glaube habe sie gerettet. Ohne Gott hätte sie den Krieg nicht überlebt. Das Beten habe sie von Senads Eltern erlernt.

Nusret hält sich nicht an die Gebetszeiten. »Ich spreche mit Gott, wie und wann ich will«, sagt sie. »Gott ist nicht wichtig, wann, sondern wie du betest.«

Senad betet zu den vorgegebenen Zeiten. Auch hält er die Fastenzeiten ein, anders als Nusret, die meist schummelt. Senad lacht über Nusrets heimliche Gänge zum Kühlschrank.

Nusret ist vier Jahre älter als Danijel. Als die ersten Granaten auf die Stadt niedergingen, hatte sie gerade ihr Jurastudium begonnen. Zu diesem Zeitpunkt arbeitete Senad bereits seit sechs Monaten in Deutschland.

Warum ist sie nicht gleich aus der Stadt geflohen?

Bevor Senad nach Nürnberg ging, kannten er und Nusret einander gerade einmal ein Jahr. Sie telefonierten zweimal die Woche, Nusret hätte ihn im Sommer besucht. Senad hatte nicht vor, ewig in Nürnberg zu bleiben, und Nusret wollte ihr Studium in Sarajevo abschließen.

Aber dann saß sie auf einmal fest. Alle Verbindungen nach außen waren gekappt und Sarajevo eingekesselt.

Das Haus von Senads Eltern lag in der Nähe der Uni, also

zog Nusret zu ihnen. Als die Lage schlimmer wurde, richteten sie sich in den unteren Zimmern ein. Jene Zimmer, die Nusret und Senad heute an Rucksacktouristen vermieten. Die oberen Zimmer sind die schöneren. Von den Bergen konnte man direkt auf die große Fensterscheibe zielen.

»Dreh dich um und schau hinaus. Siehst du die Hügel dort?«

Als Nusret beschloss, nach Nürnberg zu fahren, hatte sie Senad seit mehr als drei Jahren nicht mehr gesehen.

»Was willst du in Nürnberg?«, fragte sie ihre Mutter. »Was, wenn er eine andere hat, mach dich doch nicht lächerlich!« Nusret wollte es wissen. Die ganze Zeit über hatte sie sich nach Senad gesehnt. Wenn es eine andere gab, dann würde sie eben wieder zurückgehen. So versprach sie es ihrer Mutter.

Nusret flüchtete vier Monate vor Kriegsende durch den Tunnel. Zwei Tage später war sie in Nürnberg. Als Senads Telefon klingelte, hob sie ab. Sie dachte nicht daran, dass es nicht ihr Telefon war. »An solche Sachen denkst du nicht, wenn du gerade aus dem Krieg kommst. Solche Kleinigkeiten haben keine Bedeutung«, sagt Nusret.

Als eine weibliche Stimme nach Senad fragte, reichte sie ihm den Hörer. Sie sah die Röte in seinem Gesicht aufsteigen und hörte sein Gestammel in der fremden Sprache.

»Wenn du jemanden liebst, musst du alles geben. Aber du musst auch etwas verlangen.«

Sie stellte Senad vor die Wahl. Dass ihr egal sei, was in diesen dreieinhalb Jahren passiert sei, sagte sie. Ob es andere gegeben habe oder nicht. Aber jetzt müsse er sich entscheiden.

»Entweder ich oder sie.«

Vier Stunden habe sie wach gelegen. Habe die Tränen zurückgehalten, an die Worte ihrer Mutter gedacht und sich für ihre Naivität gescholten. Was machte sie hier? Sie dachte an den Tunnel. Wie sie ihn in die andere Richtung gehen würde.

Aber dann sei Senad plötzlich vor ihr gestanden.

Nusrets Liebesgeschichte ist die schönste, die ich je gehört habe. Seit ihrer Flucht sind zwanzig Jahre vergangen. Tom ist heute neunzehn, Azra wird im Sommer dreizehn. Nach sieben Jahren in Deutschland kamen sie zurück. Die Schwiegereltern und die Mutter starben, während Nusret und ihr Mann in Nürnberg lebten. Das Überleben im Krieg war eine Sache, das Weiterleben danach eine andere. »Denen, die alt waren, fehlte die Kraft dafür. Vielen fehlt die Kraft«, sagt Nusret. »Wir sind müde. Wir wollen einfach nur unsere Ruhe. Wir wollen Frieden.«

In Nusrets Küche hängt ein Bild von Marschall Tito.

»Häng das ab«, sagte Danijel. »Tito ist tot.«

Sie diskutierten im Wohnzimmer. Wir saßen auf der Couch, im Fernseher lief die Übertragung eines Fußballspiels. Nusret rauchte.

»Tito war besser als das jetzt. Schau dir Bosnien an! Was ist Bosnien heute schon?«

»Tito war ein Tyrann«, sagte Danijel. »Ein Diktator, der jeden, der eine andere Meinung hatte, nach Goli Otok geschickt hat.«

»Na und?«, sagte Nusret. »Haben wir jetzt etwa mehr Meinungsfreiheit? Jugoslawien ist ein gutes Land gewesen. Wir sind ans Meer gefahren, die Kinder konnten zur Schule und auf die Universität gehen. Seit Titos Tod ist alles den Bach hinuntergegangen.«

Ich sah zwischen beiden hin und her. Sah die Ader auf Danijels Stirn.

Es hat keinen Sinn, mit Nusret zu diskutieren. Am Ende steht doch wieder nur ein Satz: »Was weißt denn du schon, du warst ja nicht hier. Du bist nicht in diesem verfluchten Kessel gesessen.«

Die Tito-Nostalgie ist lebendig in Bosnien. Und manchmal ertappe ich mich dabei, dass ich Nusret verstehe.

31

Ich blättere durch den Skizzenblock. Gestern, nach Sanas Abreise, bin ich nochmals zum Einkaufszentrum gefahren und habe Zeichenpapier und Fineliner besorgt.

Jetzt sitze ich zwischen Almwiesen auf einer verwitterten Holzbank und betrachte die alten Fotos, die Therese mir geschenkt hat.

Vorgestern hat sie begonnen, ihre Fotos nach Familien zu sortieren und in kleine Jausensäckchen zu stecken. Für jedes ihrer Kinder und Enkelkinder füllt sie ein Säckchen. Dass ich sie auf die Idee gebracht habe, sagte sie. »Es soll doch jeder wissen, wie seine Vorfahren ausgesehen haben.«

Mein Säckchen ist besonders dick. Es enthält alte, an den Rändern gewellte Schwarzweiß- und grobkörnige Farbfotografien aus den Siebzigern und Achtzigern. »Die Köhler-Fotos«, sagte Therese. Sie zeigen meine Großeltern, meinen Vater, Kurt und Silvia. Fotografien von Besuchen, Abzüge, die meine Oma ihrer Schwester Therese vor langer Zeit geschenkt hat.

Eine Fotografie aus dem Jahr 1960 sticht mir besonders ins Auge. Das schneebedeckte Feld hinter dem Haus, Oma, die damals noch eine junge Mutter war, im Wintermantel. Albert mit der Bommelhaube auf dem Schlitten, Kurt daneben, Silvia auf Omas Arm.

»Du siehst deiner Großmutter ähnlich«, sagte Danijel, nachdem ich das Foto mit dem Handy abfotografiert und ihm geschickt hatte.

Ich ertaste den Höcker auf meiner Nase. Kurt hatte den Höcker, und auch Ines, Thereses älteste Tochter, hat ihn.

Oma hatte keinen Höcker, aber ich habe ihre schmalen Augen und ihr blondes Haar. Den Mund habe ich von den Köhlers. Martin Köhler und seine Söhne Albert und Kurt haben auf allen Fotos dasselbe schiefe Lächeln wie ich. Unser linker Mundwinkel steht höher als der rechte.

Von Magda habe ich die Bewegungen und die Mimik übernommen.

»Du siehst deiner Mutter nicht ähnlich, aber du lachst und du bewegst dich wie sie«, sagte Danijel, als wir von unserem ersten gemeinsamen Besuch bei Magda in die Innenstadt fuhren, um noch auf ein Bier zu gehen. Als er es sagte, war ich schockiert. Wollte ganz genau wissen, welche Bewegungen er meinte.

»Ihr habt denselben Hüftschwung!«, sagte er.

Ich musste daran denken, dass Magda mir immer meinen männlichen Gang vorgeworfen hatte.

»Männlich?« Danijel lachte. »Ich finde dich sehr feminin!«

»Vielleicht hast du mehr von mir, als dir lieb ist«, sagte Magda spitz. Als ich ihr erzählte, dass wir laut Danijel beide auf den Zehenspitzen wippen, wenn wir in die Hocke gehen, war sie empört. »Ich wippe doch nicht, ich habe einen guten Gleichgewichtssinn!«

Und schon fällt mir wieder eine Geschichte ein. Auch darin erkennt man das Kovac-Vermächtnis, nichts rutscht mir aus dem Gedächtnis. »Dass du dich immer an alles so gut erinnern kannst«, wundert sich Magda.

Damals war ich etwa sieben. Magda stand mit ihrer Mutter über einem großen Topf und kochte Marmelade ein. Am Nachmittag waren wir mit Oma und Opa Erdbeeren pflücken gewesen. Opa und ich saßen vor dem Fernseher, als Oma nach Opa rief. Mein Großvater rannte in die Küche, und als ich ihm nachkam, sah ich Magda auf dem Boden liegen. Oma hielt ihr ein nasses Geschirrtuch an die Stirn, Opa kniete neben ihr und tätschelte ihre Wangen. Als Magda wieder zu sich kam, betteten meine Großeltern sie auf das Sofa und legten ihre Füße auf ein Kopfkissen.

»Das kommt von der Hitze«, sagte Opa.

Ich bekam Angst, als ich Magda so liegen sah. Ich kannte meine Mutter als eine Person, die ständig in Bewegung war. Ihre Wangen leuchteten immer rosig, ihre Augen blitzten stets ein wenig angriffslustig, aber an diesem Abend lag sie blass und schlapp da und ließ sich von Oma über das Haar streichen.

»Warum ist Magda umgefallen?«, fragte ich Opa.

»Keine Sorge, sie hat nur das Gleichgewicht verloren«, sagte Opa.

Ich erklärte es mir damit, dass Magda so kleine Füße hatte.

»Für deine Füße braucht man einen Geigenkasten, keine Schuhe«, schimpfte Magda, wenn wir von einem Schuhgeschäft zum nächsten liefen.

Auch die großen Füße habe ich von den Kovacs. Magda hat Schuhgröße siebenunddreißig, ich habe Schuhgröße zweiundvierzig.

Ich vergleiche die Porträts der Kovac-Schwestern. Paula sieht anders aus als Oma, Therese und Klara. Mit dem Zeigefinger fahre ich ihre Nase und die hohen Backenknochen entlang. Paula war die Hübscheste von allen. Ihre Augen wurden nicht zu kleinen Schlitzen, wenn sie lachte, sondern strahlten groß und selbstsicher in die Kamera. Auf dem Foto trägt sie die Perlenkette, die mein Urgroßvater ihr zu ihrem ersten Arbeitstag geschenkt hat. Paula hatte die Handelsschule besuchen dürfen, anders als die jüng gekuschelt eren Schwestern. Während der Kriegsjahre arbeitete sie zwei Jahre als Sekretärin eines Nazi-Funktionärs in Berlin. Als die Bomben auf die Stadt niedergingen, schrieb mein Großvater unzählige Briefe an Paulas Chef. Da seine Söhne fürs Vaterland kämpften, brauche er eine Arbeitskraft fürs Büro, er käme sonst mit den Aufträgen nicht nach. Seiner Bitte wurde stattgegeben, Paula durfte nach Hause kommen.

Paula reiste widerwillig ab. Sie wäre gerne in Berlin geblieben, trotz des Bombenhagels.

Ich frage mich, was aus ihr geworden wäre, wäre sie in Berlin geblieben. Wäre Paula nicht nach Kanada gegangen, vielleicht wäre dann auch Klara ihrem Bruder Anton nicht gefolgt.

Paula war keine typische Kovac. Sie hatte keine Lachfalten in den Augenwinkeln. Paula kam der Mutter nach. Die senkrechte Falte auf der Stirn und die tiefen Falten vom Mund bis zum Kinn. Als junge Frau mochte sie hübscher gewesen sein als die anderen, aber was bleibt von der Schönheit übrig, wenn das Leuchten in den Augen fehlt?

Die Augen von Oma, Therese und Klara blitzen auf jeder Fotografie. Es ist genau dieser Schalk in ihren Augen, der sie unverkennbar zu Schwestern macht.

Therese und Oma gingen immer eingehängt durch Solburg. Wenn Klara zu Besuch kam, durfte sie in die Mitte. Therese erzählte mir von der lustigen Fischfrau, über sie sie so gelacht haben. Klara ließ sich von den beiden Schwestern zu ihrem Stand führen. Die Fische schwammen in einem Glasbecken, und die Frau öffnete und schloss den Mund, als wäre sie selbst ein Fisch. Ich höre die Schwestern kichern. Dann gehen sie weiter, über den Platz, die schmale Gasse hinauf bis zur Wohnung der Mutter. Ich sehe sie auf der Bank im Flur sitzen. Katharina Kovac sitzt in der Mitte und greift nach den Händen der Mädchen, die jetzt selbst schon Enkelkinder haben.

Auf einem der Fotos stehen die Schwestern um die Urgroßmutter. Ich stehe ganz vorne und halte meine graue Stoffmaus, die ich überallhin mitnahm.

Ich kann mich an meine Urgroßmutter kaum erinnern. Oma erzählte mir, dass ihre Mutter mich auf ihren Knien schaukelte, *willi-willi-tutsch, willi-willi-tutsch*. Bei jedem *tutsch* stießen unsere Köpfe leicht aneinander.

Ich lege die Porträts der vier Schwestern nebeneinander auf die Bank und hole die Stifte und das Sandpapier aus dem Rucksack. Ich will sie alle zeichnen. Oma, Klara, Therese und Paula.

Nachdem meine Großmutter nach Graz gezogen war, verlor ich nach und nach den Kontakt zu Therese, und auch meine Großcousine Yvonne sah ich immer seltener.

In Graz trug ich meine kleine Cousine Karo durch den Garten, gab ihr das Fläschchen und stellte mir vor, selbst Mutter zu sein.

Oma und Silvia wohnten in einer Reihenhaussiedlung am Stadtrand. Der Zaun, der ihre Gärten trennte, hatte eine kleine Tür, die mein Onkel angefertigt hatte. Diese Tür gibt es heute noch. Im Haus meiner Oma wohnt jetzt eine junge Familie mit einem kleinen Mädchen. Silvia passt manchmal auf die Kleine auf. Sie sagt, es sei schön, wieder Leben im Haus zu haben.

Wenn meine Tante Silvia am frühen Nachmittag von der Arbeit kam, fuhren wir mit den Rädern ins nahe gelegene Schwimmbad. Damals hatte ich schon mein eigenes Rad, meine Cousine saß im Kindersitz hinter meiner Tante. Wenn wir zur großen Hauptstraße kamen, stieg meine Großmutter von ihrem Damenrad und schob es auf dem Gehsteig bis zum Schwimmbad. Meine Großmutter hatte das Radfahren erst mit fünfzig erlernt, so wie sie auch nicht schwimmen konnte. Stets stand sie im seichten Beckenbereich, schaukelte meine kleine Cousine im Wasser und hielt ein sorgendes Auge auf mich gerichtet, wenn ich mich in den tieferen Bereich vorwagte.

Wenn am Himmel Wolken aufzogen, packte Oma unsere Taschen und drängte zum Gehen. Meine Tante lachte, sie hatte keine Angst vor Gewittern. Meine Großmutter ging voraus, im Eiltempo schob sie ihr Rad mit der großen Tasche im Korb zurück und wartete im Hauseingang auf unsere Rückkehr. Gemeinsam versammelten wir uns dann hinter der großen Glasscheibe in Silvias Wohnzimmer und starrten auf die Blitze, zählten die Sekunden bis zum krachenden Donner. Sahen den Hagelkörnern zu, die den Garten in eine Winterlandschaft verwandelten und die Köpfe der Petunien, die meine Oma über alles liebte, abschlugen.

Abends kam mein Onkel, küsste meine Tante und hob seine kleine Tochter hoch.

»Wieso küsst ihr euch immer?«, soll ich als Kind gefragt haben.

»Weil man das so tut, wenn man sich liebhat«, sagte mein Onkel, hob mich hoch und gab mir einen Kuss auf die Wange.

Ich soll mir mit der Hand das Feuchte von der Wange gewischt haben.

»Stimmt nicht. Das macht ganz Wien nicht!«, stampfte ich auf.

Als Sana mich das erste Mal fragte, warum ich Wien nicht leiden könne, erzählte ich ihr diese Anekdote. Immer habe ich mir gewünscht, eine Familie wie Silvia zu haben.

Mit vierundzwanzig, als ich mich von Raul trennte, stellte ich fest, dass das Erwachsenenleben anders ist, als wir es uns als Kinder vorstellen. Raul war der Mann, den ich als meine »große Liebe« bezeichnete. Dennoch ging ich am Tag, nachdem uns das Kondom geplatzt war, zum Frauenarzt, um mir die Pille danach verschreiben zu lassen. Im Wartezimmer saß ich zwischen schwangeren Frauen und hielt die Tränen zurück. Stellte mir vor, dass sich vielleicht gerade eine Zelle in mir teilte.

Raul wäre kein guter Vater gewesen. Schon gar nicht wäre er ein zuverlässiger Partner gewesen. Ich wollte nicht, dass mein Kind mit einer überforderten, alleinerziehenden Mutter aufwächst. Plötzlich verstand ich Magda. Ich wusste: Ich würde es nicht einmal so hinbekommen wie sie.

Ich saß eine Nacht lang neben dem Telefon und heulte. Ich hatte Raul gebeten, vorbeizukommen, aber er kam nicht. Die Pille danach war für ihn eine Sicherheitsmaßnahme, nicht mehr.

»Vielleicht solltest du wieder hormonell verhüten«, sagte er, »dann ersparen wir uns diese Zitterei.«

Sein *uns* machte mich wütend. Ich hatte die Pille ein halbes Jahr zuvor abgesetzt, weil er wieder einmal der Meinung gewesen war, seine Freiheit zu brauchen. Als er zurückkam, glaubte ich nicht mehr an eine Beziehung von Dauer.

Ich saß im Vorzimmer, zündete mir eine Zigarette nach der anderen an und tat mir selbst leid. Ich war geworden wie Magda. Ich suchte mir die falschen Männer aus und ließ mir alles gefallen. Seit drei Jahren kam und ging Raul, wie es ihm passte. Drei Jahre, in denen ich zwischen den schönsten Glücksgefühlen und den abgrundtiefsten Depressionen pendelte.

Ich erinnerte mich an Richard. An Magdas verzweifeltes Warten am Telefon, an ihre Tränen, an die wochenlange schlechte Laune. Ich erinnerte mich an ihren Gesichtsausdruck, wenn er anrief. Wenn er am Telefon war, hoben sich augenblicklich ihre Backenknochen. Richard schaffte mit einem Anruf, was mir nie gelang: Er machte Magda glücklich – wenn auch nur für ein paar Minuten.

Am nächsten Tag rief ich Raul an. Er war nicht zu Hause (oder ging nicht ans Telefon), also sprach ich ihm auf den Anrufbeantworter, dass ich es besser fände, einander nicht mehr zu sehen. Als ich den Hörer auflegte, wurde mir von einer auf die andere Sekunde so übel, dass ich zur Kloschüssel rennen musste.

Sechs Wochen später rief er an. Er tat, als wäre nie etwas vorgefallen, und lud mich ins Kino ein. Ich bat ihn, nicht mehr anzurufen. In den kommenden drei Wochen hinterließ er elf Nachrichten auf meinem Anrufbeantworter, in denen er mir abwechselnd seine Liebe gestand und mich beschuldigte, das Leben zu verkrampft zu sehen.

Ich buchte einen Urlaub auf Sizilien und legte mich jeden Tag mit einem anderen Buch an den Strand. Ich fuhr nach Palermo, Siracusa und Cefalù und knipste mit der alten Spiegelreflexkamera meines verstorbenen Großvaters Häuser mit hölzernen Fensterläden und Kirchen. Ich saß am Meer und sah verliebten Pärchen zu, wie sie einander Herzchen aus Sonnencreme auf die Rücken malten. Ich stellte mir vor, wie der gutaussehende Mann, der einer viel jüngeren Frau das Haar sanft zur Seite strich, am Abend seine Frau anrufen würde. Ich stellte mir die Tränen seiner Frau und seiner Kinder vor, wenn er sie eines Tages für seine Geliebte verlassen würde. Hinter jedem Akt der Zuneigung, den ich bei anderen beobachtete, witterte ich Betrug.

Als ich zurückkam, vertiefte ich mich in die Illustrationen, um die mich Betty gebeten hatte. Sie hatte sich in den Kopf gesetzt, an einem Wettbewerb für Kinderliteratur teilzunehmen. Damals begann ich, mit den verschiedensten Techniken zu experimentieren, die ich schließlich zu bunten Collagen verarbeitete. Ich zeichnete, malte, schöpfte Papier, färbte es mit Kaffeesud ein, schnitt aus, scannte, schrieb, malte und scannte abermals. Ich schlenderte durch Stoffgeschäfte, bastelte, nähte und rief Betty an. Wir steigerten uns in das Projekt hinein, und ich stellte fest, dass ich immer weniger an Raul dachte.

Zwei Monate später lernte ich Norbert kennen, und eine Woche nach unserem ersten Treffen gewannen Betty und ich den zweiten Preis. Als Norbert mich mild lächelnd ansah und mir höflich gratulierte (»Na schau, das ist noch nett!«), hätte ich gleich wissen müssen, dass wir nicht zueinanderpassten.

Ich dachte an einen Satz meiner Wiener Oma (*Die echte Liebe kommt mit der Zeit*) und wartete. Norbert war immer für mich da. Er tat alles für mich. Nur, dass mir dieses Alles zu viel wurde und das gewisse Etwas fehlte.

Ich lege den Zeichenblock neben mich. Paula ist mir besser gelungen als die anderen Schwestern. Klara und Therese sind kaum voneinander zu unterscheiden, was daran liegen mag, dass sie sich als Jugendliche tatsächlich sehr ähnlich sahen. Später waren es dann Oma und Klara, die kaum voneinander zu unterscheiden waren. Therese war ein bisschen rundlicher als die beiden, was auch ihr Gesicht voller als das der Schwestern werden ließ. Außerdem trug Therese immer die abenteuerlichsten Dauerwellen, während Oma und Klara die Haare kurzgeschnitten hatten.

Wann hat Oma begonnen, ihr Haar kurz zu tragen? Als Mädchen sehe ich sie noch mit langem Haar auf den Fotos, aber schon als sie mit Kurt und Albert abgebildet ist, hat sie dieselbe Frisur, die sie auch später immer trug.

In den letzten Jahren habe ich es mir zur Gewohnheit gemacht, in die Sterne zu sehen. *Energie stirbt nicht*, sagte Oma vor ihrem Tod. *Wenn ich sterbe, wird meine Energie freigesetzt, dann flitze ich durchs All!*

Nach ihrem Tod fing mich Danijel auf. Er hörte sich stundenlang meine Kindheitserinnerungen an und hielt mich, wenn mir die Tränen kamen. Schlimmer waren die Tage, an denen ich lachte. »Wie kann ich fröhlich sein, obwohl meine Oma gestorben ist?«, fragte ich. Und dann war da mein Kater Isidor. Sein Fehlen schmerzte mich am ganzen Körper. Er fehlte mir, wenn ich nach Hause kam und niemand auf mich zutrabte, wenn ich in die Küche ging und keiner miauend folgte, wenn ich mich auf die Klomuschel setzte und auf die Stelle starrte, wo früher das Katzenklo gestanden war, wenn ich mich an den Computer setzte und keiner über die Tasten lief … Ganz besonders fehlte er mir, wenn ich mich mit einem Buch in den Schaukelstuhl setzte, und niemand auf meinen Schoß sprang.

Meine Oma fehlte mir nicht, wenn ich von der Arbeit nach Hause kam. Sie fehlte mir nicht, wenn ich in die Küche ging, und sie fehlte mir nicht, wenn ich mich an den Computer setzte. Das Fehlen meiner Oma war nicht sichtbar. Nur im Schaukelstuhl, wenn alles still war und ich das Buch aufklappte, kam das kleine Kind hervor, dem man die Bezugsperson genommen hatte. Ich fühlte mich wie in den Nächten, nachdem ich von den Ferien zurück nach Wien gekommen war.

Danijel packte seine Tasche und zog vorübergehend zu mir. An den Abenden bestellten wir Pizza oder kochten Nudeln und bewegten uns nicht vom Fernseher weg. Wir schliefen eng umschlungen ein und wachten in derselben Position wieder auf. Als er nach zwei Wochen wieder nach Graz fuhr, stellten wir fest, dass wir uns aneinander gewöhnt hatten. Nach diesen zwei Wochen vermisste ich ihn jede Nacht. Danijel bewarb sich am St. Anna Kinderspital und übersiedelte drei Monate später nach Wien.

Als Oma Witwe wurde, war sie neun Jahre älter als ich heute. Was würde ich tun, wenn ich Danijel verlöre? Ich habe Angst, dass ich daran zugrunde gehen könnte. Dennoch weiß ich, dass auch der größte Schmerz mit der Zeit vergeht.

Mein Großvater war nicht die große Liebe meiner Großmutter.

Dennoch muss es ein Schock gewesen sein, als Bachler in der Tür stand, um ihr die Nachricht vom Tod ihres Mannes zu überbringen.

Und kein Jahr darauf starb Kurt.

»Wie konnte sie danach weiterleben?«, fragte Albert mich einmal.

»Indem sie das Messer weglegte und sich die Pulsadern doch nicht aufschnitt«, antwortete ich zornig. Ich hatte seinen Vorwurf satt.

»Wie kann Danijel nur denken, dass meine Zweifel mit ihm zu tun haben?«, frage ich meine Großmutter. Ich stelle mir vor, wie sie auf der Wiese sitzt. In dem taillierten blauen Kleid sieht sie aus wie das junge Mädchen auf den Fotografien. Zwischen den Händen dreht sie einen Grashalm. Führt ihn an die Lippen und bläst. Ich sehe ihr Profil. Die gerade Nase und die kleinen Augen, in deren Winkeln sich kleine Fächer ausbreiten. Ich sehe die Fächer tiefer werden. Ihr Haar ist weiß, ihr Gesicht ist aufgedunsen von den Medikamenten.

Ihre Krankheit gab uns die Möglichkeit eines Abschieds. Als ich von meiner Reise nach Sarajevo zurückkam, wollte sie mich nicht mehr in ihr Zimmer lassen.

»Die Katja soll das nicht sehen«, sagte sie zu Silvia. Ich ging dennoch hinein.

Vier Tage später starb sie, und ich war froh, mich von ihr verabschiedet zu haben, anders als von meinem Wiener Großvater, bei dem ich, als wir ihn wöchentlich im Krankenhaus besucht hatten, jedes Mal davon ausgegangen war, dass er nächste Woche auch noch da sein würde. Mein Großvater starb achtundzwanzig Stunden nach unserem letzten Besuch. Nach seinem Tod wurde mir bewusst, wie sehr einem ein Mensch fehlen kann. Mein Großvater war mir immer ein bisschen auf die Nerven gegangen, wenn er mir auf seiner Bajan alte Melodien vorgespielt oder mir stundenlang die Sterne, die Blumen und die Vögel erklärt hatte.

»Siehst du, dort? Der Große Wagen. Erkennst du ihn?« Er beugte sich zu mir hinunter, sodass sein Gesicht ganz knapp neben meinem war. Dann nahm er meine Hand und führte sie so lange, bis mein ausgestreckter Zeigefinger in die richtige Richtung zeigte.

Als meine Wiener Großmutter starb, war niemand bei ihr. Sie stand vor dem Herd und hatte gerade das Wasser aufsetzen wollen, als sie einen Gehirnschlag erlitt.

Nachdem Magda mich angerufen hatte, setzte ich mich in den Schaukelstuhl und versuchte zu weinen. Ich beschwor Bilder. Ich sah meine Großmutter im geblümten Hauskleid. Sah sie, wie sie sich die braunen Locken eindrehte. Sah sie, wie sie am Rand der Blechwanne im Garten stand und Wasser für mich einließ. Vor allem aber roch ich sie. Ich roch ihren *Nivea*-Duft, roch die Kohlsuppe, die sie so gerne gegessen hatte. Ich spürte ihre Weichheit, in die ich mich als Kind immer gebettet hatte, wenn ich zu ihr ins Bett geschlüpft war und meinen Rücken eng gegen ihren Bauch und ihren Busen gepresst hatte.

Als meine Wiener Großmutter starb, war das Sterben bereits zu etwas geworden, das zum Leben dazugehört. Magdas Mutter starb in ihrem vierundachtzigsten Lebensjahr. Sie litt keine Schmerzen. Mehr konnten wir ihr nicht wünschen. Meine Wiener Großmutter glaubte an Gott und an den Himmel. Vor allem aber glaubte sie fest daran, nach dem Tod endlich wieder mit meinem Großvater vereint zu sein.

Genau dort, wo sie immer sein wollten, stelle ich mir meine Großeltern heute vor. Man muss nicht an den Himmel glauben, und man muss nicht wissen, wie man den Großen Wagen findet, um sich eine kleine Energiewolke im All vorstellen zu können.

Manchmal kommen sie mich besuchen. Mein Wiener Großvater begleitet mich auf meinen Spaziergängen. Ihn sehe ich seltener als Edith. Edith ist da, wenn ich nicht mehr weiterweiß. So, wie ich ihr als Kind und auch noch als junge Erwachsene lange Briefe schrieb, um mir alles von der Seele zu reden, wende ich mich auch noch heute mit jedem Problem an sie.

»Dein Großvater war ein feiner Herr«, sagt sie jetzt.

Edith mochte den Vater ihrer Schwiegertochter von Anfang an. Sie mochte auch meine Wiener Großmutter, aber meinen Wiener Großvater mochte sie ganz besonders.

Jetzt denke ich, dass die beiden nicht schlecht zueinandergepasst hätten. Hat sie mehr in meinem Großvater gesehen? Hat sie in manchen Momenten geträumt, wie ihr Leben verlaufen wäre, hätte sie einen wie ihn geheiratet?

Ich stelle mir vor, wie sie auf mich zukommen. Opa geht voraus, meine beiden Großmütter folgen ihm. Sie bleiben an meiner Bank stehen und reichen einander die Zeichnungen.

»Und mich hast du nicht gemalt?«, fragt Opa.

Er nimmt seinen Rucksack ab, holt eine karierte Picknickdecke heraus und breitet sie auf der Wiese aus. Die Kleider meiner Großmütter rutschen ein wenig hoch, sodass ich ihre Knie sehe. Ich höre ihr Lachen. Wie alt sind sie? Anfang vierzig vielleicht.

Mein Großvater setzt sich neben die Decke und erzählt

Witze. *Muss einer plötzlich groß aufs Klo und weiß nicht, was tun, also kackt er auf den Bürgersteig.* Meine Großmütter lachen. »Du immer mit deinen ordinären Späßen«, sagt meine Wiener Oma. »Was wird denn die Edith von uns denken?«

Meine Großeltern sahen einander immer, wenn Opa und Oma mich in den Ferien ins Lusniztal brachten. Dann saßen meine Großmütter auf der Hollywoodschaukel, während Opa den Garten begutachtete, mit mir Ball spielte oder auf einem der Sessel saß und den beiden Witze erzählte.

Ich frage mich, worüber meine Großeltern sprachen, wenn ich nicht daneben stand. Sprachen sie über Albert? Beschwerten sich Magdas Eltern über Ediths Sohn? Und was tat Magda, während ich im Lusniztal war? Traf sie sich mit jungen Männern? Saß sie samstags allein zu Hause, oder hatte sie eine Übersetzung mitgenommen, um Geld dazuzuverdienen?

Was wissen wir schon von unseren Eltern und Großeltern? Als Kind glaubte ich meine Großmütter zu kennen. Anders als Magda, die mir immer ein Rätsel blieb. Bei Magda wusste ich nie, was sie tat und dachte. Magda konnte die fröhlichste, liebste Mutter sein, dann wieder kippte ihre Laune, und sie schwieg tagelang.

Meine Großeltern waren immer gleich. Sie erzogen mich mit liebevoller, konsequenter Strenge. Meine Großeltern leisteten sich keine Launen.

»Meine Mutter hatte kein Vertrauen in mich«, klagt Albert. »Jedem anderen hat sie mehr getraut als ihrem eigenen Sohn.«

Lag es an Kurt, so wie Silvia behauptet? Silvia hatte es leichter, Silvia war ein Mädchen. Albert musste ausbaden, was Kurt angerichtet hatte. Laut Silvia war es vor allem mein Großvater, der Albert nach Kurts Verschwinden härter angefasst haben soll. Wo stand meine Großmutter, als mein Großvater ihn schlug und nicht mehr damit aufhören konnte?

Dank Ediths Fürsprache konnte Albert nach Wien gehen und an der Kunstakademie studieren. Davongelaufen ist er ihr trotzdem.

Wenn mein Großvater überlebt hätte, vielleicht hätte Albert dann beide gehasst. Vielleicht hätte er mit ihnen um seinen Bruder trauern können. Dass Oma allein übrig geblieben ist, hat er ihr nicht verziehen. Dass sie in das blaue Kleid schlüpfte, nur zwei Tage nach Kurts Tod, um mit dem Bus zu ihrer Schwester zu fahren. Vielleicht hätte er ihr verziehen, wenn sie Therese hätte kommen lassen. Aber nein, sie musste ja unbedingt nach Solburg.

Wir verzeihen unseren Müttern die Kränkungen unserer Jugendzeit nicht.

Ich wollte Magda immer nachspüren. Wollte in ihr Leben eingebunden sein, und doch blieb sie mir immer eine Fremde. Sogar, wenn sie weinend auf dem Sofa saß und ich meinen Arm um ihre Schultern legte, spürte ich eine Barriere zwischen uns.

Und dann war da die starke Magda. Jene, die im Hosenanzug aus der Wohnung in eine mir fremde Welt spazierte. Ich stellte mir meine Mutter vor, wie sie zwischen ihrem Chef und den französischen Geschäftsmännern saß. Ihr Haar zurückgebunden, die Sonnenbrille hochgeschoben. Magda floh in eine Welt, in der es kein Kind gab. In dieser Welt hatte sie alles fest im Griff. In dieser Welt brachte man ihr Achtung entgegen. In dieser Welt vergaß sie das Schulmädchen, das mit siebzehn schwanger geworden war. Sie vergaß die junge Frau, die sich neben Punks an das Stiegengeländer des Wohnhauses in der

Tigergasse hatte ketten lassen, um den Abriss des Wohnhauses zu verhindern. Sie vergaß die Mutter, die sie am Abend wieder sein musste, um die Schultasche der Tochter zu öffnen und nachzusehen, ob die Bleistifte gespitzt und die Hausübungen fehlerfrei waren. Und in manchen Augenblicken vergaß sie sogar Richard und das Telefon, auf dessen Klingeln sie bei ihrer Rückkehr wieder hoffen würde.

Als die Firma in Konkurs ging, war Magda dreiundvierzig und ich eine erwachsene Frau. Meine Mutter kam in einem kleinen Übersetzungsbüro unter. Die Reisen fehlen ihr nicht. Heute ist sie froh, nach Dienstschluss keine Anrufe mehr zu bekommen. Mit ihren vierundfünfzig hat sich Magda in der Vorhersehbarkeit ihrer Tage häuslich eingenistet. An den Abenden sitzt sie in ihrem Ledersessel und liest Bücher. Seit vier Jahren setzt sie sich dazu eine Brille auf den Nasenrücken. Sie freut sich über die Anrufe ihrer Tochter, mit der sie über Belanglosigkeiten spricht, da sie weiß, dass jedes falsche Wort die Tochter in eine tiefe Trauer stürzen könnte, die sie selbst nicht nachvollziehen kann. Sie versucht, sich nicht einzumischen. Sie hat sich zu oft eingemischt. Sie hat es immer gut gemeint. Sie wollte ihre Tochter zu einem unabhängigen Leben ermuntern, das sich die Tochter nie gewünscht hat. Ein Leben, das nicht von den Anrufen eines Mannes abhängig sein sollte. Ich sollte stärker sein als sie. Magda sah mich als Karrierefrau. Das Leben, das sie auf Geschäftsreisen führte, sollte ich jeden Tag haben. »Schau sie dir an, die Verheirateten. Schau ganz genau hin, Katja.« Magda sah immer nur das Schlechte. Sie sah Männer ihre Frauen betrügen. Sie wusste es, weil sie selbst die Frau war, mit der die Männer ihre Ehefrauen hintergingen. Sie wünschte sich Liebe und bekam Richard – und später Josef.

Meine Eltern sind aneinander zugrunde gegangen. Albert konnte es nicht mehr mit ansehen, wie sich Magda jedem an den Hals warf, um ein bisschen Aufmerksamkeit zu bekommen, und Magda konnte Alberts Antriebslosigkeit nicht mehr ertragen. Dennoch muss es eine Zeit gegeben haben, in der sie an das Glück glaubten, denn laut Magda war ich ein Wunschkind.

Auf der Wiese unterhalten sich meine Großmütter noch immer mit meinem Großvater. Ich lasse sie sitzen und sammle die Fotos und Skizzen ein. Schultere meinen Rucksack und klemme den Zeichenblock unter den Arm. Dann gehe ich den Weg entlang, an den Kühen vorbei. Ich merke, dass ich seit neuestem ein bisschen Angst vor ihnen habe und sie nicht aus den Augen lasse. Die Tiere sehen mir mit mahlenden Kiefern nach.

Im Hotelzimmer setze ich mich an den niedrigen Tisch. Aus dem Gedächtnis zeichne ich Magda. Sie will mir nicht gelingen, immer stimmt etwas an ihrem Gesicht nicht.

Draußen braut sich ein Gewitter zusammen. Ich schaue auf die Uhr. In einer halben Stunde soll ich bei Therese sein. Sie muss dasselbe gedacht haben, denn in diesem Moment läutet mein Handy. »Besser, du gehst jetzt schon los, dann schaffst du es noch vor dem Regen!«

Ich schlüpfe in meine Schuhe und nehme die Jacke vom Haken. Über den Bergen hängen schwarze Gewitterwolken, die schnell näher ziehen. Ich gehe die schmale Gasse hoch. Der Regen setzt so plötzlich und heftig ein, dass ich binnen ein paar Sekunden durchnässt bin. Am Himmel zucken Blitze, Donner kracht. Ich laufe die letzten Meter zum Heim. Wenn wir essen gehen wollen, werden wir warten müssen. Hoffentlich hat Therese einen großen Schirm und eine trockene Bluse für mich.

32

Magda und Albert rufen abwechselnd an. In diesen Dingen waren sie immer gut. Sie spielen das geschiedene Ehepaar, aber wenn es um mich geht, sind sie sich einig. Sie halten einander auf dem Laufenden, so wie ich sie übereinander auf dem Laufenden halte. »Wie geht es Albert? Was tut er so? Hat er seine Sissi noch?«, fragt Magda, und auch Albert fragt: »Erzähl mir was von deiner Mutter, zieht sie sich noch immer von der Männerwelt zurück und versteckt ihr hübsches Gesicht zwischen Buchdeckeln?«

Sie fragen mich, und manchmal verrate ich zu viel, dann beschleichen mich Schuldgefühle. Manchmal jedoch glaube ich, dass sie sowieso alles wissen. Ich unterstelle ihnen heimliche Telefonate hinter meinem Rücken, vielleicht treffen sie einander sogar. Ich weiß, dass Magda Albert anrief, als ich ihr eröffnete, nach Sarajevo ziehen zu wollen. »Vielleicht kannst du deiner Tochter klarmachen, worauf sie sich da einlässt«, soll sie gesagt haben. Albert hat mir davon erzählt. Als ich Magda darauf ansprach, gab sie es zu. »Der Depp, was muss er dir alles verraten?«

Seitdem frage ich mich, wie oft sie ihn wohl davor schon angerufen hat. Sie schickt Albert zu mir, wie meine Wiener Großmutter ihren Mann in die WG geschickt hatte. Magda weiß, dass ich Albert mehr erzähle als ihr.

»Sag Magda nichts davon«, sage ich zu meinem Vater, worauf er eine Braue hochzieht. »Wie kommst du denn auf die Idee?«

Dass nun sogar Curd anruft, muss mit Albert zu tun haben. Magda hat Albert nervös gemacht, und nun schaltet Albert Curd ein. Ich nehme ihn via Skype in Empfang.

»Sag mal, hast du nichts zu tun auf Mallorca?«

»Ich wollte nur schauen, wie's dir geht. Was macht Solburg?« Er grinst.

Hinter Curds Gesicht das Meer. Er liegt auf dem Bauch vor dem Laptop, sein Kopf ruht in den Handflächen. Am Bildrand sehe ich Beine, ein Unterschenkel, der auf einem Knie ruht, auf dem Beindreieck die Kanten eines Buches. Curd ist mit Freunden unterwegs, das ist gut. Ich höre Stimmengewirr, Lachen.

»Bleib dran«, sage ich.

Ich schnappe mir mein Tablet und schlüpfe in die Schuhe. Bis zum Stadttor sind es fünf Minuten. Ich muss aufpassen, dass ich nicht stolpere, wenn ich beim Gehen auf den Bildschirm schaue.

Am Schuhgeschäft angekommen, halte ich das Kameraauge auf den Stadtturm. Ich erzähle Curd von unserem Urgroßvater. »Er hat damals den Auftrag für das Kupferdach erhalten. Zwei Jahre später hat er das Kupfer wieder abtragen müssen.«

Dann erzähle ich von Anton (dem Partisan) und dem verrückten Hans. Wie es zum Verkauf der Werkstatt kam.

»Ich habe immer gedacht, Hans sei Buchbinder gewesen? Von ihm waren doch die riesigen Comic-Bücher?«, sagt Curd.

Tatsächlich hatte Hans die alten Micky-Maus-Hefte seiner Neffen zu riesigen, schweren Büchern zusammengeleimt, damit sie länger hielten. Ich erinnere mich, wie ich als Kind auf dem Bett meiner Großmutter saß und in den Büchern blätterte. In jedem Band suchte ich immer nach Goofy.

Nach Omas Tod behielt ich ein Exemplar. Curd kennt das Buch aus meinem Regal, ich habe es ihm einmal gezeigt. Er konnte sich nicht mehr daran erinnern, bereits als kleines Kind darin geblättert zu haben. Damals interessierte er sich nicht für die altmodischen Comics, die meine Oma vom Buchregal geholt hatte, und riss aus Zorn eine Seite heraus, woraufhin er von meiner Oma einen Klaps auf die Finger erhielt, was zu einem fürchterlichen Streit zwischen ihr und meinem Vater führte. Eine Auseinandersetzung, die unter der Oberfläche gegärt hatte und sich beim erstbesten Anlass entlud, wie mir später klar wurde.

Curd war ein auffälliges Kind. Mit acht warf er seinen CD-Player aus dem Fenster und verfehlte nur knapp eine Passantin. Die meiste Zeit saß er wie in einen Kokon eingehüllt und ließ niemanden an sich heran. Seine Aggression richtete sich gegen jeden, der ihm zu nahe kam. Curd war wie ein Ballon, der sich langsam mit Luft füllte, bis er schließlich platzte. Danach war er wieder schlaff und unzugänglich.

»Curd ist kein normales Kind«, sagte meine Großmutter. Als sie Albert riet, mit seinem Sohn einen Psychologen aufzusuchen, brach er den Kontakt zu ihr erneut ab.

Curd wuchs in absoluter Freiheit auf. Freiheit, das heißt: Niemand hält dich zurück. Du hast für alles allein die Verantwortung. Nur Grete sagte hinter Alberts Rücken manchmal etwas. Mein Vater wollte Curds Entwicklung nicht im Weg stehen. Heute gibt er selbst zu, dass das vielleicht ein Fehler war.

Ich klappere mit meinen Sandalen das Kopfsteinpflaster entlang. An der Pizzeria vorbei, durch den Torbogen. Ich erzähle Curd von den Schwestern unserer Großmutter.

»Ich habe begonnen, sie zu zeichnen«, sage ich. »Ich möchte Therese die Porträts schenken. Aber sag Albert nichts, er würde es ja doch nicht verstehen.«

»Das machst du also den ganzen Tag, ja? Du gräbst in alten Geschichten und konservierst sie? Du bist ein mümmelnder Hamster, der alle in Wien zum Wahnsinn treibt.«

»Mein Gott, was ist euer Problem?«

»Kein Problem, Schwesterlein. Zumindest nicht meines. Oder doch: Ich frag mich die ganze Zeit, was ich Albert sagen soll.«

»Gar nichts. Es geht ihn nichts an. Ich mache Urlaub hier, was ist so falsch daran?«

Curd grinst. »Urlaub, ja?«

»Ja.«

»So wie ich hier?«

»Ja, warum nicht? Schau mal!«

Ich drehe das Kameraauge des Tablets zu den Wiesen.

»Eine einzige große Kuhflade«, sagt Curd. Ich muss lachen, genau denselben Satz sagte Danijel.

Curd kennt Solburg nicht. Unsere Kindheit war komplett unterschiedlich. Da war nichts und niemand, den wir teilten. Als Curd zur Welt kam, wusste ich nichts von Albert, und ich wusste nichts von seinen Frauen und meinem Halbbruder.

Das erste Mal sah ich Curd im Garten meiner Großmutter, an jenem Nachmittag, als Albert wie aus dem Nichts auftauchte. Meine Großmutter war augenblicklich in den Vierjährigen verschossen, so wie sie in alle Kinder verschossen war.

»Was macht dein Vater bloß?«, fragte sie, als sie mitbekam, wie mein Bruder aufwuchs. Noch weniger konnte sie Curds Mutter verstehen. Helena, die schöne Helena. Sie kam aus

Lübeck. Als die Beziehung, wegen der sie nach Wien gekommen war, in die Brüche ging, lernte sie meinen Vater kennen und zog bei ihm ein.

Was bringt eine Frau dazu, zu einem Mann zu ziehen, der bereits mit einer anderen zusammenlebt?

Curd zuckt mit den Schultern. Seine Mütter, sagt er, seien alle verrückt. Einzig Grete nimmt er in Schutz. Grete, die Erste. Grete, die vor allen anderen da gewesen ist. Grete, die ein Kind wollte und blieb, als Helena von Albert schwanger wurde und bei ihnen einzog.

Diesmal wickelte Albert das Kleine, setzte es sich auf die Schultern und ging von einem Spielplatz zum anderen. Fütterte Schwäne, fuhr Tretboot, baute Baumhäuser und fuhr alle Monate in den Prater. Albert war vernarrt in seinen kleinen Sohn, und auch Grete war es.

Als ich Curd kennenlernte, war Helena bereits von Sissi abgelöst worden. Curd lebte mit seinen zwei Stiefmüttern und unserem Vater. Helena kam zu Besuch, und manchmal blieb sie über Nacht. Sie gingen gemeinsam in den Wasserpark, Helena, Grete, Sissi, mein Vater und Curd. Das war zur selben Zeit, als man meinen Vater als Künstler entdeckte. Seine Bilder verkauften sich rascher und besser denn je, er erhielt Anfragen von Galeristen, und auch die Presse war plötzlich hinter ihm her. Und das nur, weil er mit einem aus dem Kunstministerium zu viel Rotwein getrunken und sich seinen Scheidungskummer angehört hatte. Obwohl Albert (laut eigenen Angaben) nicht einmal gewusst hat, wer da sein Herz bei ihm ausschüttete und seine Telefonnummer einholte. Bald darauf sah man Hochglanzfotos in einem *Seitenblicke Magazin*: Albert, die drei Frauen und Curd.

Schließlich kam Helena gar nicht mehr. Albert sagte, sie sei wieder in Lübeck. Curd vermisste sie nicht, er hing sowieso mehr an Grete.

Vor einem Jahr traf Curd seine Mutter zufällig auf der Straße. Helena rief ihm nach, doch er ging wortlos weiter. Als sie ihm nachlief, rannte er los. In seinem Rücken hörte er ihr Weinen, also rannte er schneller und drückte eine Haustür auf. Versteckte sich im Treppenhaus, bis er sicher sein konnte, dass sie nicht mehr wartete.

Noch vom Treppenhaus aus rief er mich an. Ich saß gerade beim Wohnzimmertisch und verbesserte Deutschschularbeiten.

Wir trafen uns in dem Kaffeehaus, in dem wir uns jeden Dienstag trafen. Nie habe ich Curd so kühl erlebt wie an diesem Tag. Sein Gesicht war eine Maske, der Oberkörper starr. Sein Mund spuckte Gift. Dass er seine Mutter nie wiedersehen wolle.

»Meine Mutter heißt Grete!«, sagte er.

Über Grete lässt Curd kein böses Wort kommen. Sie verließ die Wohngemeinschaft, als er dreizehn war. Ein Jahr später zog er zu ihr.

Auch ich mochte Grete. Sie war die Frau, die an jenem Nachmittag mit meinem Vater und Curd im Garten meiner Großmutter gesessen war. Wo war Helena an diesem Tag gewesen?

Ich war zwölf, als ich meinen Vater und meinen kleinen Bruder kennenlernte. Alle zwei Wochen durfte ich Albert besuchen. Ich schleppte Curd herum, wie ich meine Cousine Karo herumgeschleppt hatte. Ich war vernarrt in meinen kleinen Bruder. Ich mochte Grete, aber ich mied Sissi. Helena sah ich nur ein einziges Mal.

An meinem fünfzehnten Geburtstag erklärte mir Albert

die Welt. Er gab mir Schnitzler zu lesen und sagte: »Hier drin steht alles über die Liebe zwischen Mann und Frau.« Ich las *Leutnant Gustl*, den *Reigen*, die *Liebelei*. Das Wiener Vorstadtmädchen als Belustigung für reiche Herren. Ein Abenteuer für den Mann, zurück bleibt ein gebrochenes Herz.

»Ihr Mädchen seid verseucht«, sagte Albert. »Ihr lest kitschige Romane und seht euch Hollywoodfilme an. Lest lieber dort nach, wo die Wahrheit drinsteht.« Büchners *Woyzeck* und Jelineks *Liebhaberinnen*. Lange bevor sie auf der Leseliste im Deutschunterricht standen, hatte ich sie von meinem Vater in die Hand gedrückt bekommen.

Während ich heimlich die *Dornenvögel* las, führte mir Magda vor, wie recht mein Vater hatte. Ihr Kummer füllte unsere Wohnung aus. Tagsüber stürzte sie sich in die Arbeit, abends kam sie immer später vom Büro nach Hause. Beim Nachhausekommen immer dieselbe Frage: Ob Richard angerufen habe.

Meine schöne Mutter. Meine zerbrechliche Mutter. Als Kind fragst du nicht nach. Natürlich wusste ich, dass es in anderen Familien anders ablief.

Ich saß zu Hause und lernte oder zeichnete. Mit siebzehn hatte ich mich bereits zweimal verliebt und wochenlang geheult, danach zog ich mich zurück. Ich mied Partys, und wenn ich mich mit meiner besten Freundin traf, verließ ich das Lokal, sobald sich ein paar Burschen zu uns setzten und Betty nur noch Augen für einen von ihnen hatte. Ich versenkte mich in die französische Grammatik und begann an meiner Facharbeit zu arbeiten. Dass ich mich ausgerechnet für Camus interessierte, freute meine Französischlehrerin. Meine Gedanken versetzten sie jedoch in Alarmbereitschaft. Sie meinte, dass ich ungewöhnlich reif sei für mein Alter, aber auch ungewöhnlich desillusioniert. »Wieso die Welt nicht gleich als das sehen, was sie ist?«, fragte ich sie und sah ihr herausfordernd in die Augen. Sie senkte den Blick und gab es auf, nachzubohren.

Während ich aus meiner Phantasiewelt auftauchte und die Realität als eine harte, sinnlose Prüfung wahrnahm, tauchte mein Bruder immer mehr in seine Träumereien ab. Damals verloren wir den Kontakt zueinander. Ich kam kaum noch zu meinem Vater, und wenn ich kam, bestand ich darauf, mit ihm allein zu sein. Ich wollte ihn nicht teilen. Ich sprach mit ihm über Camus und den Sinn des Lebens, den es nach unser beider Ansicht nicht gab. Ich fühlte mich von meinem Vater verstanden. Die Welt war rau, und sie war hässlich und kalt. Die Gespräche meiner Mitschüler empfand ich als kindisch und dumm. Wie konnten sie ausgehen, sich verlieben und tanzen, mit den Rädern durch den Wald fahren, picknicken und dabei Spaß haben, wenn sie danach doch nur wieder nach Hause kamen und dieselben waren wie vorher? Ich schottete mich ab, zog mich in mich selbst zurück, führte Selbstgespräche. Ich hörte auf zu zeichnen.

Magda trennte sich von Richard, lernte neue Männer kennen und kehrte immer wieder zu Richard zurück. Ich verachtete sie für ihre Liebe zu diesem Mann. Mir war klar: In Magdas Leben würde es immer nur Richards geben. Magda war betrogen worden und hatte selbst betrogen, eine nie enden wollende Spirale aus Lust und Leid, aus Warten und Hoffen. Ich dachte an Jelinek und Büchner. Die, die ihr Herz zu sehr an jemanden hängen, sind immer die Verlierer. Die Betrogenen betrügen, das ist die einzige Chance, weiterzuleben.

Ich nahm Nachrichten von Blue Danube Radio auf und feilte an meiner französischen Aussprache, indem ich den

Akzent nachäffte, bis ich genauso klang wie die Nachrichtensprecherin. Meine tägliche Beschäftigung: die Nachrichten aufnehmen und Kassetten besprechen. Ich stellte mir vor, dass ich Karriere machen würde. Ich wollte im Literaturbetrieb unterkommen. Wollte die großen Autoren übersetzen. Ich sah mich in einem Zimmer voll mit Büchern, mit einer Brille auf der Nase und hochgestecktem Haar. Ich sah mich Preise gewinnen. Ich sah mich mit Schriftstellern verkehren. Ich sah mich in einer intellektuellen Welt, obwohl ich mir selbst nicht zutraute, jemals dazuzugehören. Ich lernte, doch je mehr ich lernte, desto dümmer kam ich mir vor. Ich wollte sein wie Magda, die sich mit ihrem straff zurückgekämmten Haar und dem grauen Hosenanzug souverän bewegte. Magda war mein Vorbild, und sie war mein abschreckendes Beispiel. Ich bewunderte und verachtete sie zugleich. Ich liebte die Frau, die sie nach außen gab, aber ich hasste die einsame Magda. Sie erinnerte mich an mich selbst.

Den Schmerz hinunterschlucken. Ich begrub das Gefühl von Heimweh (dieses nie enden wollende Gefühl, am falschen Ort zu sein) unter Vokabeln und Ausnahmeregeln. Ich wartete auf den Tag, an dem ich unsere Wohnung verlassen konnte. Noch vor der Matura bewarb ich mich in Frankreich als Aupair. Ich wollte weg. In Frankreich würde mein neues Leben beginnen. Ich ließ meinen Pass verlängern und legte die schriftliche Matura ab. Am Tag der mündlichen Prüfungen ging ich ausnahmsweise in die Disco und kam mit einer Alkoholvergiftung nach Hause. Tags darauf kotzte ich mir die Seele aus dem Leib. Danach fühlte ich mich elend und leer. In drei Tagen sollte mein neues Leben beginnen, und ich fühlte nichts. Magda ging wortlos an mir vorüber. Als ich ihr mein Maturazeugnis unter die Nase hielt, sah sie keine Sekunde darauf. Am Abend fuhr ich zu Albert. Er wollte mit Rotwein auf meinen Abschluss anstoßen, aber ich blieb bei Cola.

»Magda ist bloß neidisch«, lachte er. »Verdammt, Katja, du hast ein besseres Zeugnis als sie!«

»Nein«, sagte ich. »Magda hatte lauter Einser.«

Ich hatte einen Dreier. Ich empfand mich als Versagerin, ich hatte den ausgezeichneten Erfolg nicht geschafft.

Albert schüttelte den Kopf. »Ihr seid krank«, sagte er. »Kein Mensch fragt nach einem Dreier.«

Tags darauf packte ich meine Sachen und setzte mich in den Zug. Als ich zwanzig Stunden später in La Rochelle im Garten von Ginette und Pierre saß, war ich ausgelaugt und erschöpft. Sie lobten mein Französisch und fragten, was ich hier noch lernen wolle, meine Aussprache sei perfekt, perfekter ginge es gar nicht. Ginette lachte und spielte mit ihrer Glasperlenkette. Pierre schenkte *Pacific* in unsere Gläser ein, der Geschmack erinnerte mich an die Lutschtabletten, die Magda mir in den Mund steckte, wenn ich Halsweh hatte.

Die Kinder waren schon in den Betten. Ich sah sie erst am nächsten Tag. Als sie mich ansprangen, fragte ich mich, ob ich das tatsächlich wollte. Ich fühlte mich nicht fähig, auf drei kleine Kinder aufzupassen. Was wusste ich schon von Kindern? Und was wusste ich davon, wie man sie erzog, und vor allem, wie man sie liebte?

Als sie ihrer Mutter nachweinten, nahm ich sie in den Arm, weil ich mich an meine eigene Trauer erinnern konnte, wenn ich nach den Ferien zurück zu Magda musste. Das Gefühl des Abgelehntseins, das ich bei ihrem Weinen jedes Mal empfand, ließ mich das erste Mal ahnen, wie sich Magda gefühlt haben muss, wenn ich nach meiner Rückkehr aus dem Lusniztal heulend beim Abendessen saß.

Ich nahm die Kinder in den Arm und wiegte sie trotz ihres Zwickens und Beißens. Wenn Ginette nach Hause kam, war ich jedes Mal erschöpft. Ich begann, die Tage im Kalender durchzukreuzen. Was tat ich hier, ich wollte doch studieren und Romane übersetzen?

Dennoch fuhr ich nicht zurück. Ich riss das dritte Kalenderblatt ab und warf es in den Mülleimer. Ich hörte auf, die Tage durchzustreichen. Als mich Ginette nach neun Monaten fragte, ob ich noch ein zweites Jahr bleiben wolle, sagte ich ohne zu zögern zu.

Meinen Bruder sah ich erst Jahre später wieder. Bis heute frage ich mich, warum mich Grete zu ihrem sechzigsten Geburtstag einlud. Seit ihrer Trennung von Albert, die damals bereits acht Jahre zurücklag, hatte ich sie nicht mehr gesehen. Ich ging aus Höflichkeit hin, weil ich Grete mochte und weil sie immer sehr lieb zu mir gewesen war. Albert und Sissi waren nicht eingeladen.

Was tust du mit den Vätern und Müttern deiner Kindheit, wenn sich deine Eltern trennen?

Ich glaube, Grete lud mich ein, damit ich Curd wiedersah. Damals war er zwanzig, ich war achtundzwanzig. Wir standen einander hilflos gegenüber, doch je länger der Abend dauerte, desto besser verstanden wir uns. Drei Tage später trafen wir einander in einem Kaffeehaus. Als ich Curd erzählte, dass ich die ersten vier Jahre bei meiner Großmutter aufgewachsen war, fiel er aus allen Wolken. Er wusste nichts davon. Er wusste nicht einmal, dass ich Albert erst mit zwölf wiedergesehen hatte. »Wieso?«, fragte er. »Wieso hat er dich zu Oma gebracht?«

Vor fünf Jahren brach Curd sein Studium an der Kunstakademie ab, um eine Fixanstellung als Porzellanmaler anzunehmen. Albert fluchte und sagte, er würde sein Talent vergeuden. Curd zuckte nur mit den Schultern. Er hatte keine Ambitionen, Künstler zu werden.

»Soll es mir so gehen wie Albert?«, fragte er. »Ich will nicht durch die Medien geschleift werden.«

Curd stand nie gern im Rampenlicht. Seit fünf Jahren geht er täglich in die Manufaktur und bemalt filigrane Figuren, die die Touristen vorsichtig in ihrem Handgepäck mit nach Hause nehmen. Curd fühlt sich wohl dort. Albert lacht ihn aus. Er hat sich noch nie Mühe gegeben, seinen Sohn zu verstehen. Curd ist ein verträumter Junge, der sich weigert, in der Realität zu leben. Manchmal habe ich das Gefühl, dass er auf einem ausrangierten Nebengleis fährt, während wir anderen auf dem Hauptgleis unserer Zukunft entgegensteuern.

Ich sitze auf einer Bank hinter dem Schloss und rede in mein Tablet. Curd sagt, dass er alles über Oma und ihre Schwestern wissen wolle.

»Schreib es auf!«

Ich entgegne, dass er sich nie für unsere Großmutter interessiert habe.

»Aber so wie du es schilderst, klingt es spannend. Stell dir vor, wenn Oma mit dem Baby-Kurt nach Kanada gegangen wäre!«

»Dann gäbe es uns heute nicht.«

»Die Seele hat doch nichts mit Genen zu tun. Wir würden anders aussehen, aber unsere Seelen wären dieselben.«

Curd ist der festen Überzeugung, dass die freien Seelen in die Körper der Neugeborenen schlüpfen. Es ist eine alte Aborigines-Legende, die er einmal gehört hat. Ein Jahr hat die

Seele Zeit, sich zu entscheiden. Der Kindstod tritt ein, wenn die Seele entweicht und sich ein neues Zuhause sucht.

»Warum haben wir ausgerechnet unsere Körper ausgesucht?«, frage ich ihn. »Wir haben doch sicher gewusst, worauf wir uns da einlassen?«

»Weil wir wussten, dass wir die Stärke dazu haben«, antwortet Curd.

»Sind wir denn so stark?«

»Ich weiß nicht. Vielleicht sind wir auch einfach nur total durchgeknallt.«

33

Ich trage mein ungeborenes Kind zu den würzigen Almwiesen hinaus.

Atme. Atme.

Der Sommerwind streichelt meine Wangen zum Abschied. *Liebchen ade. Scheiden tut weh, aber dein Scheiden macht, dass mir das Herze lacht.*

»Wieso lacht dein Herz, wenn ich wegfahre?«, fragte ich meine Großmutter, wenn sie mir das Lied zum Abschied vorsang.

»Weil ich mich dann auf ein Wiedersehen freuen kann!«

Wir werden wieder kommen. Ich habe es Therese versprochen.

»Lass nicht wieder so viel Zeit vergehen, ich lebe nicht mehr so lange!«, mahnte sie mich.

Ich habe so vielen Menschen versprochen, wiederzukommen, aber dann sind Monate und Jahre vergangen, und ich habe mich nicht mehr getraut, nach all der Zeit. Die Renoirs in La Rochelle. Zwei Briefe, ein paar Weihnachts- und Glückwunschkarten, schließlich schrieb ich gar nicht mehr. Ich bin sie nie besuchen gefahren.

Wann werde ich wieder nach Solburg kommen? Von Sarajevo ist es zu weit nach Solburg. Vor allem, wenn man ein kleines Kind hat. Und wenn unser Kind älter ist? Werden wir uns nicht eher für das Meer in Kroatien entscheiden?

Außerdem sind da Magda und Albert. Und unsere Freunde. Natürlich werden wir nach Wien fahren. Vielleicht werden wir einen Zwischenstopp in Graz einlegen. Ich werde Silvia besuchen, und am Abend werden wir bei Danijels Freunden ein Gläschen Wein trinken. Am nächsten Morgen werden wir weiterfahren. Wir werden keinen Zwischenstopp in Solburg einlegen, es wäre ein viel zu großer Umweg.

Mein Handy fiept. Es ist das dritte SMS von Danijel an diesem Tag. In meinem Magen hüpft etwas.

»Spürst du das?«, frage ich mein Kind. »So fühlt es sich für Mama an, wenn Papa ein SMS schreibt.«

Ich laufe ein paar Schritte, dann werde ich wieder langsamer. In drei Stunden geht mein Zug. Mein Rucksack, mit dem ich gekommen bin, reicht nicht aus, ich musste mir eine Stofftasche kaufen.

»Du hast schon eine verrückte Mama!«

Ich kichere. Fühle mich leicht und frei. Ich bin für ein Wochenende nach Solburg gekommen und ganze siebzehn Tage geblieben.

»Von nun an machen wir das öfter«, sagte ich zu meinem ungeborenen Kind. »Wann immer wir Lust dazu haben, steigen wir in einen Zug. Oder wir steigen in den Bus nach Mostar und fahren die Neretva entlang.«

Das stellst du dir jetzt so leicht vor, aber wart ab, bis das Kind erst einmal da ist, mischt sich Magda in meine Gedanken.

Sie hat mich immer als Ausrede benutzt. Wenn sie auf Geschäftsreise nach Frankreich oder Italien fuhr, hat sie ihr Leben gelebt. Aber nie in Wien. In Wien hat sie sich von Richard an Fäden spannen lassen. Sie war seine Marionette, hat nach seinem Rhythmus getanzt, bis er sie hat fallenlassen. Danach ist sie augenblicklich zusammengesackt.

Mit einem Kind nimmt dich keiner, hat es hinter vorgehaltener Hand immer geheißen. *Wenn du ein Kind hast, ist dein Leben vorbei.*

Die Sätze haben mich verfolgt, sind mir nachgelaufen. Bis hierher.

Magda hat ihr Leben weggeworfen, indem sie mich aus sich herauspresste. Zwischen ihren Beinen kam Magdas Untergang hervorgekrochen.

Deine Mutter hat sich für dich aufgeopfert.

Wenn ich nicht gewesen wäre, hätte Magda ein Leben gehabt. Dann hätte sie mit ihren blutjungen zweiundzwanzig nicht von der Arbeit nach Hause eilen müssen, und vorher noch in den Supermarkt, um die Milch für den nächsten Morgen zu besorgen.

Magdas ewiges Hetzen zwischen Beruf und Verantwortung für das Kind.

Du musst deine Mutti verstehen, sie hat es nicht leicht.

Nicht leicht. Mit mir. Ich war schuld an Magdas Unglück. Hätte es mich nicht gegeben, hätte es auch Richard nicht gegeben. Wer will schon eine Zweiundzwanzigjährige mit einem vierjährigen Kind?

Ist das der Grund? Ist es das, was dich quält? Warum du in Solburg bist?

Ich weiß es nicht.

34

Ich sitze im Zug. Das Winken mit den Taschentüchern. Therese lacht, schwenkt ihre Hand. Tupft sich theatralisch mit dem Taschentuch die Augen trocken, wirft mir Kusshände zu. Ihr *Komm bald wieder!* hängt in der Luft, und für den Moment scheint dieses *bald* wahr und leicht.

Ich falte meine Jacke als Kissen und lagere die Füße hoch. Blättere durch den Zeichenblock. Gestern habe ich die besten Porträts herausgenommen und hinter kleine Glasrahmen gesteckt. Vier quadratische Rahmen, die ich im Einkaufszentrum zwischen Solburg und Haizendorf gefunden habe. Paulas Gesicht habe ich neu malen müssen, da es zu groß für den Rahmen war. Therese hat geweint, als ich ihr die Porträts überreichte.

»Ich wusste gar nicht, dass du so eine großartige Künstlerin bist!«

Sofort schickte sie mich zum Pflegepersonal, um nach einem Hammer und Nägeln zu fragen. Die Pflegerinnen kamen und bewunderten die Bilder und die Schönheit der Kovac-Schwestern. Therese wollte sie über dem Bett haben. Sie nahm den Bildkalender mit den Enkelkindern ab und hängte ihn zwischen die zwei Fenster. Eine der Pflegerinnen zog den Nagel aus der Wand und klopfte ihn an der neuen Stelle wieder in die Rigipsplatte. Dann wurden die vier Schwestern gegen die Wand gehalten, hin- und hergerückt, immer wieder neu adjustiert.

»Jetzt bewachen sie meinen Schlaf, so wie früher«, sagte Therese.

Der Zug windet sich durchs Lusniztal, vorbei an saftigen Wiesen. Ich schaue aus dem Fenster. Das sanfte Rütteln schläfert mich ein. Ich lege mich quer über die Sitze. Meine Beine blockieren den Gang. An einem Dienstagnachmittag im Juli sind nicht viele Reisende unterwegs.

Ich muss an die Zugfahrten meiner Kindheit denken. Die Vorfreude, wenn der Zug in die eine Richtung, und die Trauer, wenn er in die andere fuhr. Der Berg war immer die Grenze zwischen hier und dort.

Jetzt hat auch meine Wien-Zeit ein Ende. Nach zweiunddreißig Jahren verlasse ich die Stadt, in der ich nie leben wollte. Wir kleben fest an den Orten, die man uns als Kinder aufzwingt. Wir kleben fest an der Sicherheit.

Als ich meinen ersten Arbeitsvertrag unterschrieb, wusste ich, dass ich nicht wieder nach Frankreich gehen würde und auch sonst nirgendwohin. Ich hatte einen fixen Lehrposten, ich liebte meine Klasse, und ich mochte meine Kolleginnen. Ich stieg täglich in die Straßenbahn und versuchte, den niedergeschlagenen Blicken auszuweichen, indem ich meine Augen in einem Buch versteckte. Versuchte, den Schweiß- und den Biergeruch und all die Depression um mich herum auszuatmen. Sooft es ging, stieg ich am Freitagmittag in den Zug nach Graz. Als ich Danijel kennenlernte, besuchte ich ihn in seiner Grazer Wohnung oberhalb der Auslieferungszentrale der Post, hörte das Rumpeln der Lkws, setzte mich aufs Fensterbrett und schaute den Angestellten dabei zu, wie sie die Boxen auf den kleinen Mofas mit Werbematerial füllten. Im Sommer legten wir uns auf eine Decke in den Augarten, im Winter lagen wir auf dem Sofa, verschränkten unsere Beine ineinander und lasen. Meine Großmutter besuchte ich an den Sonntagnachmittagen. Es war das Jahr, in dem man bei ihr die Krebserkrankung diagnostizierte. Sie sah Danijel nur zwei Mal. Als bei ihr die Schmerzen begannen und sie nur mehr im

Liegestuhl sitzen konnte, weil der Tumor sie beim Aufrechtsitzen drückte, entschied ich, dass Danijel lieber zu Hause bleiben sollte. Meine Großmutter sollte nicht tapfer sein müssen. Die Gastfreundschaft und der Anstand, zu dem man sie erzogen hatte, hätten verhindert, dass sie in bequemer Kleidung unter der Decke saß.

Ich erzählte ihr von Danijel, berichtete ihr aufgeregt von unserer bevorstehenden Reise nach Sarajevo, und meine Großmutter erzählte mir von der Miniaturstadt ihres Vaters. Wir sahen uns alte Fotografien im Internet an. Sahen den Markt und Männer mit dem Fez auf dem Kopf. Eine Welt wie aus *Tausendundeiner Nacht*. Ob es dort so ausgesehen hatte, als mein Urgroßvater zur Welt gekommen war?

Nusrets Haus war das einzige, das noch an das orientalische Sarajevo von 1900 erinnerte. Die bunten Häuser mit den roten Dachschindeln, die alten kleinen Häuschen, die sich zwischen Neubauten verstecken, die grünen Hinterhöfe, die Hügel rund um die Stadt. Ich verliebte mich in Sarajevo trotz der Einschusslöcher und der Wunden, die man an allen Ecken und Enden sah. Abends saßen wir in Nusrets Garten und tranken Kaffee. Der Muezzin und die Kirchenglocken legten ihren beruhigenden Klangteppich über die Stadt, die tief stehende Sonne schmeichelte meiner Haut wie die kleinen Kätzchen, die mir miauend um die Beine strichen.

In sieben Tagen wird Mihajlos Lieferwagen vor meiner Tür stehen. Sanas Vater wird uns helfen, alles einzuladen.

In fünf Tagen ist der Termin beim Frauenarzt. Davor werde ich mit Sana meine Wohnung putzen und Magda und Albert besuchen. Auch den Kinderwagen muss ich noch abholen.

Ich lese ein paar Zeilen in dem Katalog von August Becker

und döse vor mich hin. Ich wache auf, als der Zug in den Wiener Neustädter Bahnhof einfährt. Hier steigen die Pendler zu, sie drängen in den Zug. Es ist halb fünf, Stoßzeit. Ein Mann pöbelt mich an, ich solle mich nicht so breit machen. Ich wünschte mir, mein Bauch wäre dicker, dann würde der Typ erschrocken dreinschauen und sich entschuldigen. Ich nehme meine Beine vom Sitz, greife nach den Schuhen darunter, stelle sie nebeneinander. Das Buch werfe ich in meine Reisetasche. Den Skizzenblock, der unter dem zweiten Sitz liegt, obenauf. Rücke zum Fenster, lehne den Kopf an die Scheibe. Mache mich schmal.

Wiener Neustadt ist immer schon ein Vorbote der Depression gewesen. Hektik, schlechte Laune und lange Gesichter begegnen einem hier. Der letzte Rest Wiesenduft wird verdrängt. Der Mann neben mir schlägt die Gratis-U-Bahn-Zeitung auf. Sein Haar riecht nach kaltem Rauch. Ich krieche von ihm weg, drücke mich an die Fensterscheibe. Mir ist übel, und ich habe Angst, dass auch dem Kleinen in meinem Bauch übel werden könnte. Ich stelle mir vor, wie es an der Nabelschnur zieht: *Hol uns hier raus!*

Ich halte mir den Ärmel meiner Jacke vor die Nase und atme flach. Zehn Minuten vor Ankunft verlasse ich meinen Sitz. Ich hole das Gepäck und trage es zur Tür. Normalerweise bleibe ich immer sitzen, bis alle ausgestiegen sind, ich mag die Drängelei nicht. Diesmal stehe ich als Erste an der Tür.

Ich klettere mit dem Rucksack und der Reisetasche aus dem Waggon. Auf dem Bahnsteig laufen die Leute durcheinander. Ich bin das Gedränge nicht mehr gewohnt. Ich bewege mich vorsichtig, weiche aus. Plötzlich habe ich Angst, dass mich jemand umwerfen oder mir seinen Ellbogen in den Bauch stoßen könnte. Endlich sehe ich Sana. Ich winke. Sie kommt mir entgegen, kämpft mit ihrer zarten Statur tapfer gegen den Menschenstrom an.

»Meine Güte, ist das hier entsetzlich!«, sage ich.

»Du Landei«, grinst sie, dann nimmt sie mir die Tasche ab und besteht darauf, auch den Rucksack zu tragen.

»Ich bin schwanger, Sana, nicht krank!«

»Befehl ist Befehl!«, sagt sie.

»Aye, aye!«

Ich übergebe ihr den Rucksack und folge ihr zu den Rolltreppen.

In der U-Bahn ist es schwül. Sana bittet einen jungen Mann aufzustehen. »Sie ist schwanger«, erklärt sie und zeigt auf meinen Bauch, der unter meinem weiten T-Shirt nicht größer aussieht als nach drei Tellern Bohneneintopf. Der junge Mann steht dennoch bereitwillig auf, ich nehme an, er hat Angst vor Sanas strengem Gesichtsausdruck.

Als wir in ihrer Wohnung ankommen, holt Sana eine Kanne mit kaltem Pfefferminztee aus dem Kühlschrank. Wir setzen uns an den Küchentisch, und ich muss ihr alles nochmals erzählen, bis ich vor Müdigkeit und Hitze fast vom Stuhl kippe, und noch im Bett plaudern wir weiter, bis uns beiden die Augen zufallen.

Wir packen die restlichen Dinge in Bananenschachteln, die wir von den umliegenden Supermärkten geholt haben. Was ich nicht nitnehmen will, führen wir in einem Einkaufswagen zu den Mülltonnen. Wir fahren mit dem Lift die drei Stockwerke hinunter, rattern mit dem Wagen zum Müllraum, scheppern leer wieder zurück. Zwischen jeder Fuhre trinken wir Unmengen an Wasser. In Wien ist die Hitze unangenehmer als in Solburg. Sana beobachtet mich genau, fragt immer wieder nach, ob es mir gutgeht. Die Pausen sind für mich, ich weiß, dass sie keine bräuchte, aber ich genieße es, mit ihr auf den umgedrehten Plastikeimern zu sitzen. Zu Mittag holen wir uns Sandwiches, und am Nachmittag putzen wir die Fenster und reinigen die Heizkörper und Böden. Ich läute bei meiner Nachbarin, um ihr die restlichen Putzmittel zu schenken. Sie lädt uns auf Marillenkuchen und Kaffee ein, wir bleiben eine Stunde in ihrem kühlen Wohnzimmer sitzen.

Nach der Arbeit legen wir uns ans Ufer der Alten Donau. Als wir ankommen, ist es fünf Uhr, und die meisten packen ihre Sachen bereits wieder in die Badetaschen. Sana und ich legen uns auf eine Decke, schauen in den Himmel und lesen die Zukunft aus den Wolkenbildern. Wir essen Pfirsiche, der Saft rinnt uns übers Kinn und tropft zwischen den Fingern auf die Decke.

Sana wird mir fehlen. In Sarajevo habe ich keine Freundin wie sie. Ich werde mich mit Nusret treffen und auch mit Amina, die ebenfalls schwanger ist und mit ihrem Mann von Wien nach Sarajevo kam, weil Dževad den Pharmabetrieb seines Vaters übernommen hat. Dževad ist in den letzten Monaten zu Danijels engstem Freund geworden.

Obwohl Sana Danijels Cousine ist, war sie vor allem immer meine engste Freundin. Danijel hat das mit der Zeit akzeptiert. Sana sprach nie groß darüber, sie schaffte es, uns beiden gegenüber loyal zu sein. Ohne Sana wäre auch unsere Beziehung nicht die, die sie heute ist, denn Sana hat sich eingemischt. Sie hat für unsere Liebe gekämpft, mehr als wir selbst es taten.

Jetzt verlassen wir sie.

Wir werden skypen, aber es wird nicht dasselbe sein. Vor allem, wenn das Kind da ist, werde ich nicht viel Zeit haben, mich vor den Bildschirm zu setzen. Ich habe mich in den letzten Monaten an Skype gewöhnt, aber ich habe diese Form der Kommunikation nie besonders gemocht. Ich habe auch nie gerne telefoniert, viel lieber bin ich in meine Schuhe geschlüpft und mit der U-Bahn die sieben Stationen zu Sana gefahren.

35

Dass Magda neben unserem gemeinsamen Leben ein Parallelleben führte, wird mir anhand einer alten Schuhschachtel wieder bewusst. Wir sitzen am Küchentisch. Die Schachtel steht vor uns, der Karton ist weich und von den dicken Fototaschen, die gegen seine Wände drücken, ausgebeult. Die Schachtel ist schwanger mit Magdas Vergangenheit. Wie oft bin ich auf einen Sessel gestiegen. Damals war die Schachtel noch neu, die Fotos glänzten, und ich achtete mit meinen acht Jahren ganz genau darauf, jedes Bild an seinen ursprünglichen Platz zurückzulegen. Um auf der Glanzschicht keine Fingertapper zu hinterlassen, trug ich wollene Handschuhe.

Und trotzdem habe ich das Gefühl, nichts von Magda zu wissen, die sich jetzt die Brille auf die Nase setzt und Tasche für Tasche öffnet, Fotos herausnimmt und die Stirn runzelt.

Ganz Jugoslawien hat sie mit ihrem Studienkollegen bereist, vier Jahre nach Titos Tod. Ein schönes Land und billig (Split, das Meer, der Hafen von Dubrovnik), ein unbekanntes, unheimliches Land (Bosnien, die Straßen, die im Nirgendwo endeten, die Männer, die im Rudel auf sie zukamen, um dann doch nur an ihnen vorbeizugehen). Ein Land der Ikonen und Popen, in dessen Süden (Mazedonien) sie nur über einen Umweg gelangten, denn Albanien war zu, da konnte man nicht durch als Westeuropäer.

Die Fotos sind alt und ausgebleicht. Erinnerungen, die mit einer für die achtziger Jahre typischen Pocketkamera geschossen wurden, grobkörnig, ohne zentralen Punkt. Die Cetina-Schlucht ist mit einem Gelbfilm überzogen, Dubrovnik nichts als ein sandfarbenes Häusermeer. Magda zeigt auf eine der Fassaden, sie hebt das Bild hoch, hält es mir hin. »Du musst ganz nahe heran, sonst siehst du nichts, damals gab es noch keinen Zoom«, sagt sie.

Magda hatte nie Talent zum Fotografieren, ist nicht wie ich um jedes Haus dreimal herumgelaufen. (»Komm schon, geh weiter«, sagte sie immer, wenn ich stehen blieb und mir aufschrieb, welche Blende, welche Verschlusszeit – und natürlich auch immer *was* und *wo*.)

Ich sehe Magda auf den Fotos. Eine junge Romy Schneider. Wie viele haben es mir gesagt. »Deine Mutter sieht aus wie Romy Schneider!« Ihre graublauen Mandelaugen, die hohen Backenknochen, der bronzene Teint, ihr freches Lachen. Die kurzen Hosen, die langen, leicht ausgestellten Jeans, die luftigen Kleider, die sie im Urlaub immer trug. Die Hand, die die Haare zurückhält, weil der Wind sie nach vorne bläst, ein gebräunter Arm über einem kecken Blick, irgendwo zwischen Mädchen und Frau. (Und immer gab es hinter der Kamera einen Fotografen, ein Geheimnis.) Auf einem Foto sitzt Magda mit Kopftuch auf einem Stein, es ist dasselbe rot-gelbe Tuch, das sie mir beim Wandern umgebunden hat. Sogar das sieht gut an ihr aus, als hätte eine Maskenbildnerin zwanzig Minuten daran herumgezupft, damit es locker genug sitzt.

Ich sehe meine vierundzwanzigjährige Mutter durch die Städte laufen und die kleine Pocketkamera auf alles halten, sehe sie auf den Knopf drücken. Sie überlegt nicht. Mit ihrem Finger will sie alles konservieren, die heiße, fremde Luft, das Unbekannte. Magda erzählt mir vom Ohridsee und vom Kloster Sveti Naum und seinen Fresken. Auf einem der Fotos erkenne ich die Statue des heiligen Klement, die jahrelang in unserer Wohnzimmervitrine stand.

Was habe ich auf den Fotos gesehen, wenn ich mit klopfendem Herzen Bild für Bild aus der Schachtel nahm und angespannt lauschte, ob ich Magdas Schritte im Treppenhaus hörte? (Was, wenn sie früher nach Hause kam?) Magda weiß von meinem Geheimnis. Sie hat mir einmal vorgeworfen, ihr keine Privatsphäre gelassen zu haben. Ich spüre, dass sie auch jetzt daran denkt, doch wir trauen uns nicht, darüber zu lachen. Noch immer hängt unser Frieden an einem seidenen Faden. Also tun wir, als wären wir Freundinnen, die sich erst in der Mitte ihres Lebens kennengelernt haben. Magda erzählt von der kleinen Gaststätte mitten im Nirgendwo, in der sie die einzigen Touristen waren. Sie erzählt mir von dem zähen Fleisch, das sie kauten und hinunterwürgten, weil sie Angst hatten, unhöflich zu sein. Sie erzählt mir all die Geschichten, nach denen ich als Kind so verzweifelt gesucht habe.

Ich erkenne kein einziges Foto wieder. Immer habe ich nur eilig durch die Landschaften und Städte geblättert, um Magda zu finden, meine schöne, geheimnisvolle Mutter, die aussah wie ein Filmstar. Ich bewunderte sie, strebte ihr nach, wollte sein wie sie. Vor allem aber wollte ich herausfinden, wer sie wirklich war. Auf den Fotos sah ich ein Lachen, das ich nicht an ihr kannte.

Und dann waren da die Männer auf den Fotos. Potentielle Väter, vor denen ich mich fürchtete. Männer, die jederzeit in unser Leben hätten eindringen können.

»Da war ich mit Gustav unterwegs«, sagt Magda, »und das ist Richard, kannst du dich an ihn erinnern?«

Wie könnte ich nicht, denke ich, denke an ihre Tränen, wie gern würde ich sie jetzt umarmen, meine kleine Mutter, die nie geliebt wurde wie ich, die immer allein war und alles allein ertragen musste.

Und dann sind da Magdas Vorgesetzte. Onkel Ernst, den Magda immer Herr Magister Schmitzer nannte und der mich auf seinem Schoß sitzen ließ und mir Witze erzählte. Ein kleiner Mann mit kurzen Locken und Schnurrbart. Auf den Fotos sehe ich ihn in Frauenkleidern, mit rotgeschminktem Mund, Magda steht daneben, verkleidet als Scheherazade. Dann David Regenstreit, Magdas zweiter Chef. Von ihm habe ich den großen Tieratlas bekommen, damals war ich gerade in die Volksschule gekommen. Magdas Arbeitskollegin Gundel. Andere Frauen, die ich nicht kenne oder an die ich mich nicht mehr erinnern kann. Ich sehe sie in Rom, in Brescia, in Brindisi. In Paris und Toulouse.

»Das waren noch schöne Zeiten«, sagt Magda. Regenstreit trägt Gundel huckepack. Gruppenfotos, die mich eher an eine gemeinsame Urlaubsreise als an Geschäftsreisen denken lassen. Lachende, scherzende Menschen. Männer, die Rumpelstilzchensprünge vollführen, Frauen in luftigen, geblümten Kleidern, große getönte Brillen verdecken ihre Augen.

Wann hat Magda die Mutter abgelegt und ist zur Nichtmutter geworden? Hinter unserer Wohnungstür, nachdem meine Wiener Großmutter sie geschlossen und mich zum Zähneputzen geschickt hatte? Im Treppenhaus? Im Taxi auf dem Weg zum Flughafen?

Magda verließ die Wohnung am Morgen und kam am Abend des dritten Tages wieder. Ich stellte sie mir vor, wie sie in einem schwülen Raum saß und übersetzte. Sah die konzentrierte Falte auf ihrer Stirn, ihre leicht heruntergezogenen Mundwinkel. Die ernste, strenge Magda. So hatte sie ausgesehen, wenn sie mit den Kopfhörern vor dem Fernseher gesessen war und das Simultanübersetzen geübt hatte. So sah sie aus, wenn sie ein Heft nach dem anderen aus meiner Schultasche zog und sich über meine Schrift beschwerte, dass die Buchstaben alle in eine andere Richtung schauten und ich endlich lernen sollte, die Füllfeder richtig zu halten.

Als Magda die Schachtel wieder an ihren angestammten Platz zurücklegt, bin ich verwirrt. Das war es also, das geheimnisumwitterte Leben meiner Mutter.

Am Ende ihrer Jugoslawienreise fuhr sie ins Lusniztal und holte mich von der Mutter ihres Exmannes ab. Auch von diesem Tag gibt es ein Bild. Ich stehe mit rotgeweinten Augen am Gartentor, wie jedes Mal, wenn ich wieder zurück nach Wien musste.

»Wieso hat dich deine Mutter nicht in den Urlaub mitgenommen?«, fragte mich eine Schulfreundin, die von klein auf mit ihren Eltern ins Ausland gereist war.

»Wieso hast du immer in meinen Sachen herumgewühlt, das ist doch nicht normal!«, warf mir Magda vor, als ich so alt war wie sie auf den Fotos und wir unsere härtesten Streits ausfochten.

Die Antwort ist auf beide Fragen dieselbe. Weil wir keine normale Familie waren. An manchen Wochenenden glaubten wir selbst an uns als Mutter und Kind, dann gingen wir rodeln oder legten uns ins Schwimmbad. Wir lachten, bewarfen einander mit Schneebällen, und im Sommer schmierten wir einander den Rücken ein. Die Wochen vor den Ferien waren die einfachsten. Ich wusste, ich würde bald ins Lusniztal fahren, und Magda freute sich auf die Wochen, in denen sie wie andere Frauen ihres Alters leben konnte.

Am schlimmsten waren die Tage nach den Ferien.

»Hör endlich auf zu heulen«, sagte Magda, wenn ich am ersten Schultag am Küchentisch saß, das Frühstück von einer Backe zur anderen schob und mit Anstrengung hinunterwürgte. In diesen Tagen lag das eigentliche Gift unseres Zusammenlebens. Magda hatte ein Kind, das weinte, wenn es zu ihr zurückmusste. Ein kleines Mädchen mit blonden Zöpfen, das sie sofort in den Arm genommen hätte, wenn es am Ende der Ferien nur ein einziges Mal lachend auf sie zugelaufen wäre.

36

Von Magda durch die Stadt zu Albert. Und mit Albert am Fluss. Wie früher, als Teenager. In einer Zeit, in der es ihn plötzlich wieder gab, in der alles in mir voll war mit der Liebe, die ich für ihn empfand.

Ich lehne meinen Kopf an seine Brust.

Ich habe dich so vermisst, und ich werde dich wieder vermissen.

Albert streicht mir über den Kopf. Jetzt ist es also raus, und in mir ist alles wund und aufgewühlt. Albert und Magda, die Ehrlichen. Alles haben sie an mir abgeladen, und jetzt ist auch noch das letzte Geheimnis gelüftet.

Hättest du mich doch nach Solburg fahren und wieder zurückkommen lassen, hättest du mich nach Sarajevo gehen lassen, mit dieser einen, offenen Frage.

Ich schiebe meine Hand in seine. Wir weinen beide, unsere Tränen vereinen uns. Tochter und Vater. Wie hat er je daran zweifeln können?

Let's Iltendorf, dröhnt es in meinen Ohren, so wie es in Magdas Leben gedröhnt hat, *Let's Iltendorf, Baby, Let's Iltendorf and make a baby*, ergänze ich.

So war es geplant zwischen Albert und Magda. Und dann kam Iltendorf über Magda, und dann kam Kurt über Magda und dann noch die Pogatschnigs. Zuerst saß Albert noch daneben, saß mit kalkweißem Gesicht und sah seinem Bruder und der kichernden Magda zu, sah ihn zwischen ihre Beine kriechen, hörte die anfeuernden Rufe der Pogatschnigs, dann den Wechsel, der Freund des Bruders, bis Magda schrie, und erst da löste er sich aus seiner Starre. Von hinten in den Nacken des Pogatschnig-Bruders, mit der Handkante, so hatte er es im Film gesehen. Die Faust des anderen Pogatschnig-Bruders in Alberts Magen, der kippt um, stöhnt. Kurt, der seinen Bruder verteidigt, dem besten Freund die Nase blutig schlägt. Dahinter Magda mit der verschmierten Wimperntusche. Sie richtet sich auf, wankt aus dem Zelt, kotzt. Und Albert stützt sie, wie man eine Siebzehnjährige stützt, die den ganzen Alkohol und die Schande aus sich hinauskotzt.

Nur mich hat sie nicht hinausgekotzt. Ich war das, was sich in ihr eingenistet hat in jener Nacht, als Kurt seine Freunde verprügelte und sich anschließend auf sein Motorrad setzte und gegen den nächsten Baum prallte. Ein Krachen und dann Stille. Und Magda kotzt sich noch immer alles aus dem Leib, nur ich kralle mich fest. Und Kurt liegt am Boden, das Hinterrad der Maschine dreht sich noch ein paarmal, dann steht auch es still. Albert steht bei Magda, und die Pogatschnigs laufen zu Kurt. Mit ihren blutig geschlagenen Nasen und Lippen stehen sie vor dem toten Freund.

Ich weine auf die Brust meines Vaters und würde gerne darauf schlagen. *Warum?*, will ich schreien, *warum glaubst du, mir damit zu helfen?*

Ich will zu Danijel. Wenn jetzt ein Bus fahren würde, wenn er nicht schon vor einer Stunde abgefahren wäre. In den Bus setzen und nie wiederkommen.

»Du hast nichts kapiert«, sage ich matt. »Sogar Magda hat es kapiert, aber du …«

Ich stemme mich hoch, entferne mich vom Wasser, an dem wir sitzen, an dem wir immer so gerne gesessen sind, am Ufer des Donaukanals mit den Lichtern der Stadt im Nacken.

Ich stolpere über den Zebrastreifen. Vor der U-Bahn ein Taxistand. Egal, ich habe das Geld. Auf diese zehn Euro kommt es uns nicht an, meine Kleine, nicht wahr?

Jetzt habe ich ihr doch ein Geschlecht gegeben. Und wenn du ein Junge wirst?

Übermorgen ist der Termin beim Frauenarzt. Ich will wissen, wer du bist. Und du, du wirst immer wissen, wer wir sind. Da gibt es keine Geheimnisse. Da gibt es Danijel und mich. Deine Eltern. Wir werden immer deine Eltern sein, das verspreche ich dir.

Ich sage dem Fahrer Sanas Adresse. Plötzlich muss ich kichern. Ist es nicht egal? Ob Albert oder Kurt? Einer von ihnen ist mein Vater. Meine Oma war auf jeden Fall meine Oma.

Der Taxifahrer sieht besorgt in den Rückspiegel, er hält mich für betrunken. Eine betrunkene Schwangere, so stellt er sich das vor.

Hat Magda deswegen zu rauchen begonnen, als sie schwanger war? Ich bin trotzdem in ihr gewachsen. Plötzlich war das mit dem Kind nicht mehr euer Plan, nicht wahr? In Magdas Bauch wuchs die Brut des toten Bruders heran. Albert wollte mich nicht täglich vor Augen haben, ich war sein Versagen, in zweierlei Hinsicht. Magda, die mit Kurt schlief, und Albert, der dabei zusah. Und dann Kurts Tod. Gäbe es mich nicht, wäre Kurt noch am Leben.

Wusstest du es?, frage ich meine Großmutter. *Natürlich wusstest du es, nicht wahr? Du hast mich trotzdem in deinen Armen gewiegt und geliebt wie den Sohn, der mich gezeugt hat. Wie den Sohn, den ich dir in jener Nacht genommen habe.*

Als ich aus dem Fond klettere, steht Sana am Gehsteig. Mein SMS hat sie alarmiert. Ich sinke in ihre Arme. Sana nimmt meine Geldbörse entgegen und zahlt den Taxifahrer.

In der Nacht wache ich auf. Mein Nachthemd ist schweißgetränkt. Zwischen meinen Beinen ist es nass. Kein Blut. Meinem Kind geht es gut. Wieso sollte es ihm nicht gutgehen?

Ich rufe Danijel an. Es ist halb zwei. Ich rufe vom Handy aus an. Ich will ihn nicht sehen, ich will den Bildschirm nicht flirrend vor mir haben. Ich brauche ihn an meinem Ohr.

Ich weine. Erzähle alles, wie ich es Sana vorhin erzählt habe, nur dass ich da noch hysterisch gekichert habe. Jetzt ist es nur ein heiseres Schluchzen. Dieses verdammte Selbstmitleid.

Danijel redet leise auf mich ein. »Wir haben einander, meine Süße. Katja, hey, du und ich, hörst du? Das ist jetzt wichtig, alles andere ist vor langer Zeit geschehen.« Er spricht von *immer und ewig*, wie er es immer getan hat, von Anfang an, als wäre es keine Lüge, weil es im Moment tatsächlich keine Lüge ist. Unser Moment hält seit sieben Jahren. Ist es wichtig, zu wissen, was kommt?

Seine Worte umarmen mich, streicheln mich, lullen mich ein. Ich krieche ins Bett. Sana ist wach, sie murmelt etwas, dann legt sie ihren Arm um mich und bläst mir ihren feuchtwarmen Atem in den Nacken. Ich umfasse ihre Hand.

Diese Nacht erinnert mich an die Nacht vor sechs Jahren. Als ich in Sanas neuer Wohnung schlief, nachdem Danijel gegangen war und nicht ans Telefon ging. Jene Nacht, die diesem schrecklichen Abend gefolgt war. Danijel war mir auf die Schliche gekommen. Der Ordner mit den Sarajevo-Dokumentationen, die Bücher.

»Was noch? Was ziehst du dir noch rein?«

Sana hatte mich gewarnt, aber ich wollte ja ehrlich sein, ich wollte auf keiner Lüge aufbauen, also sagte ich ihm alles. Von meiner Sucht, mir diesen Krieg anzusehen, von meinen Fragen, mit denen ich Sana löcherte. Und von Sana, die mich teilhaben ließ.

Ich hatte sie zur Verräterin gemacht.

»Was müsst ihr da hinter meinem Rücken reden? Was geht es euch an, wie ich mich fühle?«

Danijel packte ein paar Sachen zusammen, verließ die Wohnung und knallte mit der Tür. Das Rattern der Maschinenpistolen in meinem Kopf verstummte. Danijels Fehlen hatte eine andere Dimension als der Krieg, den ich auf YouTube gesehen hatte. Danijels Fehlen war meine Realität.

Ich rief an, er hob nicht ab. Ich schrieb unzählige SMS, er antwortete nicht. Ich rief Sana an, und sie ließ mich kommen.

»Du bist jetzt meine Freundin. Das muss er verstehen, ob er will oder nicht«, sagte sie trotzig, und doch wussten wir, dass wir ihn damit noch weiter weg von uns trieben.

Wir verfassten einen Brief. Drei Tage lang saßen wir und

formulierten die Zeilen immer wieder neu. Zerknüllten Papier, lachten, tranken Wein, fielen uns in die Arme, weinten.

»Zwei Klageweiber«, sagte Sana.

Schließlich warfen wir den Brief in den Mülleimer. Einen Tag später rief Danijel an.

»Erklär es mir, Katja.«

Was sollte ich erklären? Ich dachte, etwas verstehen zu müssen. Immer muss ich alles verstehen. Alles wissen.

Wieso habe ich Albert nach dem Grund gefragt? Wieso habe ich so lange nachgebohrt, bis er mir von Kurt erzählt hat?

Auch wenn er jetzt sagt, ich sei seine Tochter. Und wenn er es tausendmal sagt.

Ich habe Danijel seit jener Nacht nie wieder nach seinen traumatischen Erlebnissen gefragt.

»Ich bin anders als Nusret«, sagte er, als er mitbekam, dass sie mir alles bis ins kleinste Detail erzählte. »Nusret muss darüber reden. Sie war die ganze Zeit dort. Ich nicht.«

Danijels Schuld. Die keine Schuld ist. Danijel war fünfzehn. Wären er und seine Mutter nicht geflohen, wäre er vielleicht nicht mehr am Leben. Mit seinen fünfzehn wäre er den Trebević hochgeklettert. Mit einem Maschinengewehr in der Hand und einer Packung Marlboro in der Brusttasche.

Ich wollte erinnern, wo er vergessen wollte. Bildete mir ein, verstehen zu müssen, was keiner verstehen kann.

Und heute habe ich es wieder getan. Diese verdammte Sucht, immer alles wissen zu müssen. Albert aufreißen, bis alles offen liegt. »Warum hast du mich weggegeben? Warum? Ich war deine Tochter!«, habe ich ihn angebrüllt.

»Hör auf, immer überall nachzubohren.« Wann hat Danijel es zum ersten Mal zu mir gesagt? Dass ich lernen müsse, Dinge für sich stehen zu lassen.

»Und morgen? Bohre ich dann auch nach, wenn ich fragen werde, ob es ein Mädchen oder ein Junge wird?«, habe ich ihn am Telefon gefragt. Da haben wir dann schon gelacht.

Als ich aufwache, brennt die Sonne auf meine Beine. Meine Augen sind verquollen. Das Kleine in meinem Bauch strampelt munter vor sich hin. »Und wenn schon«, sage ich, »ist doch egal, wer dein leiblicher Großvater ist.«

»Kaffee?«, fragt Sana, als ich in die Küche tapse, und schon spült sie das Kupferkännchen aus.

Manchmal helfen Rituale. Das Aufschäumen des Kaffees. Sana hebt die Kanne und dreht den Herd ab. Stellt die Kanne erneut auf die heiße Platte. Dreimal. Sie nimmt sich nicht immer die Zeit dazu.

Wir rühren Zucker in die kleinen Schälchen. Wir trinken und drehen die Schälchen um. Deuten den Kaffeesud.

»Das ist Bosnien!«, sagt sie zu meinem Fleck. »Der Zipfel der Herzegowina, siehst du?«

»Und dein Fleck?«

»Wien. Ganz eindeutig. Rund und ausgefranst, an allen Ecken und Enden läuft er aus. Wien, die wachsende Metropole!«

Wir legen uns aufs Bett. Reden über Albert, Magda und Kurt.

Dass ich immer schon etwas geahnt hätte, sage ich. Was ich nicht sage: Albert hat sich schon einmal verplappert. Nach zu vielen Flaschen Rotwein. Dass Magda in Wirklichkeit Kurt wollte, nicht ihn. Dass Magda immer das wollte, was sie nicht haben konnte.

Ich habe seinen Worten keine Bedeutung geschenkt. Und doch wollten sie immer an die Oberfläche. Bei jedem *Let's*

Iltendorf, Baby sah ich Kurt, sah ihn auf seinem Motorrad. Er vorne und Magda hinten. Obwohl sie nie mit ihm gefahren ist.

Was, wenn Kurt in dieser Nacht nicht gegen den Baum gefahren wäre?

Magda hätte zu Kurt noch weniger gepasst als zu Albert. Magda als Kumpelfrau. Ich muss lachen. »Kannst du dir das vorstellen?«, frage ich Sana.

»Weißt du, was ich denke? Dass es mehr Kuckuckskinder gibt, als wir ahnen. Vielleicht bin ich selbst eines.«

»Vielleicht ist auch Danijel eines«, kichere ich.

»Ja. Aber verrat ihm das bloß nicht!«

Und dann steht er auch schon in Sanas Tür und Sana selbst grinsend neben uns. Natürlich hat sie es gewusst. Ihr hat er das SMS geschickt, in der Nacht. Dass er sich ins Auto setzt und losfährt.

»Ich muss doch dabei sein, wenn du das letzte Geheimnis lüftest!«, sagt er und streicht mir über den Bauch.

37

Die Hügel in Slowenien. Wir fahren hinter Mihaijlos Kastenwagen. Danijel und ich und unsere Tochter. Therese und der Hotelbesitzer hatten recht, wir bekommen ein Mädchen.

»Vielleicht nenne ich sie im zweiten Namen Edith.«

»Und im dritten Therese?«, fragt Danijel. »Therese ist so scheußlich.«

Fehlen noch Alberta und Kurta. *Die Ahnfrau geht um*. Ich muss lachen.

»Was ist?«

»Nichts, nur ein dummer Einfall.«

Magda stand am Gehsteig. Ich hatte Albert gebeten, nicht zu kommen. Ich wollte ihn nicht neben Magda stehen sehen. Soll Albert ihr erzählen, dass ich es weiß, ich werde es Magda nicht sagen. Sie hat immer geschwiegen. Für mich. Hat mir Albert als Vater gelassen, als er plötzlich wieder auftauchte. Hat mir erzählt, dass ich ein Wunschkind gewesen sei. Ein Kind der Liebe zwischen Albert und ihr. Daran erkenne ich, wie sehr sie mich liebt.

Ich schaue aus dem Fenster. Wechsle die CDs. Danijel hat es immer gemocht, wenn ich mit ihm fahre. Er lacht mich aus, wenn ich die Musik lauter drehe und mitgröle. Nick Cave und Tom Waits. Alberts Musik. Ich habe sie gehört, wenn ich in seinem Auto saß. Wenn wir über die Tangente fuhren und er mich zu Magda zurückbrachte.

Alberts Musik gehört zu jeder Autofahrt, und Danijel lässt mich gewähren, obwohl ihm Jazz und Soul besser gefallen.

In der Nähe der Plitvicer Seen machen wir auf einer Autobahnraststätte halt. Trinken Orangensaft und essen Sandwiches und Kuchen. Mihajlo drückt mich fest an sich. Sein T-Shirt ist nass vom Schweiß, es stört mich nicht. Nichts stört mich.

Als wir an der Grenze über die Save fahren, schreibe ich ein SMS. Schicke es an Curd, Sana, Magda und auch an Albert. *Angekommen in der neuen Heimat!!!*

Wir fahren durch die Republika Srpska. Noch immer befremdet es mich, dass in einem Land zwei Länder stecken. Ich versuche, einen Unterschied zu erkennen. Suche nach Schäden, die das Hochwasser hinterlassen hat.

Wir machen halt, trinken türkischen Kaffee und fahren weiter. Die Sonne schimmert über den bewaldeten Bergrücken und taucht alles in warmes Gold. Die Flüsse glitzern. Ich bin aufgeregt, und auch unsere Tochter, die kleine Popcornmaschine, ist es. Da ist keine Angst. Ich sitze neben Danijel. Und ich weiß, wenn es so etwas wie Heimat gibt, dann ist sie hier – neben ihm.

Mein besonderer Dank gilt meinen Freunden in Sarajevo, Mostar und Banja Luka, die meinen Protagonisten Leben einhauchten – sowie meiner Großtante, die mir einen reichhaltigen Schatz an Erinnerungen zur Verfügung stellte. Ich danke meinen FreundInnen von GRAUKO, allen voran Isolde Bermann, für ihre Kritik und Lösungsvorschläge. Ich danke Vedran Dizdarević für seine wertvollen Korrekturen, und ich danke all jenen im Verlag, die an mein Projekt glaubten und mir mit ehrlicher Kritik und aufmunternden Worten zur Seite standen.

Vor allem aber danke ich meiner Mutter, meinem Vater und meinen Tanten.

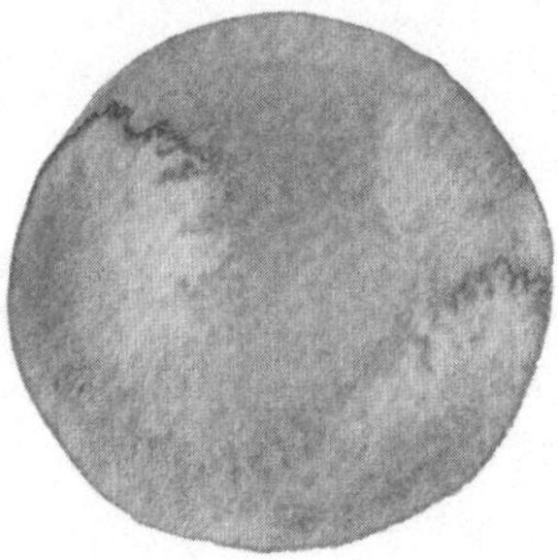